마하바라타

마하바라타

THE MAHABHARATA

R. K. 나라얀 편저 | 김석희 옮김

아시아

편저자의 머리말

 산스크리트어로 된 원문은 10만 연(聯)의 운문으로 되어 있어서, 세계에서 가장 긴 저작이다. 그 분량은 〈일리아스〉와 〈오디세이아〉를 합친 것보다 여덟 배나 길다. 이 서사시를 언제 누가 썼는가에 대한 결론에 도달하기 위해 원문에 나오는 천문 자료와 내재적 증거 및 앞뒤 참조를 바탕으로 오랫동안 많은 학술적 연구가 이루어졌다. 하지만 그 문제에 대한 최종 결론 따위는 존재할 수 없다. 하지만 그 모든 연구에서 몇 가지 점이 분명히 드러났다.

 기원전 15세기에 이 이야기의 핵심이 발라드 형식으로 처음 나타났다. 크샤트리야[1] 계급에 속하는 왕실의 두 분파 사이에 생겨난 갈등, 그들이 겪는 운명의 부침, 지배권 문제를 해결하기 위한 대규모 전투는 기독교 시대가 시작되기 오래전에는 흔히 볼 수 있는 사실들이었다. 하스티나푸라와 쿠루크셰트라 같은 지역은 인도의 북쪽에 아직도 존재한다. 그곳에서는 아직도 특정한 계절에 〈마하바라타〉의 등장인물들과 관련된 축제가 열린다. "판다바 형제들은 여기서 추방 생활을 했다"거나 "…이 숲속에서 살았다"는 식이다.

---

1) 인도 카스트 제도에서 두 번째 지위인 왕족과 무사 계급. (옮긴이)

영웅적 행위와 박해와 음모로 가득 찬 이 이야기는 발라드나 그와 비슷한 형태의 대중 오락물로 변했을 게 분명하다. 여기서 서사시의 초기 형태가 만들어졌다. 2만4천연으로 이루어진 이 서사시의 저자는 브야사(Vyasa)[2]로 추정되는데, 이 '브야사'라는 이름을 둘러싸고 또다시 추측과 의혹이 생겨나기 시작한다. 일반 대중의 99퍼센트는 그 이름을 그대로 받아들이고 영감을 받은 불멸의 현자로 그를 존경하지만, 탐구심을 가진 학자들은 나름대로 의심하고 추측한다. 그들은 '브야사'가 일반적인 총칭일 수도 있고, 이 작품의 목적을 위해 '브야사'라는 이름을 가졌을 사람이 서사시의 단계별로 여러 명 존재했을 수도 있다고 설명한다. 나는 전통적인 설명을 받아들이고 싶다. 사실에 입각한 객관적인 연구를 통해 내려진 결론은 이 서사시 자체의 구절을 인용하면 "한 사람의 손가락으로 무지개를 잡는 것"과 마찬가지인 듯하다.

브야사의 서사시는 원래 제목이 '승리'를 뜻하는 〈자야(Jaya)〉였다. 승리의 환상이 창조신 브라흐마의 은총으로 나타났을 때 브야사는 그가 이야기하는 환상담을 받아 적을 사람이 필요했다. 코끼리 머리를 가진 신 가네샤는 한 가지 조건을 붙여서 그 일을 수락했는데, 그 조건이란 잠시도 쉬지 않고 구술해야 한다는 것이었

2) 흔히 '비야사'라고 알려져 있지만, 산스크리트어 음독법에 따르면 '브야사'라고 읽는 게 맞다. (옮긴이)

다. 그러자 저자는 가네샤가 구술을 받아 적기 전에 모든 낱말의 의미를 깨닫고 이해한다면 이 조건을 받아들이겠다고 말했다.

브야사는 숨 막힐 듯한 속도로 구술을 계속했고, 가네샤는 그에 걸맞은 열정으로 구술을 받아 적었다. 도중에 철필이 부러지자 가네샤는 제 엄니를 뽑아서 필기를 계속하기도 했다. 필기자가 구술 속도를 앞지르면 저자는 필기자가 낱말의 의미를 이해하기 위해 잠시 펜을 멈출 수밖에 없는 구절 ─ 간결하고 함축적이며 농축된 구절 ─ 을 곳곳에 집어넣어 필기자의 속도를 제어했다. 그래서 〈마하바라타〉에는 낭송할 때 강세와 음절의 구분에 따라 여러 층의 의미를 전달하는 구절이 곳곳에 존재한다.

〈자야〉는 브야사의 원래 서술을 경청한 비삼파야나가 자나메자 야(쿠루족 왕으로, 〈마하바라타〉의 영웅 아르주나의 증손자)의 궁정에서 많은 청중에게 그것을 전달한 다음 단계에서 〈바라타(Bharata)〉가 되었다. 이 작품은 이 단계에서 상당한 분량이 보태져 약 5만 연으로 늘어났다. 자나메자야의 궁정에서 그것을 들은 사우티라는 사람이 훨씬 뒤에 이 작품을 어느 숲에 모인 현자들에게 다시 서술했다.

위대한 나그네인 사우티는 사우나카라는 현자의 암자에 도착한 다. 깊은 숲속에 있는 이 암자에는 수많은 현자들이 인류의 행복을 위해 오랫동안 의식을 거행하고 공물을 바친 뒤 평온하게 모여 있다. 그들이 그렇게 쉬고 있을 때 사우티가 들어온다. 손님을 접대하는 예법에 따라 현자들은 그를 안전한 곳에서 편히 쉬게 하고 편안한 자리에 앉힌다. 의례적인 절차가 끝나고 손님이 충분한 휴식을 취하여 여독을 풀었다고 생각되자, 그들은 묻는다.

"손님은 어디서 오는 길입니까? 어떤 이상하고 별난 일을 겪으셨습니까? 어떤 곳과 어떤 사람들을 보셨습니까?"

사우티가 대답한다.

"나는 쿠루크셰트라의 성지를 방문했습니다. 그곳에서는 판다바 형제들과 그들의 사촌인 카우라바 형제들 사이에 18일 동안 전쟁이 벌어져 땅이 피로 물들었지요. 나는 자나메자야의 궁정에서 뱀을 제물로 바치는 성대한 희생제[3]가 거행되었을 때 비삼파야나가 한 이야기를 듣고 그곳을 방문했습니다."

사우티의 서술은 이 단계에서 분량도 늘어나고 질도 높아졌다.

그후에도 이야기가 서술될 때마다 새로운 내용이 추가되었다. 일화와 철학, 도덕적 교훈이 계속 보태져 결국 오늘날의 서사시는 그 길이가 10만 연에 이르게 되었다. 이 형태를 갖추게 된 서기 400년경에 이 서사시는 〈마하바라타〉로 알려지게 되었는데, 이는

---

3) 판다바 형제들에 이어 하스티나푸라의 통치자가 된 파리크쉬트 왕은 깊은 명상에 빠져 있는 은자를 해친 죄로 뱀에 물려죽는 저주를 받았다. 이 저주가 실현되자, 파리크쉬트의 아들인 자나메자야 왕은 뱀에게 복수하기 위해 뱀을 제물로 바치는 희생제를 거행했고, 이로 말미암아 지상의 뱀이 모두 절멸하게 되었다. 이 희생제에서 비삼파야나는 브야사에게 직접 들은 〈마하바라타〉 이야기를 서술한다. 말이 나온 김에 덧붙이자면, 브야사는 파리크쉬트를 판다바들의 후계자로 소개하면서 서사시와 맞먹는 길이의 〈바가바타〉라는 새로운 이야기를 지어냈다.

'위대한 바라타족 이야기'라는 뜻이다.

학자들은 교정과 변경과 첨삭을 확인하려고 애를 썼고, 그래서 이제는 원본과 달라진 부분을 알려주는 결정판을 손에 넣을 수 있게 되었다. 그것은 논란의 여지가 있는 분야지만, 중심을 이루는 이야기는 모든 사람이 이의 없이 받아들이고 있다. 옛날 고대 하스티나푸라에 왕족이 살고 있었는데, 신의 자손인 다섯 형제와 1백 명의 사촌이 서로 싸움을 벌였다는 것이다. 이 뼈대는 최고의 시적 가치를 지닌 산스크리트어 시구와 세부 묘사로 채워져 있다. 그 문학적 가치와 그밖의 가치에 대해서는 저자 자신이 표명한 바를 여기에 요약했다.

브야사는 서사시를 마음속에서 완성했을 때, 창조신 브라흐마를 불러내어 설명했다.

"나는 방대한 시를 지었습니다. 여기에는 베다와 우파니샤드의 비밀과 미묘함이 드러나 있고, 교의와 생활방식에 대한 묘사, 과거와 현재와 미래의 역사, 네 카스트(계급)에 대한 규정, 고행의 본질, 신참자를 위한 규칙의 요체, 해와 달과 별들의 크기, 네 유가[4]에 대한 설명. 탁발과 보시에 대한 설명, 특별한 목적을 위해 영혼이 육체를 갖추는 문제, 과학과 질병 치료, 순례지와 강, 산, 숲, 거룩

4) 힌두교 철학에서 주기적으로 반복되는 우주의 존속 기간. 네 단계의 유가가 있으며, 네 유가를 합친 것(총 432만 년)을 '마하유가'라고 부른다. 1천 마하유가를 겁(劫)이라고 하며, 이 겁은 창조신 브라흐마의 하루에 해당한다. (옮긴이)

한 성채와 궁전에 대한 묘사, 전쟁 기술, 여러 민족과 그들의 언어 및 특성에 대한 묘사, 어디에나 널리 퍼져 있는 보편적 정령에 대한 묘사가 포함되어 있습니다."

이 단계에서 브라흐마는 이렇게 말했다.

"가네샤에게 부탁해라. 가네샤는 네가 낭송할 때 그것을 가장 잘 받아 적을 수 있는 적임자다."

〈마하바라타〉는 18파르바(편)로 이루어져 있고, 현재의 제작 기준으로 보면 18권 분량이다. 구술에 의존한 작품이어서 자연히 반복되는 부분이 많은데, 이야기가 며칠씩 계속되기 때문에 청중이 일부를 듣지 못했을 수도 있으니까 아마 그런 청중을 위해 같은 이야기를 되풀이했을 것이다. 이런 서술 방법에서는 낭송자가 이미 알고 있는 상황에 대해 다른 장면에서 보고하는 등장인물이 청중에게 또다시 완전한 설명을 제공한다. 서사시 형식은 상세하고 느긋하며, 서술 기법은 우리가 친숙해져 있는 것과는 다르다. 이 서사시에는 서두르지 않는 느긋함이 있어서 작품에 고매한 품격을 부여한다. 교훈을 강조하기 위해 아주 길고 상세하며 그 자체로 완결된 독립적인 이야기가 포함되기도 한다. 주류에서 벗어난 이런 이야기는 길이가 수백 쪽에 이를 수도 있다. 그래서 〈마하바라타〉에는 하리스찬드라, 날라, 사비트리, 야야티, 드라우파디, 샤쿤탈라, 시비 같은 유명한 전설들이 포함되어 있다.

〈마하바라타〉의 분량을 늘리는 또 다른 요소는 철학적 담론, 즉

인생과 행위에 대한 현자들의 강론이다. 때로는 이것이 수백 행이나 계속되기도 한다. 〈바가바드기타〉는 그런 경우를 보여주는 한 예다. 서로 맞선 군대가 공격을 앞두고 있을 때, 크리슈나가 〈바가바드기타〉 철학을 계시하고 상세히 설명한다(18장에 걸쳐).

본문에서는 왕이나 평민의 의무를 중심으로 중요한 칙령이 내려질 때가 많다. '산티'라는 제목의 파르바는 비슈마가 죽어가면서 유디스티라를 위해 왕의 의무에 대해 강론하는 내용으로 이루어져 있다. 그 뒤에 이어지는 '아누샤사나'도 '산티'와 맞먹는 분량을 가진 완결된 책 한 권이고, 의식과 예배, 그리고 그것을 제대로 수행하는 것의 중요성을 설명하고 있다. 어떤 의미에서 이것들은 '여담'이라고 말할 수도 있지만, 인도의 독자들은 그 일부조차 놓치려 하지 않을 것이다.

이 서사시는 다양한 재미의 보고지만, 내가 가장 좋아하는 것은 '스토리'다. 〈마하바라타〉는 뚜렷한 성격을 가진 인물들이 열정적으로 말하고 행동하는 위대한 이야기다. 영웅과 악인, 성자와 왕, 아름다운 여인들이 저마다 강력한 힘과 사악한 증오와 음모만이 아니라 훌륭한 인간적 자질과 초인간적 인내와 포악한 성질까지도 보여준다. 이 모든 것이 고대 왕국의 도읍과 숲과 산들로 이루어진 인상적 풍경을 배경으로 제시된다.

서사시의 실제 분량은 어마어마하다. 각 연의 요점을 나타내는 데 하나의 낱말만 쓸 수 있다 해도, 그것을 엮은 작품의 전체 길이는 10만 단어에 이를 것이다. 나는 주요 등장인물들의 운명과 관련된 일화는 하나도 생략하지 않았다. 나는 중심 줄거리에서 벗어나지 않고, 쉽고 재미있게 읽히는 가독성의 범위 안에 머물렀다.

현대의 영어권 독자들을 위해서는 선택과 압축이 필요하지만, 나는 어떤 변형도 시도하지 않았다. 원어의 리듬과 깊이를 영어로 전달할 수는 없기 때문이다. 산스크리트어의 발음 자체가 사람을 최면에 빠뜨리는 성질을 갖고 있는데, 다른 언어로 번역하면 이 성질은 사라질 수밖에 없다. 독자들은 이야기 형태의 단조로운 산문 서술에 만족해야 한다.

이 작품에서 내가 특히 흥미를 느낀 것은 저자 자신이 이야기 속에서 맡고 있는 역할이다. 브야사는 이야기를 지었을 뿐만 아니라 모든 인물들의 과거와 미래를 알기 때문에, 그들이 곤경에 빠질 때마다 해결책을 제시하여 그들을 돕는다. 이따금 그는 미래를 내다보고 앞으로 일어날 어떤 사건의 불가피성을 강조하여 주인공들이 운명에 따르도록 하기도 한다.

판다바 형제들이 인드라프라스타에 행복하게 정착한 순간, 브야사는 유디스티라가 13년 뒤에 자신의 가문과 씨족을 완전히 파멸시키게 될 거라고 암시한다. 유디스티라는 이 소식을 공포와 체념으로 받아들이고, "우리는 운명이 정해준 상황을 바꿀 수 없다. 하지만 나는 어떤 식으로도 남을 자극하지 않고, 생각과 말과 행동에서 절대적인 비폭력을 실천할 것이다. 그것이 운명의 명령에 대처하는 유일한 방법이다"라고 말한다. 이 일화는 판다바 형제들의 파멸을 초래하는 주사위 노름보다 훨씬 오래전에 나온다. 노름을 하자는 초대장이 오자, 유디스티라는 남을 불쾌하게 하지 않는다는 방침의 일환으로 초대를 받아들이고 노름에 자진해서 참여한다. 남들이 어떤 문제에 대해 그에게 반박하면, 그는 항상 온화하고 침착하게 대답한다.

이야기 초반에 판다바 형제들이 유랑할 때, 브야사는 에카브라타 마을을 거쳐 판찰라로 그들을 인도한다. 그들은 판찰라에서 신부를 얻게 될 운명이었다. 저자는 처음부터 끝까지 등장인물들과 함께 지내는데, 이것이 내가 보기에는 이 작품의 가장 큰 매력이다. 브야사의 출생 자체가 서사시의 첫 부분에 설명되어 있다. 그의 어머니는 처녀의 몸으로 나룻배에서 그를 잉태했고, 그후 산타누와 혼인하여 두 형제의 아이를 낳았다. 형제 중 아우의 미망인들은 브야사의 은혜로 임신하여 드리타라슈트라와 판두를 낳았고, 그들의 아들들이 〈마하바라타〉의 주인공들이 된다.

1977년 인도 마이소르에서

R. K. 나라얀

쿠루족 가계도

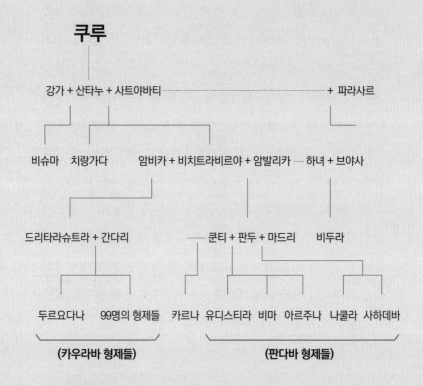

쿠루

강가 + 산타누 + 사트야바티 ·· + 파라사르

비슈마   치랑가다   암비카 + 비치트라비르야 + 암발리카 ···· 하녀 + 브야사

드리타라슈트라 + 간다리   ···· 쿤티 + 판두 + 마드리   비두라

두르요다나   99명의 형제들   카르나   유디스티라   비마   아르주나   나쿨라   사하데바

(카우라바 형제들)   (판다바 형제들)

차례

이 작품은 무지에 눈먼 세상의 눈을 뜨게 한다. 태양이 어둠을 몰아내듯, 바라타는 종교와 의무, 행동과 명상 등을 설명하여 어둠을 몰아낸다. 보름달이 부드러운 빛을 비추어 연꽃 봉오리가 벌어지는 것을 돕듯, 이 푸라나는 상세한 설명으로 인간의 지성을 넓힌다. 역사의 등불은 '자연의 자궁이라는 대저택'을 환히 비춘다.

— 브야사

일러두기

1. 이 책은 R. K. 나라얀이 편저한 『마하바라타』를 우리말로 옮긴 것이다.
2. 번역은 *The Mahabharata*(미국 시카고대학교 출판부 발행, 2000년)을 대본으로 삼았다.
3. 편저자와 옮긴이의 각주를 달고 옮긴이의 각주에는 '옮긴이'라고 덧붙였다.

마하바라타

1
여덟 번째 아기

산타누는 하스티나푸라[1]에 도읍을 둔 고대 왕국의 통치자였다. 하루는 사냥을 하러 나갔다가 강가에서 아름다운 처녀를 만나 사랑에 빠졌다. 그는 자신을 소개하고 나서 물었다.

"내 아내가 되어주겠소?"

그녀도 그에게 반했기 때문에 이렇게 말했다.

"그럴게요. 하지만 제가 하는 얘기를 잘 들어주세요. 저는 결혼하면 제가 하고 싶은 일을 마음대로 할 수 있어야 해요. 어떤 경우에도 제 행동에 대해 이러쿵저러쿵 하시면 안 돼요. 당신이 이 규칙을 지키는 동안만 저는 당신 아내로 남을 거예요."

산타누는 이 조건을 흔쾌히 받아들였고, 그들은 결혼했다.

---

1) 오늘날의 지리적 환경에서는 우타르프라데시 주의 델리에서 북동쪽으로 100킬로미터쯤 떨어진 곳에 있다.

얼마 후 그녀는 아기를 낳았고, 아기를 안을 수 있게 되자마자 아기를 강물에 빠뜨려 죽였다. 산타누는 충격을 받고 당황했지만 아무 질문도 비난도 할 수 없었다. 다음에 낳은 아기도 강물에 빠뜨려 죽였고, 세 번째와 네 번째 아기도 마찬가지였다. 그녀는 아기가 태어날 때마다 강물에 빠뜨려 죽이고는 흐뭇한 미소를 지으며 궁전으로 돌아왔다. 이런 점만 말고는 더없이 훌륭한 아내였기 때문에 산타누는 아내가 떠날까 두려워 그녀의 행동에 대해 아무 말도 하지 못했다.

여덟 번째 아기가 태어나고 아내가 또 다시 아기를 처리할 준비를 하자, 남편은 아내를 몰래 뒤따라갔다. 그러다가 더는 참지 못하고 소리쳤다.

"너무 끔찍한 짓이오. 그만 두시오!"

그녀는 침착하게 대답했다.

"좋아요. 이 아이는 살려주겠지만, 우리는 이제 헤어져야 해요."

"떠나기 전에 이유를 말해주겠소?"

"나는 이 강의 여신인 강가(갠지스)예요. 나는 운명에 정해진 대로 여덟 아이를 낳기 위해서만 인간의 모습을 취했어요. 내가 당신과 결혼한 건 당신이 이 아이들의 아버지가 되기에 어울리는 유일한 인간이었기 때문이에요. 이 아이들은 여덟 바수2)예요. 전생

---

2) 여덟 명으로 이루어진 신들의 한 부류. 인드라의 시중을 드는 것이 임무다. (옮긴이)

에 현자 바시슈타의 희귀한 암소 난디니를 훔치는 죄를 지었기 때문에 지상에 태어나는 저주를 받았답니다. 자비를 호소하자, 그들 가운데 일곱은 태어나자마자 육신을 떠나 하늘로 돌아가는 것이 허락되었지요. 하지만 내가 안고 있는 이 여덟 번째 아이는 제 아내의 변덕을 만족시키기 위해 그 모든 모험을 준비했고 실제로 암소를 훔쳤기 때문에 뛰어난 재주를 가진 인간으로서 지상에서 계속 살아야 하지만, 평생 독신으로 살아야 할 운명이에요. 지금은 내가 이 아이를 데려가겠지만, 나중에 당신한테 돌려드릴게요."

"언제? 어디서?" 그는 간절하게 물었지만, 그녀는 대답도 하지 않고 아이와 함께 강물 속으로 사라졌다.

몇 해가 지난 뒤, 또다시 그곳에서 강가가 왕에게 다가오더니, 어느덧 젊은이로 성장한 아들을 인사시켰다.

"나는 이 아이를 정성껏 키웠어요. 이젠 당신이 데려가도 돼요. 이 아이의 이름은 데바브라타예요. 이 아이는 현자 바시슈타 밑에서 모든 베다[3]를 익혔답니다. 이 아이는 아스트라[4]를 능숙하게 사용하는 위대한 전사가 될 것이고, 정신적으로나 영적으로 보기 드문 자질을 타고났어요. 아이를 집으로 데려가세요." 이렇게 말하고 그녀는 사라졌다.

---

3) 인도 브라만교 사상의 근본 성전이며 가장 오래된 경전. 기원전 2000년부터 기원전 1100년에 이루어졌으며, 인도의 종교 · 철학 · 문학의 근원을 이룬다. (옮긴이)
4) 공중을 날아다니는 무기. (옮긴이)

산타누 왕은 무척 기뻐하며 궁전으로 돌아와 젊은이를 후계자
로 삼았다.

4년 뒤, 산타누 왕은 사냥을 나가서 사슴 한 마리를 뒤쫓다가 숲
에서 아름다운 처녀를 만나 또다시 사랑에 빠졌다.

"너는 누구냐? 왜 여기 있는 것이냐?" 왕이 물었다.

"저는 어부의 딸입니다." 그녀가 대답했다. "순례자들을 나룻배
에 태워 강을 건네주는 아버지를 거들고 있답니다."

왕은 그녀의 아버지를 찾아서 물었다.

"우리의 결혼을 허락하겠느냐?"

어부는 기꺼이 동의했지만, 이렇게 덧붙여 말했다.

"제 딸이 아들을 낳으면 후계자로 삼으셔야 합니다."

왕은 이 조건을 받아들일 수 없었기 때문에 실망하여 궁전으로
돌아왔다.

며칠 뒤, 젊은 데바브라타 왕자는 아버지의 울적한 기분을 알아
차리고 물었다.

"무엇을 고민하고 계십니까?"

"나는 미래를 걱정하고 있다. 아니, 우리 왕조의 미래를 걱정하
고 있다. 너는 나의 외아들이다. 너한테 어떤 불운이 닥치면 우리
왕조는 그것으로 끝날 것이다. 외아들을 갖는 것은 아들이 하나도
없는 거나 마찬가지라고 경전에도 나와 있다. 너는 무술 훈련에

열심이고 장차 훌륭한 전사가 되겠지만, 전사의 종말을 누가 어떻게 예측할 수 있겠느냐?"

왕자는 아버지의 말에 어리둥절하여 왕국의 대신에게 이유를 물어보았다. 대신은 대답하기를, 왕은 어부의 딸과 결혼하고 싶어 했지만 어부가 내건 조건을 받아들일 수 없었다고 말했다. 사정을 알게 된 데바브라타는 어부의 오두막으로 찾아가서, 때가 되면 당신 딸이 낳을 아들이 왕위를 계승하게 될 거라고 안심시켰다. 어부는 멀리까지 내다보는 사람이었기 때문에 더욱 불안해져서 물었다.

"제 손자의 후계자는 누가 될까요?"

"당연히 당신 손자의 아들이 후계자가 될 거요. 아마 당신은 내가 결혼하면 내 자식들이 당신 딸의 자식들과 경쟁하게 될 거라고 걱정하겠지만, 나는 독신으로 살다 죽겠다고 이 자리에서 맹세하겠소. 이것은 확고한 맹세요."

어부는 만족했다. 데바브라타—그는 이때부터 '확고한 맹세를 한 사람'을 뜻하는 '비슈마'라는 이름으로 알려지게 되었다—는 어부의 딸에게 말을 건넸다.

"자, 전차[5]에 타십시오. 당신은 이제부터 제 어머니가 되는 겁니

---

5) 고대에 사용된 전투용 마차. 수메르인들이 개발한 초창기에는 사륜전차였으나 이후 좀더 가볍고 기동성이 좋은 이륜전차로 개량되었다. 마부가 마차를 몰고 전사가 한두 명 탑승해서 창이나 활로 공격했다. (옮긴이)

다."

어부의 딸 사트야바티는 왕과 결혼하여 치트랑가다와 비치트라
비르야라는 두 아들을 낳았다. 치트랑가다가 산타누의 뒤를 이어
왕위에 올랐지만, 간다르바 왕과 싸우다가 전사했다. 어린 동생 비
치트라비르야가 왕위를 계승했고, 비슈마가 사트야바티의 요청으
로 섭정이 되었다.

비슈마는 가문의 대가 끊기지 않도록 비치트라비르야의 신부감
을 찾고 있었다. 그때 마침 카시의 왕이 암바, 암비카, 암발리카 세
공주의 신랑감을 뽑기 위한 경연대회를 열겠다고 발표했다. 비슈
마는 대회에 참가하기 위해 카시 궁정으로 갔다. 그곳에는 여러
왕국에서 온 수많은 왕자들이 세 공주의 눈길을 끌기 위해 모여
있었다. 결정적인 순간에 비슈마가 일어나서 선언했다.

"현자들이 말했듯이, 신부를 선택하는 여러 가지 방식 중에 가장
멋진 방식은 이렇게 모여 있는 용사들 사이에서 강제로 처녀를 취
하는 것이오."

그러고는 세 공주를 전차에 밀어 넣고 쏜살같이 달렸다. 성난 왕
자들과 세 공주의 아버지가 그 뒤를 쫓았다. 비슈마는 추적자들을
물리치고, 이복동생 비치트라비르야의 아내로 삼을 세 공주와 함
께 하스티나푸라에 도착했다.

결혼식 날짜가 정해지자, 세 자매 가운데 맏이인 암바가 말했다.

"저는 당신 동생과 결혼할 수 없어요. 저는 이미 살와 왕에게 마

음을 주었기 때문에 다른 사람은 생각할 수가 없어요."

비슈마는 그녀의 뜻을 존중하여 그녀를 살와에게 보냈다.[6] 암비카와 암발리카는 비치트라비르야와 결혼하여 행복하게 살았지만, 결혼한 지 7년 뒤에 비치트라비르야가 병에 걸려 자식도 얻지 못한 채 죽고 말았다.

그러자 사트야바티는 비슈마에게 간청했다.

"불가피한 상황에서는 형제의 미망인을 통해 혈통을 이을 수도 있습니다. 경전도 그것을 허락하고 있지요. 내 며느리들이 자식도 낳지 못한 채 일생을 마치지 않도록 구해주세요. 우리의 혈통은 계속 이어져야 합니다."

"다른 분부라면 무엇이든 따르겠지만, 죽을 때까지 금욕하겠다는 맹세는 깨뜨릴 수 없습니다."

그러자 사트야바티는 절망한 목소리로 말했다.

"그렇게 되면 조상들에게 음식을 바칠 사람도, 해마다 제사를 거행할 사람도 없을 것입니다. 우리 조상들을 구해주세요. 당신은 선행을 베풀어 우리 조상들이 내세에서 걸맞은 영역을 얻도록 도와드려야 합니다. 나는 당신의 어머니이니 당신은 내 명령에 따라야

---

6) 살와는 암바를 거부했다. 그녀가 비슈마에게 돌아가서 그와 결혼하겠다고 제의하자, 그는 자신의 맹세 때문에 그녀를 거부하고 다시 살와에게 돌려보냈지만 살와는 또다시 그녀를 거부했다. 그래서 두 나라 사이를 오가야 했던 암바는 절망했고, 자신이 그런 굴욕과 고초를 겪는 것은 모두 비슈마에게 책임이 있다고 생각하여 그를 죽이겠다고 맹세했다. 그녀는 시칸디라는 이름의 남자 전사로 변신하여 비슈마의 죽음을 초래했다. 여기에 대해서는 나중에 다시 설명하겠다.

합니다. 아름다운 며느리들에게 아이를 잉태시키세요. 당신이 왕위에 올라 하스티나푸라를 다스리세요. 쿠루 가문이 멸족하지 않도록 하는 것은 이제 당신에게 달려 있습니다. 당신은 조상들과 후손들에 대해 의무를 짊어지고 있습니다."

"안 됩니다. 어머니가 허락하셔도 저의 맹세를 어길 수는 없습니다. 어머니는 다른 방법을 찾으셔야 합니다."

"너무 고집이 세군요. 지금 슬픔에 잠겨 있는 내 며느리들에게는 아이를 갖는 것이 커다란 위안이 될 겁니다."

"일단 맹세하면 그 맹세는 영원합니다. 맹세를 바꾸거나 저버릴 수는 없습니다. 다른 해결책이 있을 테니, 그걸 생각해 보십시오."

사트야바티가 더 생각해보니 다른 해결책이 떠올랐다.

"그럼 내 이야기를 잘 듣고 그게 적당한 방법인지 말해주세요. 오래전에 나는 나룻배 사공을 했는데, 한번은 고명한 성자인 파라사르를 배에 태웠어요. 내가 노를 저어 강을 건너고 있을 때 그분은 나를 뜨거운 눈으로 바라보며 사랑의 말을 속삭이더군요. 나는 너무 무서워서 바들바들 떨었어요. 그의 구애를 거절하면 저주를 받게 될까 봐 두려웠고, 내 나쁜 행실을 아버지가 알게 되면 몹시 화를 내실 텐데 그것도 두려웠지요. 나는 그분에게 간청했답니다.

'저는 물고기가 낳았기 때문에 제 몸에는 항상 물고기 냄새가 달라붙어 있답니다.'

그러자 그분이 말하더군요.

'너의 탄생에 대해서는 나도 알고 있다. 너의 생부는 간다르바[7]인데, 강을 건너 날아가다가 씨를 흘렸지. 그 씨가 때마침 위를 쳐다보고 있던 물고기의 몸속으로 들어갔고, 그렇게 해서 네가 잉태되었다. 네가 태어나자 어부가 너를 입양해서 키웠다. 물고기 냄새는 너에게 태생적으로 달라붙어 있지만, 내가 그걸 없애주마.'

그는 마력을 써서 나를 평생 따라다닌 물고기 냄새를 없애주었을 뿐만 아니라 내 몸에 영원히 사라지지 않는 향기까지 주었답니다!"

"아버지도 말씀하셨습니다. 사냥을 갔다가 처음엔 숲에 가득 찬 향기에 끌렸고, 그 향기를 따라갔다가 어머니를 만났다고."

"이 향기를 얻은 보답으로 나는 그분의 포옹에 몸을 내맡겼고, 그분은 아무도 우리를 보지 못하도록 안개를 일으켜 우리 모습을 가렸지요. 그러고는 말하더군요.

'저 섬에 머물러 있다가 아기를 낳아라. 그러면 아무도 네가 처녀성을 잃었다고 생각지 않을 것이다.'

그렇게 해서 브야사가 태어났어요. 브야사는 현자이자 석학이에요. 그리고 내가 필요로 할 때는 언제든지 나한테 오겠다고 약속했지요. 나는 생각만 하면 그를 부를 수 있어요. 어떤 의미에서는, 아니 사실상 그는 내 맏아들이에요. 당신이 동의한다면 그를

---

7) 초자연적인 존재. 신과 인간의 중재자 역할을 한다. (옮긴이)

부르겠어요."

"그건 어머니가 알아서 하십시오." 비슈마가 대답했다.

그녀가 브야사를 머리에 떠올리자 당장 브야사가 나타났다. 사트야바티는 그들의 곤경을 설명하고, 자기 며느리들과 관계하여 혈통을 이어달라고 간청했다. 브야사는 동의했지만, 지금은 고행 중이어서 여자에게 접근할 수 있는 상태가 아니기 때문에 여자 앞에 나설 만한 모습이 될 때까지 1년의 시간이 필요하다고 말했다. 하지만 사트야바티는 브야사가 내건 조건을 무시하고 지금 당장 일을 치르라고 명령했다.

"좋습니다. 여자들을 준비시키세요. 곧 돌아오겠습니다." 브야사가 말했다.

사트야바티는 큰며느리 암비카에게 아름답게 치장하고 침실에서 기다리라고 말했다. 브야사가 다가갔을 때 그녀는 그의 외모와 옷차림, 안색, 텁수룩한 털과 불결함에 혐오감을 느꼈다. 그녀는 눈을 꽉 감고 그와 함께 침대로 갔다.

그후 브야사는 사트야바티에게 말했다.

"암비카는 아름다운 아기를 낳을 겁니다. 그 아이가 장차 이 나라를 다스리겠지만, 암비카가 수태할 때 눈을 감았기 때문에 아기는 앞을 보지 못할 겁니다."

그래서 사트야바티는 브야사에게 부탁해서 작은며느리인 암발리카와 관계를 맺게 했다. 암발리카는 아름답게 치장하고 침실에서 기다렸지만, 브야사가 다가오자 깜짝 놀라서 창백해졌다.

그후 브야사는 사트야바티에게 말했다.

"암발리카는 용감하고 훌륭한 아이를 낳겠지만, 얼굴이 창백할 겁니다."

사트야바티는 브야사를 다시 불러서 암발리카와 다시 관계를 가지게 했다. 그러나 암발리카는 시녀를 적당히 치장해서 자기 대신 침대로 보냈다. 시녀는 대담하고 호의적이어서 브야사를 만족시켰고, 그래서 이 결합에서 태어난 아이는 온전했다.

장님으로 태어난 맏아들은 드리타라슈트라라는 이름을 얻었다. 둘째 아들은 얼굴이 창백해서 판두라는 이름을 얻었다. 시녀가 낳은 셋째 아들은 모든 면에서 정상이었기 때문에 비두라는 이름을 얻었다. 〈마하바라타〉는 이 세 인물과 함께 시작된다고 말할 수 있다.

드리타라슈트라는 비슈마의 보살핌을 받으며 성장했다. 비슈마는 드리타라슈트라가 성년이 되자 적당한 신부감을 찾아주었다. 신부는 간다라 왕국의 공주인 간다리였다. 그녀는 장님인 남편과 고통을 함께 나누기 위해 두 눈에 붕대를 감고 평생을 살았다. 하지만 드리타라슈트라는 장애 때문에 권력을 동생인 판두에게 넘겨주었다. 판두에게는 쿤티와 마드리라는 두 아내가 있었다.

판두는 용맹하고 공정한 군주였고, 이웃 나라들을 정복하여 쿠루 가문의 명성을 높이고 세력을 강화했다. 이렇게 군사력을 발휘한 뒤 판두는 히말라야 산맥 남쪽 비탈에 있는 사라쌍수 숲으로 들어가서 휴양을 즐기고 있었다.

어느 날 사냥을 나간 판두는 짝과 사랑에 열중해 있는 사슴 한 마리를 잡았다. 사슴은 죽기 전에 저주의 말을 중얼거렸다.

"너는 마누라와 결합을 시도하는 순간 죽음을 맞게 될 것이다."

그래서 판두는 금욕생활을 할 수밖에 없었다. 그는 세상을 버리고 은둔할 계획을 세웠다. 자식을 얻지 못하고 죽는 것, 아내들에게 다시는 가까이 갈 수 없는 것이 너무 끔찍하게 여겨졌다.

이 중대한 때에 판두의 아내 쿤티가 젊었을 때 현자 두르바사에게 축복받은 일을 남편에게 털어놓았다. 두르바사는 성미가 급한 사람이었지만, 쿤티는 부모를 찾아온 두르바사를 잘 대접하여 그를 만족시켰다. 두르바사는 "신을 공경하는 독실한 아이들의 어머니가 될지어다!" 하고 그녀를 축복하고, 어떤 신이든 마음대로 불러내어 만날 수 있는 만트라[8]를 그녀에게 가르쳐주었다. 두르바사는 예언자의 통찰력을 갖고 있어서, 그녀가 장차 이 도움을 필요로 하리라는 것을 알아차렸다. 그가 떠난 뒤 그녀는 장난삼아 만트라를 외워 태양신 수르야를 불러냈다. 수르야는 눈부신 모습으로 그녀 앞에 나타나서 물었다.

"원하는 게 무엇이냐?"

---

8) 짧은 음절로 이루어진, 사물과 자연의 근본과 닿아 있는 소리나 주문. 진언(眞言).

"아니, 아무것도 원하지 않아요." 그녀는 더듬거리며 말했다. "저는 그냥… 놀고 있었을 뿐이에요." 그녀는 수르야 앞에 엎드려 간청했다. "저를 용서하시고 제발 가주세요. 용서해주세요."

"그렇게 장난을 치면 안 된다는 것, 만트라를 함부로 다루면 안 된다는 것을 몰랐느냐?"

그녀는 공포로 망연자실하여 말없이 서 있었다. 그러자 태양신은 그녀를 얼싸안고 어루만지며 한참 동안 농탕을 친 뒤에 떠났다. 이 결합으로 아이가 태어났는데, 아이가 갑옷을 입고 커다란 귀고리를 한 채 태어났다는 사실은 아이의 미래를 알려주었다. 아이는 카르나라는 이름을 얻었다.

추문을 피하기 위해 쿤티는 아기를 바구니에 담아서 강물에 띄워 보냈다. 강둑에 살고 있는 마부 아디라타의 아내인 라다가 그 바구니를 건졌다. 부부는 이 아기를 하늘이 내려준 선물로 생각하고 소중히 길렀다.

이 이야기를 듣고 판두가 말했다.

"신들은 거룩한 목적을 달성하기 위해 그렇게 당신을 축복한 거요. 나에게 내려진 저주는 내가 평생 자식을 얻는 것을 방해하고 있소. 하지만 당신은 축복받은 어머니가 될 수 있을 거요. 시간이 다 흘러가게 내버려두지 마시오. 신들을 초대하여 맞아들일 준비를 하시오. 우선 죽음과 심판의 신인 야마(염라대왕)에게 기도하시오. 그는 천상의 존재들 중에서 가장 현명한 신이오. 그의 아들은 우리 쿠루 가문을 올바른 길로 인도할 거요."

쿤티는 침실에서 준비를 갖추고 야마를 생각하며, 이미 실험한 적이 있는 만트라를 외었다. 야마는 그녀의 부름에 응했고, 쿤티는 이번이 두 번째였기 때문에 신 앞에서 어떻게 처신해야 하는지 알고 있었다. 그리하여 그녀의 첫 아이가 태어났다. 아들이 태어날 때 하늘의 목소리가 말했다.

"그 아이는 생각과 말과 행동이 올바르고 힘과 용기까지 갖춘 가장 훌륭한 인간이 될 것이다. 그 아이를 유디스티라라고 이름지어라. 그것은 전쟁에서 움츠리지 않는 사람을 뜻한다."

판두는 쿤티에게 둘째 아들을 낳으라고 권했다.

"크샤트리야의 삶은 체력을 갖추지 않으면 완전할 수 없소. 그러니 이번에는 놀라운 힘을 가진 아들을 달라고 기도해보시오."

쿤티는 바람과 정력의 신인 바유를 불러서 아이를 낳았다. 이 아이는 너무 힘이 세서 어머니 옆에서 몸을 굴리자 작은 지진이 일어났다. 아이는 비마라는 이름을 얻었다.

그후 판두는 또다시 생각했다. '우리 집안에는 전투에서 세상의 어느 누구보다도 용감한 전사가 있어야 해.' 판두와 쿤티는 꼬박 1년 동안 고행하며 속죄한 뒤, 신들의 우두머리인 인드라에게 기도를 드렸다. 쿤티가 아들을 낳았을 때 하늘의 목소리가 말했다.

"이 아들은 정력과 지혜와 무기에 대한 지식에서 누구도 따를 수 없을 것이다. 모든 종류의 무기를 다룰 수 있을 것이고, 모든 적을 정복하여 쿠루 가문의 명성을 널리 퍼뜨릴 것이다."

이 아이에게는 아르주나라는 이름이 주어졌다.

판두는 아이를 더 갖고 싶어 했지만, 그후 쿤티는 더 이상 아이를 낳기를 거부했다. 이때 판두의 두 번째 아내인 마드리가 쿤티에게는 이미 세 아이가 있으니까 자기도 아이 하나쯤 낳게 해달라고 간청했다. 판두는 쿤티를 설득해서 만트라를 마드리에게 전해주었다. 마드리는 쌍둥이 신인 아스윈을 불러서 아이를 가졌고, 홀륭한 쌍둥이 나쿨라와 사하데바를 낳았다. 이들 다섯 형제는 '판다바'라고 불리게 되었다.

한편 간다리는 눈먼 왕 드리타라슈트라와의 사이에 백 명의 아들을 낳았다. 맏이는 두르요다나, 둘째는 두사사나였다. 이 백 명의 형제들은 '카우라바'라고 불렸는데, 이들은 평생 동안 판다바의 적이었고, 〈마하바라타〉는 죽어야만 끝나는 두 왕족 사이의 투쟁 이야기라고 말할 수 있다.

판두의 죽음은 갑자기 찾아왔다. 어느 날 마드리와 함께 숲으로 들어간 그는 부드러운 나뭇잎과 화려한 꽃, 새들의 울음소리, 사방에서 활발하게 움직이는 짐승들을 보고 듣고 느끼면서 그 활기와 봄기운에 취했다. 그는 옆에 있는 마드리의 매력에 저항하지 못하고, '마누라와 결합을 시도하는 순간 죽음을 맞게 될 것'이라는 사슴의 저주를 그녀가 상기시켰는데도 열정적으로 그녀를 끌어안고 관계를 맺는 도중에 죽었다. 마드리는 쌍둥이 아들을 쿤티에게 맡기고, 남편과 함께 화장용 장작더미 위에 올라가 생을 마쳤다.

2
무술 대회

　판두가 죽은 뒤, 쿤티는 판두가 말년을 보낸 숲속의 은둔처를 떠나 드리타라슈트라와 비슈마의 보호를 받으며 살기 위해 다섯 아이와 함께 하스티나푸라로 왔다. 드리타라슈트라는 적어도 이 단계에서는 제 아내가 낳은 백 명의 아들과 동생 판두의 다섯 아들을 똑같이 대했다. 그들은 차별 없이 먹고 동등한 교육과 훈련을 받았다.

　아이들은 온종일 저희들끼리 놀았지만, 놀이를 할 때마다 비마는 사촌들을 놀리고 못된 장난을 쳤다. 두르요다나는 이런 놀림과 장난을 당하면 짜증이 나기 시작했다. 그가 걷거나 달리면 비마는 뒤에서 다리를 걸어 넘어뜨렸다. 그가 나무 위로 올라가면 비마는 나무줄기를 잡고 두르요다나가 나무에서 떨어질 때까지 흔들어댔다. 얼마 후 두르요다나는 사촌들과는 함께 살 수 없다고 느끼기 시작했다. 그는 하수인을 시켜서 몇 번이나 사촌들, 특히 비마를 죽이려고 했다. 그들은 비마에게 독약을 먹이고 두 팔을 꽁꽁 묶어서 강물에 던지기도 했다. 하지만 비마는 독약을 이겨내고 깊은 강물 속에서 수면 위로 떠올랐다.

비슈마가 젊은이들에게 무술을 가르칠 스승으로 현자 드로나를 임명했을 때, 두르요다나는 드로나가 아르주나에게 각별한 관심을 기울이고 있다는 것을 알아차리고 속이 상했다. 드로나는 브라만[9] 출신이었지만, 브라만치고는 이례적으로 무술의 대가였다. 그는 성실하게 제자들을 가르쳐서 다재다능한 전사로 키웠다. 그는 또한 자신의 외아들인 아스와타마도 특별히 훈련시켰다.

아르주나는 스승에게 직접 배운 것 외에도 아스와타마가 아버지한테 받은 특별 훈련도 모두 몰래 지켜보면서 습득했다. 아르주나는 곧 칼과 창과 철퇴를 능란하게 다루게 되었고, 아무리 어려운 과녁도 화살로 쏘아 맞히는 명사수가 되었다. 그는 말이나 전차를 타고 있든 아니든 똑같이 싸울 수 있었고, 혼자서도 많은 적을 상대로 싸울 수 있었다. 이런 무술 외에도 그는 마법으로 날아가는 무기인 아스트라를 효과적으로 발사할 수 있었다. 그래서 그는 활과 화살로 기적 같은 일을 해낼 수 있었다.

어느 날 드로나는 제자들을 시험하기 위해 독수리 모형을 높은

---

9) 인도 카스트 제도에서 가장 높은 성직자(사제) 계급. (옮긴이)

장대 위에 올려놓고 말했다.

"과녁을 겨눌 때, 시야에 들어오는 것을 각자 나한테 말하도록
하라."

첫 번째로 지명을 받은 유디스티라는 이렇게 설명했다.

"스승님과 나무와 나뭇가지가 보입니다."

드로나는 고개를 저으며 소리쳤다.

"그만, 그만. 다음 사람."

다음 사람도 시야에 들어오는 것을 모두 열거했다. 마지막으로
드로나는 아르주나를 불러서 물었다.

"너는 뭐가 보이느냐?"

"저 위에 새가 한 마리 보입니다."

"새가 얼마나 보이느냐?"

"대가리만 보입니다."

"대가리의 어느 부분이 보이느냐?"

"이마만 보입니다."

"이마의 어느 부분이 보이느냐?"

"한가운데만 보입니다."

"쏘아라." 드로나가 명령했다.

아르주나는 새 대가리를 멋지게 쏘아서 떨어뜨렸다. 드로나는
기뻐하며 그를 끌어안았다.

"이것이야말로 진정한 궁술이다!"

아르주나는 그 비범한 재능을 또다시 증명할 기회가 있었다. 한 번은 드로나가 강에서 미역을 감고 있을 때 악어가 그의 넓적다리를 물었다. 아르주나는 당장 화살 다섯 개를 강으로 쏘아서 그 괴물을 조각냈다. 이에 대한 보답으로 드로나는 아주 특별한 무기 사용법을 그에게 전수했다. 하지만 드로나는 아르주나에게 경고하는 것을 잊지 않았다.

"너보다 못한 적에게 이 무기를 던지면 세상을 다 태워버릴 수 있으니 조심해서 간직해야 한다. 하지만 초자연적인 적을 만나면 아무것도 생각지 말고 이 무기를 써도 좋다. 네가 이 무기를 손에 쥐고 있으면 세상의 어느 누구도 너를 정복할 수 없다."

비마와 두르요다나는 갈고리 달린 철퇴를 공격과 수비에 사용하는 명수였다. 아스와타마는 여러 가지 무기를 능숙하게 사용했고, 쌍둥이는 칼을 잘 다루었다. 유디스티라는 전사로는 뛰어나지 않았다. 마침내 드로나는 드리타라슈트라 왕에게 보고했다.

"대왕님, 왕자님들은 훈련을 마쳤습니다. 더 이상 배울 게 없습니다. 이제 우리는 왕자님들의 무술 시범을 준비해야 합니다. 백성들이 볼 수 있도록 공개 행사로 하겠습니다."

넓은 경기장 주위에 구경꾼을 위한 관람석을 짓고 천막을 쳤다. 정해진 날 초대장이 널리 보내졌다. 왕은 왕비를 비롯한 왕가 사람들과 함께 특별석에 자리를 잡았다. 이웃 나라에서도 많은 왕자들이 참석했다. 하얀 옷을 입은 드로나가 경기장으로 들어와서 제자들을 한 사람씩 소개하며 그들의 이름과 재능을 관중에게 알렸다. 해설자인 산자야는 장님인 드리타라슈트라 왕 옆에 앉아 경기장에서 벌어지는 일을 자세히 설명했다.

"선수들이 들어오고 있습니다. 유디스티라가 나머지 선수들을 이끌고 앞장서서 말을 타고 들어오고 있습니다. 동생들은 각자 좋아하는 무기를 들고 지위와 나이 순서대로 기량을 과시하고 있습니다. 정말 멋지군요. 아! 관중이 흥분합니다. 관중의 외침소리가 들립니다. 화살에 맞을까 겁이 나서 고개를 돌리는 사람들도 있군요. 하지만 화살은 정확하게 날아가서 맨 앞줄에 앉은 사람 바로 앞에 떨어집니다. 잘했습니다! 훌륭하군요. 얼마나 우아하고 민첩한지 모릅니다. 이제는 스승이 제자들에게 다가가서 축복해주고 있습니다. 스승은 정말 행복해 보이는군요…."

드리타라슈트라가 처음에는 산자야의 말에 열심히 귀를 기울였지만, 나중에는 좀 차갑게 물었다.

"내 아들들은 어떠하냐? 내 아들들에 대해서는 아무 말도 하지 않으니 말이다."

"아, 예, 왕자님들도 저기 있습니다. 역시 눈부시게 찬란하군요. 차례를 기다리고 있나 봅니다."

"두르요다나는 어떠하냐?"

"두르요다나는 지금 철퇴를 높이 쳐들고 입장하고 있습니다. 비마가 사나운 코끼리처럼 철퇴를 휘두르며 맞서는군요. 모든 형제들이 두르요다나를 에워싸고 있습니다. 두르요다나는 별들에 둘러싸인 행성처럼 보입니다. 얼굴은 분노로 붉게 상기되어 있습니다. 두 사람이 철퇴를 휘두르며 충돌하면 차마 볼 수 없는 광경이 벌어질 겁니다. 하지만 아스와타마가 왕자님들 한복판에 똑바로 서 있습니다. 아스와타마는 충돌하는 거대한 산들 사이를 쉽게, 그리고 자신있게 움직입니다. 아스와타마는 아버지인 드로나한테 지시를 받고 비마와 두르요다나를 떼어놓고 있습니다.

아르주나는 한복판에 있습니다. 아스트라를 능숙하게 다루고, 거기에 힘을 부여하는 만트라에도 정통했군요. 그는 화살 하나로 불을 만들어냈습니다. 이제는 물과 공기와 폭풍을 만들었군요. 저 소리가 들리지 않습니까? 이제 구름을 만들었고, 땅을 만들었고, 주위에 산들을 만들었습니다. 그가 다른 무기를 사용하면 그게 모두 다 사라집니다. 지금은 전차에 타고 있고, 지금은 두 발로 서 있습니다. 정말 능란하고 재빠르군요. 머리 위에 매달려 바람에 흔들리고 있는 쇠뿔 속에 화살 스무 개를 쏘아 넣고 있습니다. 정말 놀라운 묘기입니다. 드로나가 기쁨의 눈물을 흘리는군요. 아르주나는 등을 두드리며 칭찬해주는 스승을 위해 잠시 무술 시범을 중단합니다."

아르주나의 시범이 끝나서 관중의 흥분이 차츰 가라앉고 악기 소리가 잠잠해졌을 때, 갑자기 경기장 입구 쪽에서 소동이 일어났다. 지금까지 아무도 알아차리지 못했던 전사가 그곳에 우뚝 서서 우레 같은 소리로 아르주나에게 도전하고 있었다. 갑옷을 입고 귀고리를 단 전사는 눈부시게 화려해 보였다. 그것은 쿤티를 제외하고는 아무도 본 적이 없는 카르나였고, 쿤티도 갓 태어난 그를 강물에 띄워 보낼 때 본 것이 마지막이었다. 그는 태양신의 아들이었기 때문에 환하게 빛났다. 사람들은 서로 얼굴을 바라보며 묻기 시작했다.

"저 젊은이는 누구지? 도대체 누구야?"

전사는 드로나를 비롯한 원로들에게 인사를 던지고 외쳤다.

"저는 아르주나가 보여준 무술을 다 할 수 있을 뿐만 아니라 그 이상의 것도 할 수 있습니다."

그는 드로나의 허락을 얻어 아르주나가 보여준 묘기를 되풀이했다. 이것은 두르요다나를 매우 기쁘게 했다. 두르요다나는 아르주나의 적수를 발견한 것이 기뻐서 그를 끌어안고 약속했다.

"오, 위대한 용사여, 당신의 소원을 다 들어줄 테니 우리 함께 일합시다."

"왕자님의 우정을 감사히 받아들이겠습니다." 카르나가 대답했다. "나는 한 가지 작은 소원이 있을 뿐입니다. 그 소원을 이룰 수 있도록 도와주십시오. 그 소원이란 결투에서 아르주나와 겨루어 보는 것입니다."

"우리가 축복해줄 테니 그렇게 하시오." 두르요다나가 말했다.

"당신은 적이 누구든 적의 머리 위에 발을 올려놓을 수 있다는 것을 우리는 알고 있소."

이 대화를 듣고 화가 치민 아르주나가 카르나를 쏘아보면서 외쳤다.

"불청객이 뛰어들어 무례하게 굴다니, 용서할 수 없다. 건방진 침입자가 받아 마땅한 대접을 해주마."

"이 경기장은 누구에게나 열려 있는 곳이다." 카르나가 대꾸했다. "나도 다른 사람과 마찬가지로 여기 들어올 권리가 있다. 진정한 크샤트리야는 쓸데없는 말다툼에 체력을 소모하거나 시간을 낭비하지 않는다. 네가 활과 화살을 잡는 법을 배웠다면, 그것이 말하게 하라. 그러면 내가 즉각 대답해주마!"

이제 사람들은 세 무리로 나뉘어 있었다. 한쪽에는 아르주나를 둘러싼 판다바 형제들이 있고, 반대편에는 두르요다나가 있고, 그 중간에는 드로나와 비두라를 비롯한 원로들이 어정쩡하게 서 있었다. 그들이 그렇게 서로 맞섰을 때, 그 젊은이가 아들 카르나라는 것을 알아본 쿤티는 형제가 서로 공격할 것을 예상하고 그만 기절해버렸다. 카르나의 신원을 알고 있는 비두라는 백단향과 장미 향수로 쿤티를 소생시켰다.

아르주나는 구름과 천둥의 신 인드라의 아들이었기 때문에 그 신의 보호를 받고 있었다. 인드라는 구름과 안개를 내려 보내서 아르주나의 존재를 가렸다. 카르나는 태양신의 아들이었기 때문에 밝은 햇빛을 받으며 온몸을 드러낸 채 서 있었다. 궁수들에게는 더할 나위 없이 좋은 과녁이었다. 그 순간, 전술의 대가이자 드리타라슈트라의 아이들을 가르친 크리파가 카르나에게 말했다.

"오, 전사여, 그대의 상대는 쿠루 가문의 판두 왕의 아들 아르주나요. 그대의 부모는 누구이고, 그대는 어느 가문 출신이오? 그대가 신분을 밝히면, 아르주나는 그대와 싸울 것인지 말 것인지를 결정할 거요. 서로 신분에 차이가 나면 결투가 성립될 수 없다는 건 그대도 잘 알 것이오."

이 말을 듣고 카르나의 얼굴이 어두워졌다. 그는 고개를 떨군 채 말없이 서 있었다. 그러자 두르요다나가 끼어들었다.

"지금 이 순간, 나는 그를 앙가의 왕으로 임명하겠소. 그 권한은 나에게 있으니까."

그는 서둘러 사제들을 경기장으로 불러서 카르나를 앙가의 왕으로 임명하는 의식을 거행했다. 카르나에게는 왕관과 보석과 일산과 그밖에 왕으로서 갖추어야 할 것들이 주어졌다. 경기장에 모인 사람들은 모두 경탄하며 지켜보았다. 이어서 두르요다나는 아르주나에게 말했다.

"이 사람은 이제 왕이니까 너와 결투하는 데 아무런 지장이 없다."

그런데 그때 카르나의 양부인 늙은 마부가 뛰어들더니, 아들의 벼락출세에 감격한 나머지 카르나를 껴안고 "내 아들아, 내 아들아!" 외치면서 기쁨의 눈물을 흘렸다. 이 광경에 비마는 크게 웃으며 이의를 제기했다.

"마부의 자식이었군. 그렇다면 말채찍이나 휘둘러야지, 그 주제에 무슨 무술을 하겠다고!"

그러나 두르요다나가 반박하고 나섰다.

"그렇지 않다. 문제될 것이 없다. 용기! 그것이 바로 크샤트리야 신분이다. 출생 신분이 낮아도 위대한 용사가 된 사례는 얼마든지 있다. 더구나 카르나의 출생에는 분명 무슨 곡절이 있을 것이다. 용맹한 자태, 늠름한 모습, 뛰어난 무술, 그리고 대단한 귀걸이와 갑옷을 보면 그는 분명 고귀한 신분임에 틀림없다. 마부의 자식? 저 초라한 마부는 그의 생부일 리가 없다. 카르나는 앙가의 왕일 뿐만 아니라 온 세상을 다스리기에도 충분한 영웅이다."

관중석에서는 혼란스러운 웅성거림이 일어났다. 그 말에 찬성하는 사람들도 있고 반대하는 사람들도 있었다. 그 순간 해가 졌다. 해가 진 뒤에는 결투를 할 수 없기 때문에 관중은 흩어졌다. 두르요다나는 카르나를 전차에 태우고 경기장을 빠져나갔다.

드로나는 제자들을 모아놓고 선언했다.

"내가 너희를 가르치고 지도한 대가를 요구할 때가 왔다. 나는 평생 이 때를 기다려왔다."

제자들은 모두 스승이 요구하는 것이라면 뭐든지 드리겠다고 말했지만, 드로나는 이렇게 말했다.

"이제 너희는 판찰라로 가서 드루파다 왕을 붙잡아 내 앞에 데려와야 한다. 너희가 이 일에 성공하면, 내가 평생 품었던 소망을 이루게 될 것이다."

그들은 아무 설명도 요구하지 않고 드로나를 안심시켰다.

"지금 당장 떠나겠습니다."

"좋다. 하지만 먼저 내 이야기를 잘 들어라. 나는 어렸을 때 위대한 현자인 바라드와지와 함께 살았다. 그분은 나의 아버지였다. 아버지한테 베다는 물론 무술까지 배웠다. 너희가 나한테 무언가를 배웠다면, 그것은 모두 아버지가 나에게 가르쳐준 것이다. 그때 내학우는 프리슈타라는 사람의 아들이었는데, 날마다 우리 암자에와서 나와 함께 공부하고 공부가 끝나면 함께 놀았다. 우리는 좋은 친구였지. 프리슈타가 죽자 내 친구가 왕위를 물려받았다. 그는나에게 작별인사를 하고는, 언제라도 도움이 필요하면 주저하지말고 찾아오라고 말했다. 내 아들 아스와타마가 태어났을 때 우리아버지는 이미 세상에 없었고 나는 힘든 시절을 보냈다. 아이가젖을 달라고 울어도 나는 젖을 구할 수 없어서 절망했고, 그래서친구를 찾아가 암소 한 마리를 부탁하려고 마음먹었다. 그런데 궁전 입구에서 근위병들이 나를 막았다. 그래서 나는 그들에게 말했다. 왕에게 가서 옛 친구가 찾아왔다고 전하라고. 저녁때가 되어서야 두 근위병이 나를 마치 포로라도 되는 것처럼 양쪽에서 호위하여 그에게 데려갔다. 그는 신하들에게 둘러싸인 채 높은 의자에 앉아 있었기 때문에, 나는 그를 쳐다보면서 거지라도 된 듯한 기분을 느꼈다.

'너는 누구냐? 원하는 게 무엇이냐?' 그가 위엄있게 물었다.

나는 내가 누군지를 설명하고, 옛 친구로서 그를 만나러 온 이유를 말했다.

'친구라고?' 그는 비웃으며 주위를 둘러보았다. 신하들은 킬킬거리고는 놀란 눈으로 나를 바라보며 고개를 저었다. 내가 '친구'라는 말을 되풀이하자 그는 그 높은 자리에서 말했다.

'무지한 자여, 지위가 다른 사람들 사이에는 우정 같은 게 존재할 수 없다는 걸 모르나? 어떻게 너 같은 비렁뱅이가 왕의 친구가될 수 있단 말이냐? 분명 너는 무언가를 부탁하러 왔겠지. 그래, 그렇게 먼 길을 온 이유는 그 때문이겠지. 네가 가난한 브라만인건 알겠다만, 우정을 요구하지는 마라. 그건 절대 불가능하다. 선물을 갖고 떠나거라.' 그는 신하들을 돌아보며 무어라고 말한 다음, 다시 말을 이었다. '언젠가 우리가 무슨 사정으로 만났을지는 모르지만, 세월이 흐르면 모든 게 변한다는 걸 모르겠나? 영원한 우정 같은 건 존재할 수 없어. 그건 유치한 생각이야. 이제 가도 좋다. 선물을 받고 떠나라.'

나는 너무 화가 나서 아무 말도 못하고 서 있었다. 내 아들 이야기는 꺼낼 마음이 나지 않았다. 이 사람이 나의 옛 친구, 날이 저물 때까지 우리 암자의 나무 밑에서 함께 뛰놀았던 그 동무와 같은 사람이라고는 믿을 수가 없었다. 나는 너무 화가 나서 '당신이 말하는 그 세월이 다시 와서 당신과 다시 이야기할 기회를 나에게 줄 때까지 기다리겠소.' 하는 말밖에는 할 수가 없었다. 나는 돌아서서 그 자리를 떠났고, 그후 여기저기 떠돌아다니다가 이 도시에 왔을 때 비슈마가 나를 알아보고 너희들의 스승으로 고용했다. 이제 내가 받을 보수를 요구하겠다. 모두 나가서 최고의 무기와 전차와 병사들로 판찰라를 공격하고, 드루파다 왕을 산 채로 붙잡아 오너라."

곧 전차들이 떠났고, 젊은이들은 저마다 무술을 시험해볼 수 있게 된 것을 기뻐했다. 며칠 만에 그들은 스승이 요구한 전리품을 가지고 돌아왔다. 그들은 드루파다를 드로나 앞으로 끌고 갔다. 드로나는 높은 자리에서 드루파다에게 말을 건넸다.

"내가 아들을 위해 암소 한 마리를 구하려고 너에게 도움을 청하러 갔을 때, 내 아들은 젖이 필요한 어린애였다. 오늘 내 아들은 어엿한 전사다. 내 아들은 나의 제자들과 함께 너의 도시를 공격하는 데 참여했다. 그 모든 게 내 명령으로 한 일이다. 마음만 먹었다면 네 목숨을 빼앗을 수도 있었지만, 두려워하지 마라. 나는 원한을 품고 있지 않다. 아직도 나는 어린 시절의 추억을 소중히 간직하고 있다. 네 왕국의 절반은 돌려주겠다. 우리가 대등한 존재로 남을 수 있도록 나머지 절반은 내가 맡아서 다스리겠다. 나는 언제까지나 너의 친구로 남을 것이다. 거기에 대해서는 조금도 의심 하지 마라."

3
환희의 집

드리타라슈트라는 조카들에 대한 애정이 지나쳐서 유디스티라를 자신의 후계자로 선언하고는 당장 후회했다. 후계자와 그의 형제들은 자신들의 역할을 너무 진지하게 받아들인 것 같았다. 형제들은 함께 또는 따로 원정대를 이끌고 이웃 나라들을 공격하여 점령하고 쿠루 제국의 영토를 넓혔다. 백성들은 그들을 영웅으로 보게 되었고, 그들이 세운 공에 대해 끊임없이 이야기했다.

드리타라슈트라는 왕이 되었을 때 첩자들에게 끊임없이 물었다. "사람들이 무슨 이야기를 하고 있느냐?" 첩자들은 시장에 가보면 모든 사람이 아르주나의 위업과 비마의 무예와 유디스티라의 위대함에 대해 이야기한다고 보고했다. 왕은 자기 아들들도 사람들의 화제에 오르기를 바랐겠지만, 두르요다나나 그의 형제들에 대한 언급은 전혀 없었다.

그는 정치적 술책에 밝은 재상을 불러 은밀히 물었다.

"판두의 아들들이 백성들의 인기를 얻으려 애쓰는 것을 알고 있소? 나는 그게 영 마음에 들지 않아요. 내 아들들과 조카들이 대등한 재능을 타고났지만 조카들이 지나치게 행동하고 있다는 건 재상도 알고 있을 거요. 나에게 조언을 해주시오. 내 의도가 무엇인지는 재상도 알 거요."

약삭빠른 재상은 이렇게 대답했다.

"예, 알고 있습니다. 사실은 저도 그 문제를 아뢰올 준비를 하고 있었습니다." 그러고는 왕이 내부와 외부의 적들로부터 자신을 지키는 방법과 왕이 자신을 지키려면 얼마나 무자비해야 하는지에 대해 설명했다. "언제라도 상대를 물어서 치명상을 입힐 수 있도록 항상 이를 날카롭게 갈아두어야 합니다. 절대로 배신하지 않을 거라고 확신할 수 있는 상대라도 항상 경계해야 합니다. 감히 말씀드리건대, 임금에게는 일가친척 따위가 존재할 수 없습니다. 우리는 다른 나라들만이 아니라 우리 왕국 안에도 첩자들을 심어야 합니다. 공원과 유원지, 사찰과 술집, 대신과 사제들, 재판관들, 문지기와 마부들 뒤에도 첩자를 심어야 합니다. 우리의 정보원은 널리 퍼져 있어야 하고 수없이 많아야 합니다. 그들의 보고는 아무리 하찮은 것이라도 모두 조사하고 분석해야 합니다. 저는 오랫동안 이 궁전에서 시행할 다양한 보안 조치를 궁리해왔는데, 이제야 거기에 대해 감히 말씀드릴 수 있게 되었나이다."

그는 왕의 조카들을 추방할 교묘하고 포괄적인 방법을 제시했다.

두르요다나는 아버지의 마음이 흔들린 것을 확인한 뒤, 아버지의 내실에서 속삭였다.

"우리는 자신의 안전에 주의를 기울여야 합니다. 첩자들의 보고에 따르면 백성들은 유디스티라가 지금 당장이라도 왕위에 오르기를 기대하고 있습니다. 아버지가 유디스티라를 후계자로 선언하신 건 실수였습니다. 사람들은 아버지가 앞을 못 보시기 때문에 왕위를 동생에게 양보했듯이 이제는 아예 퇴위하실 거라고 생각하고 있습니다. 우리는 방책을 세워야 합니다. 저는 재능있고 명망 있는 사람들을 끌어들여 우리 편을 강화하겠습니다. 하지만 그러기 위해서는 시간이 필요하니, 판두의 아들들을 나라 밖으로 내보내주십시오. 판두의 아들이 왕위에 오르고, 그의 아들이나 형제들, 또는 형제의 아들들이 뒤를 이어 왕이 되고 다시 그 아들들이 왕위를 계승하게 되면 우리는 아무 가치도 없는 시시한 존재가 되고 말 것입니다. 아버지는 불안을 느낄 이유가 전혀 없습니다. 살아 계신 동안은 보살핌을 받으실 테니까요. 비슈마는 여기 있고, 판두의 아들들은 감히 아버지를 건드리지 못할 것입니다."

드리타라슈트라는 유디스티라에게 말할 기회를 기다렸다. 유디스티라는 후계자로서의 의무를 수행하느라 온종일 바빴다. 그는 왕을 위해 정복한 영토를 통합하고, 백성들의 불만에 귀를 기울이고, 군대를 사열하고, 훈장으로 장군들을 격려했다. 그에게는 누구나 접근할 수 있었고, 그가 국사로 큰아버지를 성가시게 하는 일은 거의 없었다.

드리타라슈트라는 이틀 동안 기다렸다가 유디스티라를 불러서 말했다.

"고생이 많다! 너의 노고 덕분에 나는 편히 지낼 수 있구나. 하지만 이제는 너도 좀 쉬어야 하지 않겠느냐. 그래서 네가 갈 만한 곳을 생각하고 있는데…."

왕은 여러 가지 가능성을 생각하고 있다는 듯이 말을 끊었다. 공포가 그를 교활하게 만들었다. 그는 두르요다나의 조언에 따라 유디스티라를 도성에서 멀리 떨어진 바라나바타라는 곳으로 보내기로 이미 결심한 뒤였다. 그가 말을 이었다.

"다가오는 시바 축제 때 바라나바타는 유쾌한 분위기로 가득 찰 것이다. 너도 가서 휴일을 즐기도록 하라. 네 어머니와 동생들도 데려가거라. 예술가와 연예인과 학자들에게 후하게 나누어줄 수 있도록 선물도 많이 가져가거라. 바라나바타에는 언제까지든 네 마음대로 머물러도 좋다. 왕위 계승자라면 왕위에 오르기 전에 나라를 구석구석 알아야 하고, 모든 백성이 그의 모습을 보아야 한다."

유디스티라는 이 너그러운 제의에 숨어 있는 의미를 알아차렸지만, 자기 생각을 입 밖에 내지는 않았다.

점성술사들이 정한 날, 유디스티라는 큰아버지에게 작별인사를 하고 동생들과 함께 여러 대의 전차를 타고 바라나바타로 떠났다. 수많은 백성들이 그 뒤를 따랐고, 그들 중에는 왕의 속셈을 의심하며 걱정하는 사람들도 있었다. 유디스티라는 그들의 걱정과 의심을 누그러뜨렸다.

"대왕님은 우리의 행복을 걱정하는 우리의 아버지시다. 대왕님은 우리에게 호의를 갖고 계시다. 우리는 휴가를 즐긴 뒤에 다시 돌아올 것이다."

예의상 비슈마와 드로나를 비롯한 원로들이 판다바 형제들을 도중까지 바래다주고 돌아갔다. 비두라는 도성 밖 변두리까지 그들과 동행했고, 거기서도 한 무리의 백성들이 여전히 유디스티라 일행을 에워싸고 있었다.

비두라는 그들에게 작별인사를 하기 전에 암호로 경고를 보냈다.

"자신의 적을 아는 사람은 절대로 상처받을 수 없다. 강철로 만든 무기가 아니더라도 조심하지 않으면 자기를 공격할 수 있는 날카로운 무기가 존재한다는 것을 알아야 한다. 나무와 짚을 다 태워버리는 불도 구덩이 속에는 들어가지 못한다. 늑대는 땅속의 수많은 출구에서 나타난다는 것을 명심해라. 방랑자는 별을 보고 방향을 알 수 있고, 마음을 굳게 먹으면 살아남을 수 있다."

유디스티라도 똑같이 암호로 대답했다.

"알았습니다."

다른 사람들이 모두 떠나고 그들 일행만 앞으로 나아가고 있을 때 쿤티가 말했다.

"너와 비두라는 헤어지기 전에 이상한 말로 대화를 나누더구나. 우리는 그 말을 알아들을 수 없었어. 무슨 이야기였지?"

"때가 되면 어머니도 알게 되실 거예요. 하지만 지금은 그냥 가세요." 유디스티라가 대답했다.

바라나바타 주민들은 판다바 형제들을 열렬히 환영했다. 판다바 형제들은 많은 집에 초대를 받았다. 그들은 군중과 어울려 시바 축제의 소동을 즐겼다. 그들을 따뜻하게 맞이한 사람들 가운데 건축가인 푸로차나라는 사람이 있었는데, 그는 사실 두르요다나의 첩자였다. 푸로차나는 판다바 형제들을 위해 고급 주택을 새로 짓고 거기에 '환희의 집'이라는 이름을 붙였는데, 다섯 형제와 그들의 어머니는 온갖 편의시설이 갖추어진 방을 하나씩 차지하고 제각기 따로 살게 되었다.

하지만 푸로차나가 가버리자 유디스티라는 쿤티를 옆으로 데려갔다.

"저놈은 내가 모르는 줄 알고 있습니다. 어머니, 이게 바로 비두라가 우리한테 경고한 겁니다. 숨을 깊이 들이마셔 보세요. 저 금칠한 벽 뒤에 가득 채워져 있는 기름과 송진과 짚 냄새를 맡을 수 있을 겁니다. 저놈은 의심을 받지 않으려고 여기 살고 있지만, 한밤중에 불을 지르라는 신호를 기다리고 있습니다. 우리는 주의 깊게 경계하되, 우리가 알고 있다는 걸 내색하면 안 됩니다."

며칠 뒤, 한 손님이 몰래 찾아왔다. 비두라가 보낸 사람이었다. 그는 비두라가 유디스티라와 헤어질 때 한 말을 인용하여 자신의 신분을 밝혔다.

"늑대는 수많은 출구에서 나타난다는 것을 명심해라…"

"알았습니다." 유디스티라가 대답했다.

"저는 땅굴을 파는 기술자입니다." 손님이 말했다. "푸로차나는 어두운 밤을 기다렸다가 14일 밤 당신들이 모두 잠든 한밤중에 불을 지르라는 지시를 받았습니다."

유디스티라는 차가운 미소를 지으며 말했다.

"정말 생각이 깊은 사람들이군!"

"저는 그보다 훨씬 전에 제 일을 끝마치겠습니다. 이 저택을 둘러보고 땅굴을 파기에 적당한 곳을 골라도 되겠습니까? 쇠지레 소리를 아무도 들으면 안 됩니다."

집 한복판에 벽과 문이 두꺼운 방이 하나 있었다. 땅굴 기술자는 푸로차나의 의심을 사지 않도록 조심하면서 그 방의 문을 닫고 바닥을 파냈다. 구덩이가 완성되자 입구를 널빤지로 덮어서 위장하고 지하로 들어가 땅굴을 팠다. 푸로차나는 아무 의심도 하지 않고 판다바 형제들의 집사 역할을 계속했다. 바라나바타 주민들은 이렇게 음모와 반음모가 오가고 있는 것도 전혀 모른 채, 판다바 왕자들을 가까이에서 자주 볼 수 있는 것만 기뻐했다.

땅굴이 준비되자 쿤티는 사람들을 초대하여 큰 잔치를 베풀었다. 손님들을 배불리 먹이고 배웅한 뒤 유디스티라는 동생들에게 말했다.

"이제 우리도 떠날 시간이야."

그들은 비밀 통로를 열었고, 모두 안으로 들어간 뒤 비마 혼자만 집에 불을 지르려고 뒤에 남았다. 비마는 푸로차나가 자고 있는 방에 불을 질렀다. 성공적인 방화였다. 가연성 물질이 많았기 때문에 건물 전체가 순식간에 불길에 휩싸였다. 주민들이 깨어났을 때쯤 판다바 형제들은 이미 지하 통로 속으로 깊이 들어가 있었다.

그들이 강기슭 출구로 나오자 돛단배 한 척이 기다리고 있었다. 비두라가 고용한 뱃사공은 "늑대는 땅속의 수많은 출구에서 나타난다는 것을 명심하라"는 메시지를 되풀이 인용하여 자신의 신원을 입증했다. 그런 다음 일행을 무사히 강 너머로 데려다주었다. 강을 건넌 그들은 울창한 숲으로 들어가, 오로지 하스티나푸라에서 멀어지기만을 바라며 정처 없이 숲을 헤맸다.

판다바 형제들이 불 속에서 죽었다는 소식을 듣고 많은 사람들이 겉으로는 슬퍼하면서 속으로는 기뻐했다. '환희의 집'에서는 한 여자와 다섯 남자의 시커멓게 탄 유해가 발견되었다. 드리타라슈트라는 그의 조치가 이렇게까지 추진되리라고는 예상치 못했기 때문에 이제는 양심의 가책을 느꼈다. 그는 백성들에게 명을 내려, 고인들을 위해 성대한 장례식을 치르고 온 나라가 그들의 죽음을 애도하도록 했다.

4
다섯 형제의 신부

숲속에서도 비마는 기진맥진한 어머니와 형제들이 쓰러져 자는 동안 경계심을 풀지 않았다. 맨땅에 누워 있는 그들을 바라보면서 그의 가슴은 피를 흘렸다. 그들의 고생을 생각하며 그는 이를 갈았고, 그들을 이렇게 만든 친척에게 복수할 것을 맹세했다. 하지만 그는 자신의 체력과 용기로 그들의 고통을 덜어줄 수 있었다. 누군가가 발병이 나거나 지치면 어깨에 메고 갈 수도 있었다.

그는 동굴에 숨어 있다가 숲을 지나는 사람을 닥치는 대로 잡아먹는 마귀를 만난 적이 있었다. 비마는 그 마귀를 죽였고, 덕분에 뒤에 오는 사람들에게는 숲이 안전해졌다. 마귀의 누이인 히딤바는 비마에게 반해서 아름다운 여인으로 변신하여 사랑을 나누었고, 가토트카차라는 이름의 아들을 낳았다. 가토트카차는 위기가 닥칠 때마다 아버지를 도우러 왔고, 나중에는 전투에서 중요한 역할을 했다.

앞으로 가야 할 길은 지금까지 걸어온 길만큼이나 끝이 없어 보였다. 유랑자들은 방향감각이나 목표를 완전히 잃어버렸다. 그들은 풀뿌리와 나무열매를 먹거나 사냥을 했다. 그들은 수많은 숲과 산과 호수를 지나갔지만, 하스티나푸르에서 멀어지는 방향으로 가고 있다는 것을 빼고는 아무것도 분명치 않았다. 쿤티는 이따금 물었다.

"우리가 언제 어디서 멈추어야 할지 알고 있느냐?"

"아니요." 유디스티라가 대답했다. "하지만 때가 되면 지침을 받게 될 것입니다."

그는 계속 앞으로 나아갔고, 다른 사람들은 그 뒤를 따랐다.

어느 날 해질녘에 그들이 목욕재계하고 저녁 기도를 드린 뒤 호숫가에서 쉬고 있을 때 손님이 찾아왔다. 그것은 할아버지인 브야사였다. 그들의 기쁨은 말할 수 없었다.

브야사가 말했다.

"저기 두 개의 오솔길이 보이지? 왼쪽 길을 따라 가거라. 그러면 에카브라타라는 마을에 다다를 것이다. 거기서는 누구의 감시도 받지 않고 안전할 것이다. 너희의 운도 바뀔 것이고 상황도 달라질 것이다. 하지만 인내심을 가져라. 나중에는 너희의 원칙이 승리할 것이다. 너희가 또다시 궁전에서 살면서 나라를 다스리고 가난한 사람들에게 선물과 보시를 나누어주고 '라자수야'와 '아스와메타' 같은 전승 기념제를 거행하게 되리라는 것을 조금도 의심하지 마라."

에카브라타에서 브야사는 손님을 후하게 대접하는 가족에게 판다바 형제들을 소개했다. 그 집에서 보호를 받게 된 판다바 형제들은 사촌들의 비열함에 대한 고통스러운 기억을 제외하고는 이제 평안을 누릴 수 있었다. 유디스티라는 항상 인내와 희망의 철학으로 동생들을 달랬다. 그들은 곧 판에 박힌 일상생활을 하게 되었다. 이제 그들은 브라만이 되었기 때문에 시내를 돌아다니며 탁발을 하고, 그렇게 모은 음식을 가지고 돌아와 어머니 앞에 내놓으면 어머니가 그것을 나누어주었다. 비마는 다른 형제들보다 많이 먹었기 때문에 음식을 제일 많이 받았다. 그렇게 평온무사한 생활이 계속되던 어느 날, 그들은 집주인 가족이 큰 슬픔에 빠져 있는 것을 보았다. 집주인 가족은 목소리를 죽여서 말다툼을 벌이고 있었지만, 손님들이 엿들은 말 속에는 슬픔과 고통이 가득했다. 결국 판다바 형제들이 나서서 사연을 물었다.

그러자 집주인이 말했다.

"마을 밖 동굴에 마귀가 하나 살고 있는데, 이 마을을 18년 동안이나 차지한 채 우리를 괴롭히고 있답니다. 이 마귀는 멋대로 동굴에서 나와 함부로 사람을 잡아먹기 때문에, 마을에서는 매달 집집마다 교대로 밥 한 수레와 물소 두 마리를 끌고 가서 바치기로

했습니다. 마귀는 항상 배가 고파서 음식과 물소를 다 먹어치우고 결국에는 음식을 가져간 사람까지 잡아먹지요. 이렇게 매달 한 사람씩 희생될 수밖에 없는데, 이번에는 우리 차례가 되었답니다. 나는 나 혼자 희생해서 가족을 구하고 싶은데 저마다 자기가 희생해서 가족을 구하고 싶어 하니 어쩌면 좋을지 모르겠습니다."

쿤티는 곰곰 생각한 뒤 비마를 돌아보며 말했다.

"네가 오늘 그 마귀에게 수레를 끌고 가렴."

비마가 기꺼이 동의하자 유디스티라가 그를 말리려고 했다.

"비마를 위험에 빠뜨릴 수는 없습니다, 어머니. 아르주나도 안 되고, 쌍둥이는 너무 어려서 안 되고… 그러니 제가 음식을 가져 가게 해주십시오. 제가 죽더라도 비마와 아르주나가 힘든 시절이 끝날 때까지 어머니를 돌봐드릴 수 있을 겁니다."

쿤티는 그의 말을 가로막았다.

"비마를 보내자꾸나. 비마는 반드시 돌아올 거야."

비마는 음식 한 수레와 물소 두 마리를 몰고 마을 밖 숲속의 동굴에 도착했다. 그는 동굴 앞에서 물소들을 쫓아버리고 큰 소리로 마귀의 이름을 불렀다.

"바카수라야, 나와라!" 그는 계속 외치며 수레에 싣고 온 음식을 먹기 시작했다. "이 나쁜 놈아! 이리 와서 내가 먹는 걸 보아라."

"내 이름을 함부로 부르는 놈이 누구냐?"

마귀가 큰 소리를 치며 나왔다. 사납고 거대한 마귀는 소리를 지르며 그의 뒤로 다가왔지만, 비마는 모른 척하고 침착하게 식사를 계속했다.

"내가 먹을 음식을 먹고 있는 너는 누구냐? 짐승들은 어디 있지?"

"짐승?" 비마가 말했다. "물소 말이냐? 물소들은 이 숲속 어딘가에서 평화롭게 풀을 뜯고 있겠지. 내가 물소들을 쫓아버렸다. 너는 오늘 물소만이 아니라 다른 음식도 먹지 못할 것이다." 마귀가 뒤에서 후려쳤는데도 비마는 태연했다. "나는 밥을 먹고 있을 때 누가 방해하는 걸 좋아하지 않아. 너는 기다리는 법을 배워야겠다."

마귀가 처음에는 당황하여 몇 번 더 그를 때렸지만, 비마는 음식을 입에 가득 넣은 채 마귀가 목덜미에 앉은 벌레라도 되는 것처럼 가볍게 쳐서 털어버릴 뿐이었다. 마귀는 비마를 밀어내고 자기가 음식을 먹으려고 했다. 하지만 마귀가 아무리 힘껏 밀어도 비마는 앉은 자리에서 꿈쩍도 하지 않았고, 마귀가 음식을 집으려고 하면 비마는 무심하게 마귀의 손을 쳐냈다.

"나는 배가 고파. 어떻게 감히 나를 막느냐?" 마귀는 숲속이 메아리칠 만큼 고함을 질렀다. "너를 잡아먹겠다."

"그래?" 비마가 말했다. "네가 그러리라는 걸 난 알고 있어. 너는 음식을 가져온 사람들을 반찬이라도 되는 것처럼 다루었으니까. 하지만 이제는 그런 짓을 할 수 없다는 걸 알아둬."

"아니면 네가 나를 잡아먹을 작정이냐?" 마귀가 빈정거리듯 물었다.

"천만에. 너를 잡아먹지는 않겠지만, 늑대와 독수리들이 먹기 편하도록 작은 조각으로 찢어발길 수는 있지."

비마는 자기가 가져온 음식을 모조리 먹어치울 때까지 꿈쩍도 하지 않다가, 음식이 바닥나자 그제야 마귀를 상대로 일에 착수했다. 대판 싸움이 벌어졌다. 그들은 거대한 나무들을 뿌리째 뽑고, 거대한 바위를 들어 던지고, 주먹으로 상대를 때렸다. 마침내 비마가 마귀를 머리 위로 번쩍 들어 올려 빙글빙글 돌린 다음 땅바닥에 내던졌다. 마귀가 땅바닥에 축 늘어지자 비마는 무릎으로 그를 누르고 등뼈를 부러뜨렸다.

마을 사람들의 마음은 고마움으로 가득 찼고, 크샤트리야만의 고유한 자질인 힘과 용기를 브라만이 어떻게 갖게 되었느냐고 놀라서 물었다. 판다바 형제들은 비마가 비전의 만트라를 배워 어떤 마귀도 이길 수 있게 되었다고 그의 재능을 설명했다.

판다바 형제들은 자신들의 정체가 탄로날 위험이 있었기 때문에, 손님을 후하게 대접하는 그 집을 어서 떠나야 했다. 게다가 판찰라 왕 드루파다가 그의 딸을 위해 '스와얌와라'[10]를 연다는 소식이 그들에게도 전해졌다.

---

10) 신랑감을 선발하는 경연대회. (옮긴이)

드루파다 이야기

　드로나의 제자들에게 패한 드루파다는 자존심에 상처를 입고 세상을 널리 돌아다니며 스승을 구했다. 그렇게 찾은 스승은 언젠가 드로나를 이길 수 있는 방법을 그에게 가르쳐주었다.

　드루파다는 기도와 희생제를 치렀고, 제물을 태우는 불길 속에서 아들 하나와 딸 하나가 나타났다. 아들은 무기를 들고 갑옷을 입은 채 태어났고, 뛰어난 전사가 될 면모를 두루 갖추고 있었다. 그는 '용기와 무기와 훈장을 갖고 태어난 자'라는 뜻의 드리슈타듐나라는 이름을 얻게 되었다. 까무잡잡한 피부에 아름다운 외모를 타고난 딸은 드라우파디 또는 판찰리라고 불렸다.

　드라우파디의 스와얌와라를 놓칠 수는 없었다. 그래서 판다바 형제들과 어머니는 판찰라로 떠났다. 그곳에서 그들은 도성 밖 옹기장수의 집을 숙소로 정했다. 그들은 아침마다 성내로 들어가 탁발을 하러 다녔고, 모은 음식을 집으로 가져오면 어머니가 나누어 주었다.

　대회가 열리는 날, 판다바 형제들은 일찌감치 집을 떠나 궁전으로 가는 군중 속에 끼어들었다. 넓은 땅이 말끔히 치워지고, 공주의 선택을 받기 위해 경쟁할 젊은이들과 손님들이 앉을 관람석이 세워졌다. 번쩍번쩍 빛나는 장식을 달고 위풍당당한 무기를 지닌 용사들이 말이나 전차를 타고 속속 도착했다.

왕실 사제들이 집행하는 복잡한 의식으로 행사가 시작되었다. 정해진 시간에 드라우파디가 경기장에 들어와서 주위를 둘러보았다. 공주의 완벽한 미모와 기품에 모든 젊은이들의 심장이 고동쳤다. 그녀는 오빠인 드리슈타듐나의 호위를 받고 있었다. 드리슈타듐나는 누이의 손을 잡고 중앙에 있는 단 위로 안내한 다음 쩌렁쩌렁 울리는 목소리로 말했다.

"만장하신 여러분, 여기에 활과 화살이 있습니다. 다섯 개의 화살을 연달아 쏘아서, 밑에 있는 기름 냄비에 비친 영상을 보고 위에서 빙글빙글 돌고 있는 과녁을 맞히는 사람이 저의 누이를 신부로 맞이하게 될 것입니다."

왕자들이 먼저 나섰지만, 활을 보고는 대부분 포기하고 물러났다. 활이 얼마나 무거운지, 활을 들다가 발등에 떨어뜨리는 사람도 있었고, 철사로 된 시위를 당기다가 힘에 부쳐 엉덩방아를 찧는 사람도 있었다.

드라우파디는 신랑 후보들이 실격당하는 것을 지켜보면서 적이 안심했다. 그녀는 왕자들이 요란한 전투복 차림으로 오만하게 나왔다가 서둘러 물러나 말을 타고 급히 사라지는 것을 보았다. 그들을 조롱하는 웃음소리가 허공을 가득 채웠다.

카우라바 형제들은 한구석에 모여서, 도착하는 사람들과 떠나는 사람들을 경멸의 눈길로 바라보았다. 무술과 궁술의 대가인 카르나도 두르요다나와 함께 거기에 있었다. 그의 형제들은 귀빈석을 차지한 채 실패한 후보자들을 비웃고 있었다. 이윽고 그들의 차례가 오자 관중석이 조용해졌다. 공주는 본능적으로 몸을 떨면서, 그들이 제발 실패하게 해달라고 신들에게 기도를 드렸다.

그녀가 불안한 눈으로 지켜보는 동안 카르나는 활로 다가가서 장난감처럼 가볍게 들어 올렸다. 그러고는 활을 똑바로 세우고 과녁을 향해 시위를 잡아당긴 순간 드라우파디가 "나는 저 사람을 원하지 않아…" 하고 말하는 소리를 들었다. 카르나는 활을 떨어뜨리고 쓴웃음을 지으며 자리로 돌아갔다.

두르요다나는 얼굴을 찡그리며 속삭였다.

"공주는 그런 말을 할 권리가 없었어. 네가 시위를 당겨서 과녁을 맞히면 공주는 너를 받아들여야 해. 그게 조건이야. 안 그러면 너는 공주를 납치해서 달아나도 돼. 돌아가서 활을 잡아. 우리가 너를 지원할 테니."

"아닙니다." 카르나가 말했다. "나는 저 여자를 원하지 않습니다."

당시에는 아무도 주목하지 않았지만 나중에 〈마하바라타〉에서 중요한 역할을 맡게 될 사람이 관중 속에 끼어 있었다. 그것은 드와라카 왕인 크리슈나였다. 사실 비슈누 신의 여덟 번째 화신인 크리슈나는 야다바 가문의 일원으로 태어났는데, 그는 자신이 인간의 모습으로 태어나는 목적을 이렇게 설명했다.

"미덕을 지키기 위해

　악을 파괴하기 위해

정의를 확립하기 위해

나는 대대로 다시 태어난다."

그는 옆에 앉아 있는 형 발라라마에게 속삭였다.

"저 브라만들은 불 속에서 죽은 것으로 알려진 판다바 형제들이
야. 이것은 모두 예정된 운명이지. 우리는 앞으로도 그들을 자주
보게 될 거야."

이제 브라만의 무리 속에서 아르주나가 일어나자 관중석이 술
렁거렸다. 항의하는 외침소리가 일어났다.

"크샤트리야만이 참가할 수 있는 대회에 어떻게 감히 브라만이
참가하는가? 브라만은 경전에만 충실하라."

하지만 드루파다 왕은 판결하기를, 이번 대회를 알리는 포고문
에는 신분에 제한을 두는 조항이 들어 있지 않았다고, 따라서 누
구나 대회에 참가하여 자신의 운을 시험해볼 수 있다고 말했다.

드라우파디는 아르주나가 활로 다가가는 것을 불안한 눈으로
지켜보았다. 아르주나는 활시위를 당겼을 뿐만 아니라 화살 다섯
개를 모두 과녁에 명중시켰다. 드라우파디는 화환을 들고 다가가
서 그의 목에 걸어주었고, 그들은 약혼했다. 아르주나는 그녀의 손
을 잡고 퇴장했다.

당장 소동이 일어났다.

"우리는 속았다! 어떻게 브라만이 크샤트리야 여자를 신부로 얻
을 수 있단 말인가? 그건 용납할 수 없는 일이다. 우리는 드루파다

왕을 죽이고 공주를 데려가겠다."

싸움이 일어났다. 판다바 형제들 가운데 가장 힘이 센 비마는 공원에서 뽑아온 거목 두 그루로 무장하고 옹기장수 집으로 공주를 데려갔다.

형제들이 도착했을 때 쿤티는 부엌에 있었다. 비마는 제 목소리가 유쾌하게 들리기를 바라면서 현관 계단에서 소리쳤다.

"어머니, 나와 보세요. 오늘 우리가 어떤 시주를 받아왔는지 보세요."

쿤티는 나와 보지도 않은 채 부엌에서 대답했다.

"너희 모두 함께 나누어 가지렴."

"세상에!" 비마가 외쳤다. "세상에!" 모두 입을 모아 외쳤다. 가장 큰 소리로 외친 사람은 신부를 얻은 아르주나였다.

왜 소동이 일어났는지 보려고 밖으로 나온 어머니는 처녀를 보고 놀라서 외쳤다.

"아니, 이게 누구야? 네가 신부를 얻었구나, 아르주나?" 그녀는 기쁨으로 가득 차서 공주의 손을 잡았다. "아르주나, 네가 이 신부를 얻었구나. 이 공주를, 이 아름다운 처자를! 그러니까 너는 결국 그 대회에 참가했구나. 나는 너희가 정말로 거기에 갈 거라고는 믿지 않았다. 적에게 들킬 위험을 무릅쓰고 가다니! 며느리를 맞이하게 되어서 나는 정말 행복하다! 어서 말해다오. 어떻게. 그래, 들어오렴. 어서 들어와." 그녀의 기쁨은 한이 없었다. 아들이 가장 중요한 경연대회에서 이겼고, 무사히 영광스럽게 성공을 거둔 것이다. "들어와. 어서 들어와."

그들은 어머니를 따라 안으로 들어갔다. 쿤티는 돗자리를 깔고 공주에게 앉으라고 권했지만, 드라우파디는 예의바른 며느리답게 남자들과 시어머니가 서 있는데 혼자 앉으려 하지 않았다. 게다가 그녀의 마음은 혼란에 빠져 있었다.

다섯 형제는 불안하게 서 있었고, 드라우파디는 어머니의 뜻대로라면 그녀를 공유하게 될 다섯 남자를 똑바로 바라보지 않으려고 애쓰면서 눈을 내리깐 채 좀 떨어진 곳에 서 있었다. 그동안 어색한 침묵이 흘렀다. 한 남자와 결혼할 줄 알았는데 뜻밖에 네 남자가 덤으로 주어졌으니, 여자에게는 얼마나 큰 낭패이겠는가!

드라우파디는 어떤 운명의 장난이 자신을 이런 곤경에 빠뜨렸을까 생각하면서, 되도록 눈에 띄지 않게 다섯 형제를 눈여겨보았다. 쿤티는 좀 전에 한 말을 무시하려고 애쓰면서 억지웃음을 지으며 말했다.

"너희가 시주를 받아왔다고 말했을 때 나는 여느 때처럼 탁발을 해온 줄 알았다. 그래서 버릇처럼 말하고 말았구나." 그녀의 목소리는 점점 약해졌다.

힘은 세지만 언변이 없는 비마는 자기가 왜 그런 말을 했는지를 해명하려고 애썼다.

"저는… 농담을 할 작정이었어요. 그저 농담으로…"

어색한 순간을 깨뜨린 것은 아르주나였다.

"어머니, 어머니의 말씀은 우리에게는 언제나 명령이었고, 그 권위는 결코 피할 수 없습니다. 어떻게 그렇지 않을 수 있겠습니까? 우리는 어머니가 말씀하신 대로 드라우파디를 함께 나누어갖겠습니다."

"아니, 안 된다…." 어머니가 외쳤다.

"아르주나!" 유디스티라가 말했다. "너는 무슨 터무니없는 제안을 하고 있는 거냐? 한 남자와 결혼한 여자는 아내지만, 두 명, 세 명, 네 명, 또는 다섯 명과 결혼한 여자는 논다니야. 죄받을 여자지. 도대체 누가 그런 이야기를 들어보기나 했겠냐고!"

"내가 무심코 한 말을 너무 중요하게 생각지 마라." 어머니가 말했다. "아들아, 도리를 벗어난 그런 일은 제안조차 하지 마라."

"제발 저를 죄인으로 만들지 마세요." 아르주나가 간청하듯 말했다. "어머니 말씀에 따르지 않는 죄를 견디라고 강요하는 것은 공정하지 않습니다. 맏이인 유디스티라 형님, 형님은 사려분별이 있고 옳고 그름을 아는 분입니다. 우리 네 형제와 이 여자는 형님 말씀에 따를 터이니, 무엇이 바람직하고 공정한지, 우리에게 말씀해주셔야 합니다. 그러면 우리는 형님 말씀에 따르겠지만, 어머니의 분부를 어길 수는 없다는 것을 명심하세요."

그가 이렇게 말했을 때 형제들은 모두 여자의 얼굴을 유심히 살폈다. 사랑의 신 만마타가 이미 활동을 시작하여 그들의 피를 끓

게 하고 그들의 시각에 영향을 주었기 때문에, 형제들의 심장은 더 빠르게 고동치고 있었다.

잠깐 생각에 잠긴 유디스티라는 이 상황을 이미 예언한 점쟁이의 말을 기억해냈다. 그는 형제들끼리 질투하는 것을 피하기로 결심하고 이렇게 선언했다.

"이 여자를 우리 모두의 아내로 삼자."

드라우파디의 아버지인 판찰라 왕 드루파다는 결혼식 준비를 상의하기 위해 판다바 형제들을 불렀다. 다섯 형제는 어머니와 공주와 함께 예식과 잔치에 참석하도록 궁전에 초대되었다. 그들은 궁전과 마당을 둘러보았다. 거기에는 과일과 기념품, 희귀한 예술품과 조각품, 그림들, 금을 상감한 가죽옷, 희귀한 모양의 가구, 농기구, 전차와 말들이 전시되어 있었다. 칼과 무기, 방패와 전투 장비들이 보관되어 있는 홀을 지나갈 때, 다섯 형제는 그것을 집어들어 감탄하고 논평하면서 궁전의 어느 곳보다 이곳에서 많은 시간을 보냈다.

이것을 보고 왕은 그들이 브라만처럼 행세하고 있지만 사실은 크샤트리야일지 모른다고 의심했다. 그들이 방으로 가서 편안하게 자리를 잡자 왕은 유디스티라를 불러서 단도직입적으로 말했다.

"나는 그대가 항상 진실만을 말하리라는 것을 알고 있다. 그대들은 누구인가?"

그래서 유디스티라는 자신과 형제들의 신원과 정체를 밝히고, 1년 전에 왕국을 떠난 뒤 겪은 시련과 고난을 설명했다.

그러자 왕이 말했다.

"오늘 힘센 팔을 가진 아르주나가 내 딸과 결혼하는 것을 기뻐하고, 우리 두 집안의 결합을 축하하게 하라. 오늘은 이 세상의 모든 사람들을 행복하게 하라."

유디스티라가 대답했다.

"대왕님, 저는 형제들 가운데 만이인데도 아직 결혼하지 않았습니다. 우리의 규율에 따르면 제가 맨 먼저 결혼해야 합니다. 제가 먼저 결혼하도록 축복해주십시오."

왕은 이 말에 함축되어 있는 의미를 꿈에도 생각지 못하고 말했다.

"그렇다면 좋다. 그대는 연장자이고, 내 딸은 이제 그대 집안에 속해 있으니, 그대가 내 딸과 결혼하기로 결심한다면 마음대로 하라. 아니면 그대의 형제들 가운데 하나를 골라서 내 딸을 주어도 좋다. 나는 더 이상 할 말이 없다."

유디스티라는 조용하게 솔직히 말했다.

"드라우파디는 우리 모두의 아내가 될 것입니다. 우리 어머니가 그렇게 말씀하셨기 때문입니다." 그는 그동안 있었던 사정을 설명하고 이렇게 결론지었다. "드라우파디는 보석과 같습니다. 보석은 우리 형제 모두 함께 나누어갖는 것이 우리의 규율입니다. 우리는 아무도 그 규율을 어기고 싶지 않습니다."

이 말을 듣고 왕은 깜짝 놀랐다. 겨우 마음의 평정을 되찾자 큰소리로 외쳤다.

"한 남자가 여러 아내를 거느리는 것은 드물지 않은 일이지만, 한 여자가 여러 남편을 거느리는 것은 세상 어디에도 없는 일이고, 관습에서도 경전에서도 용납된 적이 없는 일이네. 그대처럼 순결하고 박식한 사람이 그런 말을 하다니, 어떤 사악한 힘의 영향을 받고 있는 것인가?"

유디스티라는 왕을 진정시키려고 애썼다.

"올바른 길은 복잡미묘한 법입니다. 저는 옳은 길에서 벗어나지 않았다는 걸 압니다. 대왕이시여, 세계의 정복자시여, 아무 걱정 마시고 허락해주십시오."

"그대와 그대의 어머니, 내 딸과 이 문제를 논의한 다음, 어떻게 해야 할지 나에게 말해달라."

바로 그 순간, 현자인 브야사가 도착했다. 의례적인 인사가 끝나자 왕이 물었다.

"성자님, 우리에게 지침을 내려주십시오. 한 여자가 다섯 남자와 결혼할 수 있습니까?"

"항상 그렇지는 않소." 브야사가 대답했다. "하지만 이 경우에는 그게 옳소. 들어보시오." 그는 일어나서 왕의 내실로 들어갔다. 다른 사람들은 멀찌감치 거리를 두고 그를 따라가서 밖에서 기다렸다.

드라우파디의 전생

브야사가 말했다.

"당신의 딸은 지난 생에서는 날라야니라고 불렸소. 날라야니는 이 나라의 이상적인 여자 다섯 명 가운데 하나였지요. 그녀는 모우드갈야라는 현자와 결혼했는데, 이 남자는 나병 환자에다 외모와 버릇이 역겹고 심술궂었소. 하지만 날라야니는 남편의 육체적 상태에 전혀 아랑곳하지 않았고, 아내로서 남편에게 더없이 헌신적이었소. 남편의 별난 지시에도 모두 복종했고, 남편의 변덕스러운 기분도 받아주었고, 남편이 먹다 남긴 음식을 먹었소. 그녀는 자신의 자아를 완전히 말살한 채, 이 모든 일을 조금도 망설이거나 꺼리지 않고 기꺼이 했소. 그들은 그렇게 오랜 세월을 보냈고, 어느 날 남편이 말했소.

'오, 아름다운 이여, 지상에서 가장 완벽한 아내여, 당신은 가혹하기 이를 데 없는 시련을 겪으면서도 무사히 견뎌냈소. 나는 늙지도 않고 병들지도 않고 사려분별이 없지도 않다는 걸 알아두시오. 나는 당신을 시험하기 위해 이런 구역질나는 외모를 택했소. 당신은 정말 남자가 바랄 수 있는 가장 관대한 배우자요. 원하는 게 있으면 뭐든지 요구하시오. 당신 부탁이라면 모두 들어줄 테니.'

그러자 날라야니는 말했소.

'당신이 다섯 형상을 띤 다섯 남자로서 나를 사랑하고 항상 원래 상태로 돌아가서 하나의 형상으로 융합되었으면 좋겠어요.'

그래서 남편은 그 소원을 들어주었소. 그는 당장 자신의 추한 외모를 벗어버리고, 사내다운 매력적인 남자로 아내 앞에 섰소. 그리고 그는 네 가지의 다른 형상도 띨 수 있었소. 그들의 여생은 행복으로 가득 찼소. 그들은 널리 여행을 다녔고, 지상의 아름답고 낭만적인 곳을 방문했고, 하나의 생이 아니라 여러 생에서 완벽하게 융합된 삶을 살았소. 그들은 끝없이 살고 사랑했소.

이런 삶에 그녀는 싫증을 느끼지 않았지만, 그는 싫증이 났소. 어느날 그는 방종한 삶을 끝내고 이제 고독과 명상 속으로 물러가겠다고 아내에게 말했소. 그녀는 이 말에 슬피 울부짖었소.

'하지만 나는 아직 만족하지 않았어요. 나는 당신과 함께 멋진 삶을 살았어요. 영원히 이런 생활을 계속하고 싶어요.'

모우드갈야는 아내의 청을 거절하고, 자신의 영적 진보를 방해하는 장애물이라면서 아내를 버리고 떠났소. 그러자 그녀는 그때까지 살고 있던 꿈같은 이상향에서 지상으로 내려와 전능한 이슈와라 신에 대해 명상할 준비를 했소. 그녀는 아주 엄격하게 명상을 했고, 이슈와라가 그녀 앞에 나타나자 이렇게 중얼거렸소.

'저는 남편을 원합니다, 남편, 남편….'

'너는 곧 이 생을 끝내고 아름다운 여인으로 다시 태어나 다섯 남편과 결혼하게 될 것이다.' 신은 그렇게 말했소.

'다섯 남편이라고요? 왜 다섯이죠? 저는 한 남편만 원합니다.'

'나도 어쩔 수 없다. 나는 네가 "남편"이라고 말하는 걸 다섯 번 들었으니까.' 이슈와라가 말했소. 신의 말씀은 취소할 수 없으니까, 그게 최종 결론이었소.

　신은 농담으로 말한 것처럼 보였지만, 사실은 의도를 갖고 있었소. 신의 안목에는 농담 따위는 존재하지 않소. 만사가 계획에 따라 움직이는 법이오. 날라야니는 여자의 자궁에 잉태되지 않고 제물을 태우는 불 속에서 드루파다의 딸로 다시 태어났소. 정의와 미덕이 이 세상에서 다시 회복되어야 하오. 카우라바 형제들은 악의 화신이오. 강력하고 재주있고 기예를 갖추고 있소. 인류를 위해 그들을 말살해야 하오. 드라우파디가 중요한 역할을 맡게 될 거요."

드라우파디는 판다바 형제들과 결혼했다. 결혼식에서 그녀의 손을 맨 먼저 잡은 것은 맏이인 유디스티라였다. 다음은 힘센 비마였고, 실제 승자인 아르주나가 그다음이었고, 마지막으로 쌍둥이인 나쿨라와 사하데바가 차례로 그녀의 손을 잡았다. 공주는 다섯 형제 중 한 사람과 꼬박 1년을 함께 살면서 아내 노릇을 하고, 1년 뒤에는 다음 남편으로 옮겨갔다. 그녀가 한 사람과 함께 사는 동안, 다른 형제들은 마음속에서 그녀의 모습을 완전히 지우겠다고 맹세했다. 이 규율을 실천하려면 아주 특별한 초연함과 수양이 필요했다. 마음속으로라도 이 규율을 어긴 사람은 스스로 가족을 떠나 신성한 강으로 힘든 순례를 하면서 속죄해야만 했다.

5
큰아버지의 선물

판다바 형제들이 살아 있다는 소식이 전해지자 하스티나푸라 사람들은 불안에 휩싸였다.

"그렇다면 불 속에서 타죽은 건 누구지?"

궁정 신하들이 이러쿵저러쿵 추측을 내놓자 두르요다나가 말했다.

"그건 우리가 보낸 첩자야. 미련한 놈 같으니. 그리고 다섯 아이와 함께 있었던 여자는 잔치를 먹으러 왔다가 술에 취해서 잠이 들었겠지! 불의 신은 한 여자와 다섯 아이를 데려갔지만, 그 아이들은 우리가 노렸던 아이들이 아니었어."

한편 드리타라슈트라 왕은 스와얌와라에서 아르주나가 드라우파디 공주를 차지했다는 얘기를 듣고 이렇게 말했다.

"드루파다의 딸은 보기 드문 여자라고 들었다. 그런 여자가 우리 집안의 며느리가 되었으니 얼마나 다행한 일인가. 그들 형제에게 번영과 행복이 깃들기를!"

아버지가 이런 반응을 보였다는 것을 알고, 그렇지 않아도 질투와 증오에 휩싸여 있던 두르요다나는 아버지를 찾아가서 분노를 터뜨렸다.

"아버지, 판다바들은 우리의 적인데, 어떻게 그들을 축복할 수 있단 말입니까? 아버지의 자식들에게는 아무 관심도 없습니까? 가족에 대해서는 아무 관심도 없으세요?"

그는 성난 눈으로 아버지를 노려보았다. 드리타라슈트는 장님이었지만, 아들의 말 속에 숨어 있는 분노를 느꼈다. 그는 어색하게 웃으면서 변명했다.

"애야, 너도 알다시피 나는 비두라와 이야기를 나누고 있었다. 그에게 내 본심을 보이고 싶지 않았어. 우리 모두 비두라를 조심해야 한다. 네가 그 신부를 얻었다면 나는 정말로 행복했을 거다. 처음엔 나도 그런 줄 알았고, 그래서 행복감을 느꼈지. 하지만 나중에 비두라가 자초지종을 얘기해주더구나. 비두라 앞에서 그 아이들에 대해 이야기할 때는 조심해야 한다. 자, 그럼 어떻게 하면 좋을지, 너의 생각부터 들어보자꾸나."

"판다바들은 한 어머니의 소생이 아니라 이복형제들입니다. 그 점을 이용하여 그들 사이에 싸움을 붙이는 방법은 어떻겠습니까? 아니면 그들이 가장 믿고 의지하는 두르파다 왕에게 많은 재물을 보내어 그를 우리 편으로 끌어들이는 것도 좋은 방법일 듯합니다."

"이젠 상황이 바뀌었다는 점을 명심해야 한다. 드루파다는 판다바 형제들의 장인이자 동맹자가 되었으니 말이다. 더구나 드루파다는 우리한테 공격당한 일을 잊지 않고 있어. 더구나 드루파다는 점점 더 강해지고 있고, 우리한테 빼앗긴 영토를 모두 되찾을 때까지 쉬지 않을 것이다."

드리타라슈트라는 아들들을 사랑하지만 그렇다고 동생의 아들들을 미워할 수는 없다는 딜레마에 빠져 있었다. 그는 자기가 조카들을 죽이려는 음모에 관여하고 있다는 것을 알았지만, 아들들이 관련된 경우에는 자신의 판단에 따라 행동할 수 없었다. 그는 신념을 갖고 있지 않았고, 자신의 선량한 천성과 끊임없이 충돌했다. 그래서 그는 비슈마와 비두라와 드로나에게 돌아가며 의견을 구했다.

비슈마가 말했다.

"신들이 그들을 도와주었네. 어쨌든 지금 자네는 과거의 잘못을 바로잡을 수 있어. 그들을 축복하고 선물을 보내게. 집안의 며느리를 환영하고 축복하게. 그들 모두가 추방 생활을 끝내고 돌아오도록 해주게. 유디스티라에게 정당한 몫을 돌려주게. 나에게는 모두 손자뻘일세. 나는 자네가 그들을 제거하려는 아들의 계획에 동의했다는 걸 알고 있네. 하지만 지금쯤은 자네도 인간을 제거하기가 그렇게 쉽지 않다는 것을 깨달았을 터. 전능하신 신께서 다 보고 계시다네."

비두라도 비슈마의 의견에 동조하면서 빨리 사람을 보내어 판다바 형제들을 맞아들여야 할 것이라고 말했다.

드로나는 훨씬 더 단호했다.

"저는 아르주나가 어떤 일을 할 수 있는지 알고 있습니다. 저는 드루파다도 알고 있고, 그의 힘이 점점 강해지고 있는 것도 알고 있지요. 그의 아들 드리슈타듐나는 보통 전사가 아닙니다. 그들은 무적의 진영을 구축하고 있습니다. 그밖에도 많은 사람들이 이제 곧 그들에게 합류할 것입니다. 드와라카에서 온 크리슈나도 그곳에 그들과 함께 있는 것이 목격되었습니다. 그는 야다바 가문과 그밖의 많은 사람들을 그들 진영으로 끌어들일 것입니다. 크리슈나 한 사람만으로도 대단한 원군이 될 텐데, 크리슈나는 평범한 사람이 아니라는 걸 잊지 마세요. 대왕님의 지난 잘못이 계속되어 이 나라를 파멸의 길로 데려가지 않게 하십시오."

그의 솔직한 견해는 카우라바 형제들의 입맛에 맞지 않았다.

나중에 불려온 카르나는 이렇게 말했다.

"드로나는 우리의 스승이지만 그의 말을 듣지 마십시오. 그가 정치에 대해 뭘 압니까? 그는 오로지 무술에 대해서만 알고 있을 뿐, 다른 건 아무것도 모릅니다. 비슈마와 비두라는 아시다시피 판다바들의 첩자입니다. 우리에게 가장 현명한 길은 군대를 끌고 가서 드루파다를 죽이고 그와 함께 판다바들도 죽이는 겁니다. 우리에게는 다른 어떤 길도 열려 있지 않습니다. 우리의 모든 경전에는 재빠른 행동과 힘만이 위협을 제거할 수 있다고 쓰여 있습니다. 우리는 드루파다가 더 강해지기 전에 행동에 나서야 합니다."

서로 충돌하는 조언들 속에서 드리타라슈트라는 당황하여 어찌할 바를 몰랐다. 한참 망설인 뒤, 그는 마침내 비두라를 불러서 말했다.

"네가 판찰라에 가서 드루파다에게 내 인사를 전해주어야겠다. 유디스티라와 그의 동생들에게 신부와 함께 집으로 돌아오라고 권해라. 사촌끼리 평화롭게 살 수 있도록 그들의 장래 문제를 해결하자꾸나."

비두라는 드루파다 왕에게 줄 선물을 가지고 판찰라로 갔다. 판찰라에서는 그를 정중하게 맞아들여 상석에 앉혔다. 그는 드리타라슈트라 왕의 인사를 전하고, 판다바 형제들에게 하스티나푸라로 돌아올 것을 권했다. 이 말을 듣고 유디스티라는 동생들을 바라보았지만, 아우들은 형이 결정하기를 기다렸다. 유디스티라의 마음은 불안으로 가득 찼다. 큰아버지는 자식들에게 약하기로 유명한데, 하스티나푸라로 돌아가서 또다시 큰아버지를 믿을 수 있을까? 비두라는 아마 아무것도 모른 채 우리를 죽음의 함정으로 꾀어들이는 미끼로 이용당하고 있을 것이다.

유디스티라가 말했다.

"지금 우리는 장인어른의 환대를 받으며 살고 있습니다. 장인어른의 허락이 없으면 떠날 수 없습니다. 우리는 장인어른의 결정에 따르겠습니다."

이 말을 듣고 드루파다가 말했다.

"내가 어떻게 자네들한테 떠나라고 말할 수 있겠나? 자네들은 우리의 손님일 뿐만 아니라 사위들이야. 우리는 자네들이 우리와 함께 지내는 것을 특권으로 생각하고 있네. 하지만 그와 동시에 자네들의 백부님도 자네들에 대한 권리를 갖고 있지."

비두라가 덧붙여 말했다.

"드리타라슈트라 형님은 몸이 불편하지만 않았다면 너희를 초대하러 직접 왔을 것이다. 하지만 드리타라슈트라 형님은 신랑 신부를 맞이하여 축복할 수 있도록 너희가 호의를 베풀어주리라 믿고 있다."

유디스티라는 다시 한 번 주위를 둘러보며 지침을 얻으려고 했다. 이 중대한 순간, 그에게 지침을 내려줄 수 있는 것은 과거와 현재와 미래를 한눈에 볼 수 있는 신뿐이었다.

크리슈나가 그때 마침 궁전에 와 있었다. 그는 판다바 형제들의 운명이 이제 곧 그에게 맡겨지리라는 것을 알았다. 그들이 그를 돌아보며 조언을 청하자 그가 말했다.

"나는 자네들이 모두 하스티나푸라로 가야 한다고 생각한다. 나도 함께 가겠다."

그들이 하스티나푸라에 도착하자 드리타라슈트라는 더없이 다정하게 조카들을 맞이했다. 며칠 뒤 그는 유디스티라에게 말했다.

"나는 이 왕국을 둘로 나누어, 칸다바프라스타를 너희에게 주겠다. 네가 동생들과 함께 어머니를 모시고 거기에 정착하기 바란다. 네 사촌들은 여기서 나라를 다스릴 것이다. 너희는 너희 영토에서 각자 행복하게 살 수 있을 것이다."

판다바 형제들은 크리슈나를 따라 칸다바프라스타로 떠났다. 그곳은 황무지에 불과했지만, 그들은 자기 땅을 갖게 되어 행복했다. 그들은 땅을 나누고, 정화의식을 치른 뒤 성벽과 해자와 야영지를 짓기 시작했다. 크리슈나의 축복과 그가 드와라카에서 데려온 건축가들의 도움으로 곧 훌륭한 도시가 생겨났다. 궁전과 저택들, 가로수가 우거진 도로, 분수와 광장, 희귀한 물건들로 가득 찬 가게들도 있었다. 하스티나푸라에서도 많은 백성과 상인들이 칸다바프라스타의 아름다움과 편리함에 이끌려 그곳으로 살러 왔다. 이 도시는 '신의 도시'에 걸맞게 웅장하고 화려했기 때문에 인드라프라스타로 이름이 바뀌었다.

그들이 도시에 정착했을 때, 현자 나라다[11]가 유디스티라를 찾아왔다. 나라다는 판다바 형제들이 인드라프라스타에 얼마나 잘

---

11) 나라다는 신들과 인간들의 여러 세상을 옮겨 다니면서 그들의 일에 관심을 갖고 관여하고 그렇게 말려드는 것을 즐겼다. 그는 이쪽에서 저쪽으로 정보와 비밀을 옮겨서 충돌과 다툼을 일으킬 때가 많았다. 그는 점쟁이였기 때문에 결국 소동과 말썽을 즐겼지만, 그들을 위해 분쟁을 해결하기도 했다.

정착했는지 직접 보고 싶어 했다. 그는 왕의 책무에 대해 유디스티라에게 장황하게 설명한 다음, 아내를 공유하는 형제들 사이에 일어날 수 있는 문제로 넘어갔다. 그는 형제들 가운데 하나가 아내를 소유하고 있을 때 다른 형제들은 그녀를 생각하는 것조차 피해야 할 뿐만 아니라 부부의 사생활을 침해하지 않도록 조심해야 한다고 충고했다. 그런 잘못을 저질렀을 때의 처벌—12년 추방형—도 정해졌다. 나라다는 자신의 경고를 구체적으로 설명하기 위해 무적의 형제 마귀인 순다와 우파순다의 이야기를 들려주었다. 세상을 다스린 이 두 마귀는 절세미녀인 틸로타마를 유괴할 때까지는 서로 깊이 사랑했다. 하지만 틸로타마를 유괴한 뒤에는 곧 사이가 틀어져 서로를 죽이고 말았다.

나라다가 정한 규약에도 불구하고, 어느 날 아르주나는 유디스티라가 드라우파디와 함께 있을 때 긴급한 국사에 대해 유디스티라의 지침을 받으려고 부득이 그들을 방해했다. 12년 동안 추방된 그는 신성한 강에서 목욕을 하며 시간을 보냈다. 아르주나는 여기저기 떠돌아다니는 동안 뱀나라 공주인 울루피와 결혼했고, 그후 크리슈나의 누이인 수바드라와도 결혼했다.

6
빛나는 도시

　유디스티라는 그들의 성공적인 복귀를 축하하기 위해 성대한
희생제를 거행했다. 수천 명이 인드라프라스타에 초대되었다. 그
많은 손님들 가운데 가장 눈에 띄는 귀빈은 크리슈나였다. 손님들
은 대저택과 공원과 넓은 도로가 갖추어진 새 도읍이 전체적으로
웅장하고 화려한 데다 손님 접대가 후한 데 압도당했다. 판다바
형제들의 성공에 찬탄하는 사람들도 있었지만 시샘하는 사람들도
있었다. 두르요다나도 그들을 시샘한 사람들 가운데 하나였다. 두
르요다나는 외삼촌인 사쿠니와 함께 특별 손님으로 초대되어 궁
전 하나를 받고 극진한 보살핌을 받았다.

　희생제가 끝난 뒤 손님들은 모두 훈장과 선물을 잔뜩 받고 떠났
다. 두르요다나는 인드라프라스타가 너무 편안하게 느껴져서, 가
능한 한 오래 그곳에 머물렀다. 그러다가 어느 날 드디어 판다바

형제들에게 작별인사를 하고 사쿠니와 함께 하스티나푸라로 떠났다. 전차를 타고 가는 동안 두르요다나는 한숨을 내쉬며 말했다.

"판다바 형제들이 얼마나 잘 살고 있는지 보셨죠? 그리고 얼마나 많은 것을 이루었는지 보셨죠? 아무것도 없었던 황무지에 저런 도시를 세우다니!"

"그들은 신들의 축복을 받고 있어." 사쿠니가 말했다. "그리고 번영을 이루기 위해 열심히 노력하기도 했지."

두르요다나는 말없이 듣고 있다가 말했다.

"수천 명이나 되는 손님들이 모두 그들에 대해 얼마나 좋게 말하는지, 그리고 얼마나 귀한 선물을 주고받았는지 알아차리셨어요?"

"그래. 그걸 모를 수는 없지."

"우리는 이제 파멸이에요. 그들은 그렇게 많은 동맹자와 친구들을 만들고 있는데…."

"어쨌든 그들은 자기 몫의 땅만 개발했어. 네가 걱정할 필요는 없다."

"숙부님은 모르세요." 두르요다나는 고집스럽게 말했다. "그들이 어떤 식으로든 지위가 떨어지지 않으면 저는 마음이 편치 않을 겁니다. 그 하잘 것 없는 사촌들이 높은 자리에 앉아 우쭐대는 꼴을 생각하면 화가 나요!"

사쿠니는 이 말에 웃으면서 말했다.

"그들을 그냥 내버려두는 게 어떠냐? 그들에게 싸움을 걸어봤자 소용없어. 아르주나는 이제 간디바(거대한 활)로 무장했고, 아무리 쏘아도 화살이 떨어지지 않는 화살통까지 갖고 있어."

"그 창피스러운 일에 대해서는 저도 들었습니다. 아르주나가 그 활을 어떻게 손에 넣었는지!"

"그렇게 창피스러운 일은 아니야. 그건 아그니(불의 신)의 선물이 었어. 아르주나는 신들의 총애를 받고 있지."

"어떻게요? 좀 더 자세히 말해주세요."

"아르주나는 아그니를 기쁘게 해주려고 화살로 칸다바 숲에 불을 질렀어. 아르주나와 크리슈나는 가엾은 들짐승과 날짐승을 모두 모아놓고, 출구를 봉쇄한 다음, 그들을 다시 숲속으로 몰아넣었지. 날짐승의 새끼와 어미들, 들짐승의 새끼와 어미들이 모두 불에 구워지고 요리되었어. 아그니는 자신의 행복을 위해 보양식을 섭취할 필요가 있었지. 아르주나는 그걸 기꺼이 제공했고, 그 보답으로 간디바를 받은 거야! 그래서 아르주나는 천하무적이 되었지. 그건 피할 수 없는 사실이야. 우리는 아직 그들과 싸울 수 없어. 너는 그들을 죽이려고 했지만, 네 계획은 모두 실패했잖니. 이제 그들은 강하고 부유해. 그들을 내버려둬. 그들에게 가까이 가지 마라. 그들은 그들의 영토에 살고, 너는 너의 영토에 사는 거야. 네가 왜 그들에게 신경을 쓰는지, 나는 모르겠구나."

"제가 겪고 있는 고통을 숙부님은 모르세요. 그들이 얼마나 자신들의 행위와 번영을 자랑하고 저를 비웃는지 아세요? 아니, 실제로 비웃었다고요!"

"우리는 거기서 줄곧 귀빈 대접을 받았어. 어떻게 그들이 너를 비웃을 수 있단 말이냐?"

"정말로 제 면전에서 공공연히 비웃었다니까요."

"언제? 어디서?"

"새로 지은 공회당에서요."

"그건 정말 훌륭한 건물이었지. 세상 어디에도 그것과 견줄 만한 건물은 없을 거다. 그것도 하늘이 내린 건축가 마야의 선물이야. 마야는 칸다바 숲의 화재에서 구조되었지."

"그들이 가진 것은 모두 그 불에서 나온 것 같군요! 그들이 아니라 우리가 그런 공회당을 가졌어야 해요. 그들은 그런 건물을 가질 자격이 없어요. 하스티나푸라가 인드라프라스타보다 훨씬 오래된 도시니까요. 어쨌든 정말 훌륭한 건물이더군요." 하지만 그 훌륭한 건물을 생각할수록 두르요다나는 화가 났다. "통로에는 연못처럼 보이는 곳이 있었어요. 그래서 거기로 들어갈 때 망토를 치켜 올렸지요. 윤이 나는 대리석 바닥일 뿐이었는데 말입니다. 그들은 저의 그 사소한 실수를 보고 저를 비웃지 뭐예요. 거기서 몇 걸음 떨어진 곳에 또 연못처럼 보이는 곳이 있더군요. 그곳도 대리석 바닥인 줄 알고 그냥 들어섰더니, 이번은 진짜 연못이어서 옷을 적셨고, 그래서 옷을 갈아입어야 했죠. 그들은 그걸 구경하면서 낄낄 웃고 놀리는 거예요. 특히 그 황소 같은 비마가…."

"잊어버려. 너도 알다시피 그건 너를 당황하게 하려고 만든 게 아니었어."

"그다음에는 열린 문이 있기에 그 안으로 들어가려고 했더니, 그건 문이 아니라 벽이었어요. 그래서 저는 열린 문 앞에서 머뭇거렸죠. 그것도 벽일지 모른다고 생각했으니까요. 저는 아름다운 장미꽃을 보았지만 꺾을 수가 없었어요. 그건 그림이었으니까요. 그들은 줄곧 저를 엿보면서, 제가 실수를 하거나 곤경에 빠질 때마다 큰 소리로 웃어대는 거예요. 드라우파디… 그 무서운 여자도 포함해서요. 언젠가는 내가 그 여자를 비웃을 때가 올 거예요. 반드시."

사쿠니도 맞장구치며 한참동안 이야기한 뒤, 이렇게 말했다.

"그래도 그들과 전쟁을 하겠다는 생각은 포기해라. 그들에게 굴욕을 줄 다른 방법을 찾아야 해."

"무슨 좋은 수라도 있습니까?"

사쿠니는 곰곰 생각하고 나서 말했다.

"그들에게 주사위 노름을 하자고 제안해라. 내가 너를 도와주마. 주사위 노름으로 그들을 파멸시킬 수 있을 거다. 나는 유디스티라의 마음을 안다. 유디스티라는 노름을 잘하지도 못하면서 노름을 하자는 제의를 절대로 거절하지 못해. 그보다 더 서투른 노름꾼은 상상할 수도 없어."

두르요다나는 그 생각이 마음에 들어서 말했다.

"저를 도와주셔야 돼요. 우선 아버님께 말씀드려서 유디스티라를 초대하도록 해주세요. 판다바들은 결코 아버지의 초대를 거절하지 못할 테니까요."

인드라프라스타에 있는 유디스티라를 현자 브야사가 찾아왔다. 브야사는 희생제가 끝난 뒤 그를 축복하러 왔지만, 떠나기 전에 한 예언이 유디스티라를 불안에 빠뜨렸다.

"나는 미래의 징조를 읽었다. 앞으로 13년 동안은 너에게 힘든 시기가 될 것이다. 행동과 반응을 억제하기 어려울 것이고, 그것이 중대한 결과를 낳을 것이다. 13년이 지나면 크샤트리야 전체가 파멸될 것이고, 너는 그런 파괴의 도구가 될 것이다. 운명에는 누구도 거역할 수 없는 것. 확고한 신념으로 진실과 정의의 길을 굳게 지켜나가도록 해라."

브야사가 떠난 뒤 유디스티라는 동생들을 불러서 브야사의 예언을 설명한 뒤 자신의 각오를 밝혔다.

"운명으로 정해진 일을 우리가 어떻게 피할 수 있겠는가? 나는 맹세한다. 앞으로 13년 동안 나는, 무슨 일이 일어나도, 상대가 왕이든 형제든 평민이든 누구한테도 싫은 소리를 하지 않겠다. 사람들 사이에 불화를 일으킬 수 있는 말은 절대로 하지 않겠다. 거친 말과 논쟁은 세상에서 일어나는 모든 충돌의 근본 원인이다. 나는 그걸 피하겠다. 그러면 아마 운명의 칼날을 무디게 할 수 있을 것이다."

그러나 바로 이런 맹세 때문에 대재난이 일어날 줄이야 누가 알았으랴.

사쿠니는 두르요다나와 함께 하스티나푸라에 도착하자, 잠시도 지체하지 않고 드리타라슈트라 왕을 찾아갔다. 그는 라자수야 희생제와 귀빈들, 그리고 그 모든 행사의 웅장한 규모와 화려함을 왕에게 자세히 보고했다. 그리고 마지막으로 이렇게 말했다.

"두르요다나는 극진한 대접과 대우를 받았지만 행복하지 않은 것 같습니다. 두르요다나는 혈색을 잃어 온몸이 창백해지고 있습니다. 식욕도 없고 곰곰 생각에만 잠겨 있습니다. 그의 마음은 지금 몹시 어지럽습니다. 그 원인을 찾아내야 합니다."

이 말을 듣고 드리타라슈트라는 깜짝 놀랐다. 그는 당장 두르요다나를 불러서 물었다.

"네 얼굴이 창백해졌고 어떤 걱정거리가 네 마음을 괴롭히고 있는 건 알겠다. 그게 뭔지 말해다오. 너를 다시 행복하게 해주마."

두르요다나는 판다바들의 나라에서 본 것들을 자세히 묘사하고 이렇게 결론지었다.

"그들은 우리 적입니다. 아버지는 우선 그것부터 이해하셔야 합니다."

"아니다." 노인이 말했다. "나는 판다바들을 결코 차별할 수 없다."

"그들은 우리의 적입니다. 저는 경전에서 적이 번영하는 것을 보고 분노를 느끼지 않는 자는 아무 감정도 없는 진흙 인형이나 마찬가지라는 글을 읽었습니다. 질투는 정상적이고 정당한 감정입니다. 그들을 능가하고, 때가 오면 그들을 무력화시키는 것이 우리의 의무입니다."

드리타라슈트라는 아들의 견해를 반박했지만, 결국 마음이 약해져서 아들의 뜻대로 하기로 동의했다. 인드라프라스타에 있는 '대리석 홀'에 대한 이야기를 듣고, 그는 당장 두르요다나를 위해 그런 공회당을 짓기로 결심했다. 그는 대신을 불러서 명령했다.

"백만 명을 투입하시오. 최대한 빨리 공회당을 지어야 하오. 마법사의 마술로 지어지기라도 한 것처럼 순식간에 세워져야 하오. 나는 마나사로바르 호수에 대해 들은 적이 있는데, 공회당을 그 호수만큼 넓게 지어서 한쪽 끝에 있는 사람을 반대쪽 끝에서 볼 수 없게 하시오. 1천 개의 대리석 기둥이 지붕을 떠받치게 하시오. 지붕에는 헤아릴 수 없이 많은 보석을 박아서 밤하늘의 별처럼 반짝이게 하시오. 왕자는 인드라프라스타에서 본 것을 모두 나한테 생생하게 묘사했소. 모든 벽과 기둥에는 황금과 아홉 가지 보석을 박아야 하오. 손톱만 한 공간도 빈 채로 남겨두면 안 되오. 지체하지 마시오. 사람들이 그 위를 걷고 싶어 할 만큼 연못을 잔잔하게 만드시오. 사람들이 마루를 가로지르는 동안 옷자락을 치켜 올릴 만큼 마루의 대리석이 윤나게 하시오. 백만 명을 투입하시오."

공회당이 완공되자 드리타라슈트라는 두르요다나의 소원대로 비두라를 인드라프라스타로 보내 판다바 형제들을 초대했다.

비두라가 인드라프라스타에 도착하자 유디스티라는 기쁘면서도 어리둥절했다. 의례적인 인사가 끝난 뒤 비두라가 찾아온 이유를 설명했다.

"드리타라슈트라 대왕께서 새로 지은 공회당을 방문해달라고 너를 초대하셨다. 대왕은 그 공회당 이름을 수정궁이라고 지었다. 대왕은 다른 군주들도 모두 초대했는데, 특히 네가 아우들과 어머니와 판찰리를 데리고 와주기를 바라고 있다. 대왕께서는 네가 거기에 머물면서 즐겁게 지내야 한다고, 그 훌륭한 공회당에서 주사위 노름을 즐겨야 한다고 말씀하셨다." 이렇게 공식적인 메시지를 전달한 뒤, 비두라는 자신의 개인적인 느낌과 판단을 이야기했다. "주사위 노름이 많은 잘못의 원인이 된다는 것은 누구나 알고 있다. 그래서 이 일을 막아보려고 힘써보았으나 대왕에게는 전혀 효과가 없었다. 대왕께서는 아들의 견해에만 관심이 있고, 다른 건 모두 무시하고 있다. 네가 이 초대에 응할 생각이 없으면 그렇게 해도 좋다. 나는 결국 전령에 불과하니까, 돌아가서 그렇게 말하면 된다."

유디스티라는 브야사의 경고를 머리에 떠올리면서 이 초대를 곰곰 생각했다. '그게 미리 예정된 운명일 수 있을까?' 그는 불안을 느끼고 말했다.

"노름은 부도덕한 짓입니다. 그건 고통과 충돌로 이어지지요. 우리는 그 결과를 충분히 알고 있습니다."

비두라는 잠자코 듣고 있다가 이 말만 되풀이했다.

"네가 최선이라고 생각하는 것을 해라."

유디스티라가 말했다.

"하지만 드리타라슈트라 대왕의 명을 어떻게 거절할 수 있겠습니까? 주사위 놀이에 초대를 받았는데 거절하는 것은 크샤트리야의 도리에 어긋납니다. 좋습니다. 가겠습니다."

하스티나푸라에 도착한 유디스티라 일행은 드리타라슈트라 왕을 비롯한 친척들을 일일이 찾아다니며 인사를 드렸다. 인사가 끝나자, 초대한 쪽에서는 그들을 방으로 안내하여 음식을 대접하고 그들이 잠들도록 음악까지 연주해주었다. 아침이 되자 음유시인들이 악기를 연주하며 노래를 불러서 그들을 깨웠다. 그들은 아침 운동과 식사를 한 다음 목욕을 하고 새 옷을 입고 기도를 드리고, 백단향 크림과 향수를 바르고 공회당으로 나갔다.

7
주사위 노름

드리타라슈트라는 제 아들과 판다바 형제들 사이에 벌어질 주
사위 노름에 열중했고, 이 목적을 위해 지은 공회당이 자랑스러웠
다. 공회당은 손님들로 가득 찼다. 그들은 이웃 나라에서 온 군주
들과 귀빈들이었다. 공회당 한복판에는 한쪽에 유디스티라가 아
우들을 뒤에 거느리고 앉아 있었고, 그 맞은편에는 두르요다나가
사쿠니와 지지자들과 함께 앉았다. 귀빈석은 여느 때처럼 산자야
를 옆에 거느린 드리타라슈트라와 비두라, 카르나, 비슈마, 그리고
백 명의 형제들이 차지했다. 모두 자리를 잡고 노름을 시작할 준
비가 되자 유디스티라가 상대편에게 말했다.

"공정한 게임을 하고, 불공정한 수단으로 이기려 하지 맙시다.
노름 자체는 나쁘지 않지만, 속임수가 끼어들면 부도덕한 짓이 되
지요."

사쿠니가 대답했다.

"게임에 속임수 따위는 있을 수 없네. 잘하는 사람이 이기게 마련이니, 그런 사람을 사기꾼이라고 부르면 안 되지. 주사위를 아는 사람은 주사위에 생명을 주고, 그러면 주사위는 주인의 명령에 복종한다네. 그걸 어떻게 속임수라고 부를 수 있겠나? 속임수 같은 건 없어. 진정한 악은 내기라네. 무책임하게 무턱대고 내기를 거는 사람은 죄를 짓는 것일세. 무력이든 재치든 학식이든 무언가를 겨루는 경쟁에서는 유능한 자가 무능한 자를 이기려 하지. 거기에는 잘못된 점이 전혀 없어. 자신이 없어서 겁이 나거든 그만두게. 우리는 물러날 준비가 되어 있네."

유디스티라가 대답했다.

"좋습니다. 도전을 받아들이겠습니다. 누가 나하고 게임을 하실 겁니까? 내게는 재산과 보물과 황금이 있습니다. 아무리 써도 바닥나지 않는 무진장한 부의 원천을 가지고 있지요. 누구든 나와 걸맞은 내깃돈을 걸 수 있는 사람부터 게임을 시작합시다."

그러자 두르요다나가 말했다.

"나도 이 게임에 내 재산과 보물을 걸겠다. 사쿠니 숙부님이 나를 대신해서 게임을 할 것이다."

"다른 사람이 대신 게임을 하는 것은…."

유디스티라가 주저하자 두르요다나가 비웃듯이 말했다.

"싫으면 그냥 싫다고 하면 돼. 핑계를 찾으려 하지 말고…."

"좋다. 게임을 시작하자. 나는 이걸 걸겠다."

내깃돈은 진주 한 움큼으로 시작하여 점점 커졌다. 유디스티라는 결과를 생각지 않고 노름꾼의 광란 상태에 빠져들었다. 그의 눈에는 상아로 만든 주사위와 바둑판무늬의 주사위판만 또렷이 보일 뿐, 다른 것은 모두 흐릿해졌다. 자기가 누구인지, 지금 어디에 있는지, 그 자리에 또 누가 있는지, 무엇이 옳고 그른지도 잊어버렸다. 그의 귀에 들리는 것은 주사위가 달그락거리며 구르는 소리, 몇 분마다 한 번씩 사쿠니가 "내가 이겼다"고 목쉰소리로 읊조리는 소리, 두르요다나의 진영에서 터지는 환호성뿐이었다. 유디스티라는 사쿠니의 목소리가 들릴 때마다 자극을 받아 내깃돈을 더 올리지 않을 수 없었다.

"내게는 천상의 아름다움과 남자를 즐겁게 해주는 재능을 가진 수백 명의 여인이 있습니다. 내게는 말 여덟 마리가 끄는 전차가 있는데, 그 말들의 빠른 걸음 앞에서는 어떤 인간도 살아남을 수 없습니다. 그 전차 바퀴에는 황금이 아로새겨져 있고, 종소리는 땅 끝까지 울려 퍼질 수 있습니다…."

내깃돈을 올릴 때마다 유디스티라는 상대가 포기하기를 기대했지만, 상대는 사쿠니가 "내가 이겼다"고 말할 것을 확신했기 때문에 침착하게 도전을 받아들였다. 그리고 "내가 이겼다"는 사쿠니의 말은 몇 번이고 계속 되풀이되었다. 공회당에 모인 원로들은 게임의 흐름에 놀라서 벌어진 입을 다물지 못했다. 유디스티라는 그가 소유하고 있는 코끼리와 군대, 소떼와 영토 같은 막대한 재산을 끝없이 묘사하고, 상대가 그에 걸맞은 내깃돈을 걸지 못하기를 바라면서 그것을 하나씩 걸었다. 하지만 주사위를 굴리는 시간은 2분이면 족했고, 그 2분이 지나기도 전에 사쿠니는 어김없이 "내가 이겼다"고 선언하곤 했다.

갑자기 사쿠니가 사뭇 걱정스러운 투로 말하는 소리가 들렸다.

"자네는 이미 많은 재산을 잃었네. 자네가 아직도 소유하고 있을지 모르는 재산을 생각해낼 수 있도록 시간을 줄 테니…."

이 말에 유디스티라는 자존심이 상했다. 그래서 더욱 자극을 받았다.

"왜 내 재산에 대한 평가를 요구하십니까? 나는 아직도 억만금의 재산을 갖고 있습니다. 내 한계를 걱정하실 필요는 없습니다. 여기…."

"내가 이겼다." 사쿠니가 선언했다.

"걱정 마세요. 나한테는 아직 신두 강둑까지 퍼져 있는 소떼와 말떼와 양떼가 있습니다. 그걸 걸겠습니다. 계속하시죠."

"내가 이겼다."

"나에게는 도시와 나라, 땅과 재물, 그리고 모든 살림집이 있습니다."

"내가 이겼다."

"이제 나에게 남은 재산은 동맹자인 군주들입니다. 황금과 장신구로 치장한 저 군주들이 보이시죠?"

"내가 이겼다."

순식간에 유디스티라는 그의 속국과 군주들과 병사들, 그의 시중을 드는 하인들을 모두 잃어버렸다. 사쿠니는 짓궂은 눈으로 그를 바라보며 물었다.

"아직도 남은 사람이 있나?"

이때 비두라가 드리타라슈트라에게 말했다.

"이건 너무 지나칩니다. 중단시키세요. 대왕님의 명에 따르지 않거든 우리 한복판에 있는 저 사악한 짐승을 죽이세요. 형님의 잘난 아들 말입니다. 그러지 않으면 조만간 형님의 가문 전체가 파멸하고 말 것입니다. 가문이나 일족을 구하기 위해 한 개인을 희생시키는 것은 정당합니다. 두르요다나는 태어났을 때도 갓난애처럼 울지 않고 늑대처럼 짖는 소리를 냈지요. 그래서 모두 그것을 불길한 징조로 여겼었지요. 사람들은 그 괴물을 당장 죽이라고 대왕님께 권했지만, 형님은 그를 죽이기는커녕 가족 안에서 자라는 것을 허락했습니다. 뿐만 아니라 그를 편애하면서 그가 요구하는 것이면 뭐든지 들어주셨지요. 그리고 판다바 가족의 토대를 무너뜨리고 있는 이 해괴한 노름을 승인하셨습니다. 하지만 이런 식으로 그들의 앞길을 방해하는 것은 착각일 뿐이라는 사실을 명심하세요. 그들이 지금 무엇을 잃었든, 나중에는 복수와 함께 모두 되찾을 테니까요. 너무 늦기 전에 노름을 중단시키고, 아르주나에게 지금 이 자리에서 당장 두르요다나를 죽이라고 명령하십시오. 그러면 가문 전체를 구할 수 있을 것입니다…"

이런 건의를, 그것도 공공연히 하는 것은 엄청난 용기가 필요한 일이었지만, 비두라는 자신의 뜻을 확신했고 사쿠니가 교활한 속임수를 쓰고 있다는 것을 알았다.

"아찔하게 높은 곳까지 올라가서 꿀을 따는 자들은 등 뒤에 낭떠러지가 있다는 것을 알아차리지 못한다." 비두라가 말했다. "두르요다나, 너는 이미 충분한 재산을 갖고 있으니 노름으로 돈을 벌 필요는 없다. 판다바 형제들을 네 편으로 삼는 것만으로도 너의 귀중한 재산이 될 수 있을 것이다. 더 이상은 아무것도 필요하지 않을 것이다. 당장 사쿠니를 고향으로 돌려보내고, 판다바 형제들과의 이 무모한 경쟁을 중단하도록 해라…"

두르요다나는 이 충고에 화가 나서 말했다.

"비두라 숙부님, 숙부님은 항상 우리 적의 옹호자였고, 아버님께 숙식을 신세지고 있으면서도 아버님의 아들인 저희들을 몹시 싫어하셨지요. 저는 이리저리 하라고 말해주는 제 양심에 따를 뿐이고, 그게 잘못이라고는 전혀 생각지 않습니다. 숙부님은 숙부님의 양심에 따르세요. 저는 제 양심에 따를 테니까요. 그것이 설령 저를 파멸시킨다 해도 상관없습니다. 우리가 숙부님의 기질에 맞지 않거든, 어디든 숙부님 마음에 드는 곳으로 떠나세요."

비두라는 늙은 왕 쪽으로 돌아섰다.

"좋습니다. 저는 지금 떠나겠습니다. 형님은 마음이 변덕스럽고, 가족 안에 있는 이 짐승을 편애하십니다. 형님은 자식들이 형님의 행복을 빌고 있다고 생각하시죠? 천만에요. 형님이 자식들을 따라 파멸하기를 바라신다면 저도 막을 수 없습니다. 제가 어떤 충고를 해도, 그 충고는 병들어 죽어가는 사람이 거부하는 약이나 마찬가지일 테니까요."

하지만 그는 이런 말을 한 뒤에도 늙은 왕의 운명이 걱정되어 계속 머물러 있었다. 드리타라슈트라는 아무 말도 하지 않았다.

유디스티라는 주위를 둘러보다가 뒤에 서 있는 막내동생 나쿨라를 가리키며 말했다.

"저 아이는 내가 좋아하는 동생입니다. 저 아이가 내 재산입니다."

이번에도 게임에서 이긴 사쿠니는 나쿨라에게 자기 옆으로 오라고 손짓했다.

유디스티라는 주저하지 않고 옆에 있는 사하데바를 가리키며 말했다.

"사하데바는 가장 박식하고 현명한 젊은이입니다. 모든 세상의 정의에 대한 그의 지식은…"

이번에도 사쿠니는 "내가 이겼다"고 선언하고는 사하데바를 자기 옆으로 오라고 손짓했다. 그러고는 남아 있는 두 형제를 바라보면서 교활하게 덧붙였다.

"나쿨라와 사하데바는 자네의 이복동생이니까 노름으로 잃어도 상관없겠지. 하지만 비마와 아르주나는 자네의 친동생이니까…."

이 교묘한 암시를 듣고 유디스티라는 화가 나서 외쳤다.

"당신의 사악한 마음은 한이 없군요. 나를 편파적이라고 비난하여 우리 사이를 이간질하려고 하다니…."

사쿠니는 더없이 겸손한 척 절을 하면서 말했다.

"나를 용서해주게. 노름꾼은 승리에 도취하면 마음에 떠오르는 생각을 과장해서 떠벌이기 쉽고, 꿈속에서도 감히 입 밖에 내지 않을 말을 태연히 지껄이게 되는 법. 그건 자네도 잘 알잖나. 내 경거망동을 용서해주게."

유디스티라는 아르주나를 가리키며 외쳤다.

"저기 있는 내 동생은 아마 세상에서 가장 위대한 영웅일 겁니다. 그를 내기에 걸면 안 되겠지만, 걸겠습니다. 어디 봅시다."

"내가 이겼다." 사쿠니가 말하고는 덧붙였다. "자, 또 남은 사람이 있나?"

그는 비마를 바라보면서 손가락 사이에서 주사위를 쓰다듬었다.

유디스티라는 다시 외쳤다.

"천하장사에다 벼락을 무기로 휘두르는 비마를 내기에 걸겠습니다."

"내가 이겼다." 사쿠니가 말하고는 이렇게 물었다. "아직도 남아 있는 물건이나 사람이 있나?"

유디스티라는 주사위를 던질 준비를 갖추고 대답했다.

"아직 잃지 않은 것은 나뿐입니다. 나 자신을 내기에 걸겠습니다. 당신이 이기면, 나를 딴 사람이 시키는 일은 뭐든지 다 하겠습니다."

또다시 "내가 이겼다"는 말이 들려왔다. 사쿠니가 말을 이었다.

"이젠 판찰리(드라우파디의 다른 이름) 공주만 남았군. 남편들이 모두 이런 식으로 사라지면 공주가 외롭지 않을까?"

유디스티라는 제정신을 잃고 대답했다.

"그렇군요. 판찰리는 비슈누의 배우자인 락슈미 여신 같습니다. 판찰리는 재능과 우아함과 기질에서는 락슈미 여신 그 자체입니다. 눈은 연꽃잎 같지요. 항상 남편을 섬기고 보살피는 이상적인 아내랍니다. 하지만 수발라(사쿠니의 다른 이름)여, 판찰리와 함께 우리의 운이 돌아와서 지금까지 잃은 것을 모두 되찾을 겁니다. 판찰리는 우리에게 행운과 번영의 상징이니까요. 이제 나는 판찰리를 내기에 걸겠습니다."

그러자 공회당에 모인 사람들 사이에서 항의하는 소리가 터져 나왔다. 비두라는 그 광경을 차마 볼 수가 없어서 고개를 숙였다. 두사사나와 카르나는 비웃듯이 웃었다. 공정한 행위와 아들에 대한 편애 사이를 오락가락하던 드리타라슈트라는 참지 못하고 물었다.

"공주를 땄느냐? 공주를 땄어?"

그는 주사위가 구르는 소리를 들었고, 이어서 사쿠니가 기쁨에 넘쳐 외치는 소리를 들었다.

"예, 대왕님, 땄습니다."

두르요다나는 너무 기뻐서 벌떡 일어나 외삼촌을 끌어안고 외쳤다.

"숙부님은 달인이십니다. 정말 위대한 달인이에요. 일곱 세상에 숙부님과 견줄 만한 사람은 아무도 없을 겁니다." 그러고는 비두라를 돌아보며 말했다. "가서 판다바 형제들의 아내를 데려오세요. 고귀한 남자들의 방을 청소하는 게 그 여자의 의무라는 걸 가르쳐주고, 어떻게 시중을 들어야 고귀한 남자들을 만족시킬 수 있는지도 배우게 하세요. 어서 가서 그 여자를 데려오세요."

비두라는 격분하여 대답했다.

"인간의 탈을 쓴 늑대야, 너는 지금 호랑이들을 자극하고 있다. 파괴가 시작되면 모든 것이 철저히 파괴될 것이다. 그것은 너와, 생각 없이 너에게 지나치게 관대한 네 아버지가 초래한 일이다. 지금도 늦지 않았다. 그런 무책임하고 죄받을 말은 하지 마라."

두르요다나는 시종을 돌아보았다.

"이 비두라는 미쳐서 헛소리를 하고 있다. 비두라는 우리 한가운데 있는 늑대야. 어서 가서 판찰리에게 말해라. 당신은 이제 더 이상 공주가 아니라 우리의 종이니까 잠시도 지체하지 말고 당장 이

쪽으로 오라고."

시종은 서둘러 판찰리에게 가서 사정을 설명하고 주인의 말을 전했다. 그러자 판찰리가 대답했다.

"돌아가서 주사위 노름을 했던 사람에게 물어보라. 나와 그 자신 중에 누구를 먼저 잃었는지. 그 대답을 가져온 뒤에야 나를 데려 갈 수 있을 것이다."

시종은 공회당으로 돌아와서 판찰리의 대답을 전하고, 유디스 티라에게 판잘리의 질문을 던졌다. 유디스티라는 그 질문에 아무 대답도 못하고 고개를 떨구었다. 그러자 두르요다나는 시종에게 판찰리가 와서 자신의 마지막 주인에게 직접 물어보게 하라고 말 했다. 시종은 판찰리에게 갔다가 또다시 혼자 돌아왔다. 두르요다 나는 세 번째로 시종에게 판찰리를 데려오라고 명령했다. 시종이 망설이자, 두르요다나는 제 동생인 두사사나를 돌아보며 말했다.

"이 녀석은 겁쟁이라서 비마가 무서운 모양인데, 비마는 이제 우 리의 종이니까 아무것도 할 수 없다는 것을 모르고 있다. 네가 가 서, 잡아끌어서라도 그 여자를 데려오너라."

두사사나는 신바람이 나서 달려갔다. 그가 나타나자 판찰리는 다시 말했다.

"나는 대답을 들어야 합니다. 유디스티라가 나를 잃은 것은 자신 을 잃기 전인가요, 아니면 자신을 잃은 뒤인가요?"

"그건 알아서 뭐하게?" 두사사나가 물었다.

"유디스티라가 자신을 먼저 잃었다면, 나를 내기에 걸 권리가 없는 거죠. 그러니까…."

"그런 주장은 그만둬. 나를 따라서 공회당으로 갈 거야? 안 갈 거야?"

그가 사납게 다가가자 그녀는 뒤로 물러나면서 말했다.

"오늘은 누구 앞에도 나갈 수 없어요. 지금 달거리 중이거든요. 옷도 한 겹밖에 안 입었어요. 그러니 오늘은 그냥 가세요."

그녀는 규중(여인들의 처소)으로 달아나 그를 피하려고 했다. 그러나 두사사나는 그녀를 뒤쫓아 머리채를 잡고 공회당으로 끌고 갔다.

"나는 달거리 중이에요. 옷도 한 겹밖에 안 입었어요."

"네가 달거리 중이든 아니든, 옷을 하나 입었든 아무것도 안 입었든, 우리는 상관하지 않아. 우리는 공정한 수단으로 너를 땄고, 너는 우리의 종이야."

두사사나가 너무 거칠게 다루었기 때문에 판찰리는 머리채와 사리[12]가 마구 흐트러진 채 공회당 한복판으로 끌려나와 원로들과 손님들 앞에 섰다. 그 모습이 정말 비참해 보였다.

"이건 극악무도한 짓입니다." 그녀가 외쳤다. "도덕은 사라졌습니까? 그렇지 않다면 어떻게 이 잔학한 짓을 그냥 구경만 할 수 있

---

12) 인도의 여성들이 입는 전통 의상. 한 장의 기다란 견포나 면포를 허리에 감고 어깨에 두르거나 머리에 덮어씌워 입는다. (옮긴이)

단 말입니까? 저기에 남편들이 있는데, 그것도 하나가 아니라 다섯이나 되는데, 모두 마비된 것처럼 보이는군요! 그래도 비마만은 이렇게 잔혹한 짓을 저지른 자들을 엄지로 짓눌러 뭉개버릴 줄 알았는데, 왜 남편들이 꼼짝도 못하고 저렇게 바보처럼 입을 다물고 있는지 이해할 수가 없군요."

카르나와 두사사나와 사쿠니는 그녀를 비웃으며 그녀를 '계집종'이라고 불렀다. 그녀가 그들의 집안 어른인 비슈마를 간절한 눈으로 바라보자, 비슈마가 말했다.

"드루파다의 딸아, 도덕 문제는 대답하기 어렵구나. 유디스티라는 자발적으로 노름에 참여했고, 자발적으로 내기를 걸었다. 사쿠니는 교활한 노름꾼이지만, 유디스티라는 무모하게 노름을 계속했다. 나는 네가 제기한 문제에 결정을 내릴 수 없다. 유디스티라가 자발적으로 노름을 하고 내기를 했다고는 하지만, 그가 주인인 동안은 우리가 아무 말도 할 수 없다 해도, 그가 자신을 내기에 걸어서 잃은 뒤에는 제 아내를 내기에 걸 수 있는 권리를 어디까지 가질 수 있을까? 또 한편으로는 남편이 설령 가난뱅이가 되고 노예가 되었다 해도 제 아내를 마음대로 처분할 수 있는 절대적인 권리를 가질 수 있다. 그래서 이 문제에 대해서는 나도 결정을 내릴 수 없다."

그러나 판찰리는 기가 꺾이지 않았다.

"어떻게 이 사악한 노름에 자발적으로 참여했다고 말할 수 있습니까? 유디스티라는 기술이 전혀 없음에도 속임수에 넘어가 사쿠니 같은 교활한 노름꾼을 상대하게 되었다는 건 누구나 알고 있었을 겁니다. 어떻게 유디스티라가 노름과 내기를 자발적으로 했다고 말할 수 있단 말입니까? 유디스티라는 사악한 꾀에 넘어가 어쩔 수 없이 노름을 했고 분별을 잃었습니다. 여기 모이신 고귀한 분들께 다시 한 번 묻겠습니다. 유디스티라가 내기를 걸 때, 상대편도 그에 상응한 내기를 거는지 주의해서 보신 분이 계십니까? 두르요다나가 자기 아내나 동생들을 내기에 걸었습니까? 교활한 노름꾼은 자기한테 유리하게 주사위를 굴릴 수 있다는 것을 알기 때문에, 상대편과 걸맞은 내기를 걸 필요가 없습니다. 유디스티라는 도량이 넓어서 이 착오를 알아차리지도 못했습니다. 여기 모이신 모든 현자들, 덕망 높은 분들, 브리하스파티[13] 못지않게 지혜로운 분들, 카우라바 형제들의 어르신과 친척들은 제 말을 곰곰 생각해보시고 판단해서, 제가 제기한 질문에 대답해주시기 바랍니다."

이렇게 말하면서 그녀는 흐느껴 울었다.

지금까지 말없이 서 있던 비마가 폭발했다.

"유디스티라, 이 세상에는 노름꾼이 수천 명이나 있었지만, 그들 가운데 가장 형편없는 노름꾼도 자기 아내를 내기에 걸 생각은 해

---

13) 신들의 스승으로 일컬어지는 성자 중의 성자. (옮긴이)

본 적이 없었어. 하지만 형은 우리 동생들을 모두 내기에 걸었고, 그것도 모자라서 아내까지 내기에 걸었어. 나는 형이 우리가 가진 귀중한 재산과 보물을 잃은 것은 상관하지 않았지만, 도대체 형은 이 무고한 여자한테 무슨 짓을 한 거지? 지금 형의 아내가 어떤 곤경에 빠져 있는지 봐! 나는 형의 두 손을 불태워버리고 싶어. 사하데바, 가서 불을 가져와라. 노름에 병든 저 손모가지를 태워버려야겠다."

아르주나가 비마를 달랬다.

"형이 그렇게 하면 적들의 흉계에 말려들 뿐이야. 적들은 우리가 큰형을 버리기를 바라고 있어. 유디스티라는 주사위 노름을 하자는 초대에 응했을 뿐이야."

비마는 약간 엄격하게 대답했다.

"그건 나도 알아. 유디스티라가 크샤트리야의 관습에 따라 행동했다고 생각지 않았다면 나는 형의 두 손을 움켜잡고 불 속에 집어넣었을 거야."

판다바 형제들과 드라우파디(판찰리)의 고통을 보고, 카우라바 형제들 가운데 어린 동생인 비카르나가 말했다.

"크샤트리야의 영웅들이여, 왜 가만히 계십니까? 이 가엾은 여인의 질문에 아무도 대답하지 않았습니다. 비슈마, 드로나, 드리타라슈트라, 그리고 비두라까지도 외면한 채 침묵만 지키고 계시군요. 아무도 대답하지 않을 건가요?"

그는 말을 끊고 주위를 둘러보면서 판찰리의 질문을 되풀이 던졌지만 아무도 대답하지 않았다. 마침내 그가 말했다.

"지상의 왕인 당신들이 대답하든 하지 않든, 저는 제 생각을 솔직히 털어놓고 말하겠습니다. 술과 노름과 사냥과 여자를 지나치게 탐하는 것은 아무리 충분한 보호를 받는 강력한 왕조차도 파멸시킨다고 했습니다. 사람들은 술이나 여자나 노름에 도취된 사람의 행위에는 어떤 가치나 권위도 부여하면 안 됩니다. 존귀하신 유디스티라 왕은 흉계에 말려들어 노름에 빠졌고, 교활한 사쿠니의 부추김을 받아 드라우파디 왕비를 포함한 모든 것을 내기에 걸었습니다. 드라우파디는 유디스티라 혼자만의 부인도 아닌데 왕비를 내기에 걸었고, 게다가 왕은 자신을 먼저 잃은 다음에 왕비를 내기에 걸었습니다. 이런 점들을 생각하면 드라우파디를 내기에 건 노름은 완전히 무효였다는 걸 알 수 있습니다."

요란한 박수갈채가 공회당에 울려 퍼졌다. 그를 지지하는 사람들은 사쿠니에게 큰 소리로 욕설을 퍼부었다.

이때 카르나가 일어나더니 사람들에게 조용히 하라는 몸짓을 했다.

"비카르나, 풋내기 주제에 지엄한 어르신들에게 훈계를 떠벌이다니, 건방진 녀석 같으니라고! 유디스티라는 눈을 크게 뜨고 노름을 했고 내기를 걸었다. 유디스티라를 순진한 바보로 생각지 마라. 그는 자기가 무엇을 하고 있는지 잘 알고 있었다. 드라우파디를 내기에 걸 때 제 아내를 내놓았다는 것도 알고 있었다. 이 노름에서 딴 것은 모두 정당하게 딴 것이다. 자, 판다바 형제들이 입고 있는 호화로운 옷을 벗겨라. 게다가 세상의 어떤 여자가 남편을 다섯이나 취한단 말이냐? 사람들은 그런 여자를 뭐라고 부르는지 아느냐? 나는 주저하지 않고 저 여자를 매춘부라고 부르겠다. 저 여자의 지위가 무엇이든 저 여자를 여기로 데려오는 것은 죄도 아니고 놀라운 행위도 아니다. 유디스티라와 형제들은 호화로운 옷을 벗고 옆으로 오라."

카르나의 명령에 판다바 형제들은 옷을 벗어 던지고 허리감개만 두른 모습으로 서 있었다. 두르요다나가 명령했다.

"저 여자도 옷을 벗겨라."

두사사나는 드라우파디의 사리를 움켜잡고 벗기기 시작했다. 드라우파디가 외쳤다.

"나의 남편들, 원로들은 무력하게 구경만 하시는군요. 오, 신이여, 저는 누구의 도움도 기대할 수 없군요." 두사사나가 계속 옷을 잡아당기자 그녀는 외쳤다. "오, 크리슈나여! 비슈누 신의 화신인 하리여, 저를 도와주세요."

신의 뜻에 복종하는 상태로 그녀는 사리를 놓고 두 손을 들어 얼굴을 가렸다. 그러고는 두 눈을 감고 깊은 명상에 잠겼다.

신이 응답했다. 옷 하나가 벗겨지면 그 자리에 다른 옷이 나타났다. 그것이 끝없이 되풀이되었다. 두사사나는 지쳐서 물러났다. 드라우파디의 몸에서 벗겨낸 옷가지가 한쪽에 산더미처럼 쌓여 있었다. 하지만 그녀가 원래 입고 있던 사리는 여전히 그녀의 몸에 감겨 있었다.

다들 이 기적에 감격하여 두르요다나를 비난했다. 비마가 큰 소리로 욕을 퍼부었다.

"두사사나, 언젠가 전투에서 네놈의 가슴을 찢어 열고 너의 피를 마시지 않고는 결코 조상들의 나라로 돌아가지 않을 것이다."

기적의 신비가 사라지자 카우라바 형제들은 다시 희생자들을 조롱하고 괴롭히기 시작했다. 두르요다나가 말했다.

"젊은 판다바 형제들은 지금 여기서 유디스티라의 명령을 더 이상 따르지 않겠다고 맹세해라. 그러면 판찰리를 자유롭게 풀어주겠다."

그러자 비마가 외쳤다.

"유디스티라가 명령만 내리면 나는 맨손으로 너희를 모조리 죽일 것이다. 쥐새끼들을 상대할 때는 칼도 필요없다."

두르요다나는 무릎을 드러내고 판찰리에게 와서 앉으라는 손짓을 했다. 그것을 본 순간 비마는 격분하여 맹세했다.

"언젠가 내가 그 무릎을 박살내고 말리라."

카우라바 형제들은 모두 큰 소리로 웃었다.

"오, 아름다운 여인아." 카르나가 말했다. "저 전 주인들은 너에게 더 이상 아무 권리도 없다. 노예는 어떤 권리도 가질 수 없다. 너는 이제 내실로 들어가서 노예 생활을 시작해라."

마침내 비두라가 드리타라슈트라에게 말했다.

"오, 대왕이시여, 저 비열한 말을 모두 중단시키세요. 그들은 비참한 모습으로 여기 서 있지만, 신의 보호를 받고 있습니다."

드리타라슈트라는 후회하고 판찰리를 불러서 말했다.

"너는 이런 시련 속에서도 기가 꺾이지 않고 끝까지 미덕을 지키며 서 있었다. 무엇이든 부탁하렴. 내가 그 부탁을 들어주마."

그러자 판찰리는 당장 말했다.

"유디스티라를 노예 신분에서 풀어주십시오."

"좋다." 드리타라슈트라가 말했다. "또 다른 것도 부탁해라."

"유디스티라의 동생들도 노예 신분에서 풀어주십시오."

"좋다." 왕이 대답했다. "이제 세 번째 부탁을 해도 좋다."

"더 이상은 바라는 게 없습니다."

드리타라슈트라는 조카를 돌아보았다.

"유디스티라, 네가 잃은 것을 모두 되찾아도 좋다. 재물, 지위, 그리고 왕국도. 이제 빨리 인드라프라스타로 돌아가서 평화롭게 나라를 다스려라. 사촌들에게는 어떤 악의도 갖지 마라. 너희는 모두 한 가문이라는 것을 잊지 마라. 평화롭게 떠나거라."

다섯 형제와 드라우파디는 전차를 타고 인드라프라스타로 떠났다.

그들이 떠난 뒤, 두르요다나와 사쿠니와 카르나는 회의를 열었다. 카르나가 말했다.

"그 형제들은 여자의 중재로 구조되었다. 부끄러운 줄도 모르는 뻔뻔한 놈들. 그들을 이런 식으로 풀어주는 것은 안전하지 않다. 그들은 나중에라도 여기서 일어난 일을 생각하게 되면 당장 우리를 공격할 것이다."

두르요다나는 다시 한 번 늙은 아버지에게 말했다.

"아버지가 모든 일을 다 망쳐버렸어요. 우리는 코브라와 그 일가를 함정에 빠뜨렸는데, 독니를 미처 뽑기도 전에 아버지가 뚜껑을 열고 놈들을 풀어주었다고요. 놈들이 영영 가버릴 거라고는 생각지 마세요. 놈들은 우리를 끝장내러 반드시 돌아올 겁니다."

"이게 무슨 소리지?" 늙은 왕이 어리둥절하여 물었다.

그러자 두르요다나가 설명했다.

"아버지가 그렇게 총애하시는 조카들은 인드라프라스타로 가고 있습니다. 내일 이맘때쯤에는 거기에 도착하겠죠. 하루가 지나면 그들은 자기네 군대와 동맹국 군대, 그리고 그들의 보호를 받고 있는 모든 속국의 군대와 함께 돌아올 겁니다. 아주 빠른 속도로 돌아와서 우리를 공격할 겁니다. 우리는 군대를 소집할 시간도, 어떤 식으로든 우리 자신을 지킬 시간을 전혀 갖지 못할 겁니다. 유디스티라의 마음은 우리가 도저히 이해할 수 없을 만큼 복잡합니다. 유디스티라는 자신의 위엄을 되찾기로 결심할 겁니다. 비마가 우리한테 뭘 하겠다고 약속했는지는 아버지도 들으셨죠?"

그가 말을 계속할수록 눈앞에 그려지는 상황이 너무 무서워졌기 때문에, 늙은 왕은 소리를 질렀다.

"그럼 우리는 어떻게 해야 하느냐?"

"다른 게임을 하자고 그들을 다시 부르세요. 그리고 이번에는 그들을 완전히 처리하세요. 그들이 인드라프라스타에 도착하기 전에 다시 데려오세요. 일단 자기네 땅에 들어서면 그들은 아버지의 부름에 응하지 않을지도 모릅니다. 신하들 중에서 가장 걸음이 빠른 자를 그들에게 보내세요. 이번에는 그들을 만족스럽게 처리합시다."

"어떻게?"

"아버지는 그런 세세한 것까지는 걱정하지 않으셔도 됩니다. 우리한테 맡기세요. 사쿠니 외삼촌이 잘 해낼 겁니다. 아버지의 권위를 행사하여, 그들을 최대한 빨리 여기로 다시 부르세요."

왕은 당장 유디스티라 일행을 하스티나푸라로 부르기 위해 전령을 보냈다. 이런 소식을 듣고 그의 아내 간다리는 슬피 울며 말했다.

"두르요다나는 태어났을 때 늑대처럼 불길하게 짖었고, 그러자 예언자 비두라는 '이 아이를 내다버려서 죽게 하십시오. 그러지 않으면 이 아이가 자랐을 때 우리 왕조가 파멸할 겁니다…' 하고 충고했지요. 이제 저는 그 말뜻을 압니다. 오, 대왕이시여, 두르요다나의 말을 무시하거나 아니면 버려서 우리 가문을 구하세요. 그의 사악한 음모에 가담하지 마세요. 우리 가문을 파멸시키는 원인이 되지 마세요."

드리타라슈트라는 이렇게 말했다.

"우리 가문이 파멸할 운명이라면, 누가 그걸 막을 수 있겠소? 내 자식들을 불쾌하게 할 수는 없어요. 판다바 형제들이 돌아와서 게임을 다시 시작하도록 하겠소."

유디스티라 일행이 인드라프라스타까지 절반쯤 갔을 때 전령이 따라잡았다.

"대왕님께서 이렇게 전하라고 하셨습니다. '다시 게임이 준비되었으니, 판두의 아들 유디스티라는 돌아와서 주사위를 던져라.'"

유디스티라는 이 말을 곰곰 생각하고, 동생들과 아내를 바라보았다. 동생들과 아내는 무어라고 의견을 말할 수가 없어서 가만히 서 있었다. 그는 항상 그들의 지도자였고, 그들은 어떤 결정도 내릴 수 없었다. 유디스티라가 말했다.

"좋은 일이건 나쁜 일이건 모두 운명일지니, 그 운명을 어찌 피할 수 있으랴. 우리가 한 번 더 주사위 노름을 해야 하는 것이 백부님을 통해 우리에게 주어진 신의 뜻이라면, 우리는 다시 한 번 노름을 할 수밖에 없다. 나는 돌아가서 게임을 해야 한다."

그는 마지막까지 기회를 시험해보고 싶은 노름꾼의 피할 수 없는 본능에 사로잡혀, 전차를 돌려 하스티나푸라로 돌아갔다.

구경꾼들과 노름꾼들은 공회당에서 각자 자리를 잡았다. 사쿠니가 먼저 입을 열었다.

"대왕님은 네가 잃은 것을 모두 돌려주었다. 그건 좋다. 대왕님의 조치에 우리가 이의를 제기할 수는 없으니까. 하지만 이번에는 다른 종류의 내기가 시작될 것이다. 이 게임에서 진 사람은 사슴가죽을 걸치고 맨발로 추방되어야 한다. 그는 12년 동안 숲속에서 살아야 하고, 그다음에는 꼬박 12개월 동안 신분을 숨긴 채 도시에서 살아야 한다. 그렇게 숨어 지내는 1년 동안 신분이 탄로나면 다시 원점으로 돌아가서 12년 동안 숲으로 추방당하게 된다. 이 게임에서 네가 우리를 이기면, 우리는 당장 유랑을 떠나 12년 동안 망명 생활을 할 것이고, 네가 지면 그 순간부터 당장 추방 생활을 시작해야 한다."

유디스티라는 여느 때처럼 누가 설득하지 않아도 그 제안에 당장 "좋습니다" 하고 말했다. 그리고 승부는 말할 것도 없이 사쿠니의 승리로 끝났다.

오래지 않아 판다바 형제들은 또다시 한 사람씩 화려한 옷을 벗어야 했다. 그들도 사슴가죽을 걸치고 숲으로 떠날 준비를 했다. 승자들은 또다시 그들을 비웃었다.

두사사나가 판찰리에게 말했다.

"네 아버지는 너를 위해 고상한 생활을 계획했지만, 이제 너는 이 방랑자들과 같은 신세가 되었구나. 사슴가죽을 걸치고 구걸하는 너에게 그들이 무슨 도움이 될까? 지금이야말로 네가 여기 모여 있는 귀족들 중에서 너에게 어울리는 남편, 너를 팔아먹지 않을 사람을 고를 때가 아니냐. 저 형제들은 이제 쭉정이나 마찬가지다."

비마는 하마터면 그에게 덤벼들 뻔했지만, 간신히 참고 말했다.

"너는 그 말로 우리의 심장을 찌르는구나. 나는 언젠가 진짜 화살로 네 심장을 꿰뚫어주겠다."

두사사나는 손뼉을 치고 희생자들 주위에서 춤을 추다시피 하면서 그들을 조롱했다.

그들이 도성 밖으로 나가고 있을 때, 두르요다나는 품위를 완전히 내던지고 비마 뒤를 따라가면서 그의 걸음걸이와 태도를 흉내 냈다.

비마는 뒤를 돌아보며 말했다.

"그런 익살을 부려봤자 너는 아무것도 얻지 못한다. 내 철퇴로 네 무릎을 찢고 네 머리를 짓밟을 때, 오늘의 이 장면을 모두 너에게 상기시켜주마."

아르주나와 나쿨라와 사하데바도 각자 나름대로 복수하겠다고 약속했다. 그런 다음 그들은 드리타라슈트라와 집안의 모든 원로들에게 가서 작별인사를 했다. 비두라는 이렇게 제의했다.

"너희 어머니 쿤티는 우리 집에 머물게 해라. 너희가 모두 추방생활에서 돌아올 때까지 내가 돌봐주마."

드리타라슈트라 왕은 비두라와 은밀히 이야기할 기회를 잡자마자 물었다.

"판다바 형제들이 어떻게 어떤 상태로 떠났는지 말해다오."

왕은 여느 때처럼 조카들에 대한 애정과 아들 두르요다나를 불쾌하게 할 수 없다는 생각 사이에서 괴로워하고 있었다. 왕은 자책감과 염려로 가득 찼지만, 결국에는 만사가 잘될 것이고, 판다바 형제들이 실제로는 전혀 괴로워하지 않았을 뿐더러 줄곧 즐거워했고 마음에 상처를 입지도 않았다는 말을 누군가에게 듣게 될 거라는 맹목적인 기대를 품고 있었다.

하지만 비두라는 그런 예언자가 아니었다.

"유디스티라는 얼굴을 헝겊으로 가린 채 고개를 숙이고 길을 건넜습니다. 비마는 왼쪽도 오른쪽도 돌아보지 않고 손에 쥔 철퇴만 뚫어지게 보고 있었습니다. 아르주나는 아무도 보지 않고 길에다 모래를 뿌리면서 걸어갔습니다. 드라우파디는 헝클어진 머리로 얼굴을 가렸고, 눈에서는 눈물이 끊이지 않았습니다. 나쿨라와 사하데바는 아무도 그들을 알아보지 못하도록 얼굴에 진흙을 발랐습니다. 그들의 사제 다움야는 죽음의 신 야마에게 바치는 찬가를 낭송하며 갔습니다."

"그건 무엇을 뜻하지?"

"올바른 사람인 유디스티라는 그의 눈이 이글거리고 있어서 그

120

와 시선이 마주친 사람은 모두 불타버리리라는 것을 알았기 때문에 얼굴을 가렸습니다. 그는 대왕님의 아들들과 그 친구들을 이런 운명에서 구하고 싶어 합니다. 비마는 13년 뒤에 팔과 무기를 좋은 목적에 쓰게 되리라는 것을 보여주고 싶어서 제 근육과 손에 든 무기를 바라보았습니다. 아르주나는 때가 오면 제 화살들이 자욱한 물보라처럼 퍼지리라는 것을 암시하고 싶어 했습니다. 다움야는 야마 찬가를 낭송할 기회가 다시 오리라는 것, 판다바 형제들이 금의환향할 때 그가 그 개선행렬을 이끌게 되리라는 것을 암시했습니다."

"아, 슬프도다!" 드리타라슈트라는 탄식했다. "이 모든 잘못을 되돌릴 방법은 없단 말이냐? 누군가가 가서 그들을 다시 데려오너라. 나는 그들이 모든 것을 잊고 돌아오기를 바라고 있다고 그들에게 전해라. 제발 돌아오라고 나는 진심으로 부탁하겠다. 그들이 평화롭게 살게 해주겠다. 내 아들들도 아무 부족함 없이 평화와 번영을 누리며 살게 해주겠다."

8
추방 생활

판다바 형제들은 충성스러운 추종자들과 함께 터벅터벅 걸어서 강가(갠지스) 강변에 이르렀다. 여기서 그들은 가지가 넓게 퍼진 나무 그늘에서 밤을 보냈다. 유디스티라의 추종자들 가운데 몇 명이 시간을 보내기 위해 제물을 태울 불을 피우고 베다를 음악적으로 낭송했다.

유디스티라가 그들에게 말했다.

"제발 돌아가거라. 숲은 위험으로 가득 차 있다. 파충류와 맹수가 우글거린다. 우리는 이 운명을 자초했지만, 너희가 왜 우리와 운명을 함께하려 하느냐? 내 아우들은 너무 낙담해서 너희에게 먹일 열매를 따거나 짐승을 사냥할 기력도 없다. 그러니 제발 집으로 돌아가거라."

몇 사람은 그의 말을 듣고 떠났지만, 나머지는 그들에게 어떤 부담도 주지 않고 스스로 자신을 돌보겠다고 장담하면서 떠나기를 거부했다. 유디스티라는 그들의 충정에 감동하여 눈물이 넘쳐흐르는 것을 참지 못했다.

그 순간, 무리에 끼어 있던 사우나카라는 학자가 그를 위로했다.

"수천 명의 슬픔과 두려움은 밤낮으로 모든 사람을 괴롭히지만, 무지한 자에게만 나쁜 영향을 줍니다. 당신처럼 현명한 사람은 가난을 초래하고 집이나 왕국이나 친척을 잃게 하는 상황 변화에 절대로 압도당하면 안 됩니다."

그는 수용과 체념의 철학을 설명하고, 겉으로 드러난 상황을 넘어 실체의 핵심에 다다르면 부와 젊음, 미모와 소유가 얼마나 덧없는 것인지를 깨달을 수 있다고 말했다.

그래서 유디스티라는 자신의 처지를 설명했다.

"내가 집을 잃은 것을 슬퍼하는 것은 나 때문이 아니라, 나로 말미암아 이런 불행에 말려든 내 아우들과 판찰리 때문이오. 나를 따르는 자들도 딱하긴 마찬가지요. 사람은 무릇 대접을 원하는 이들에게 휴식과 그늘을 제공할 수 있는 지붕이 있어야 하고, 그러지 못하면 인간이 아니지요."

그의 사제인 다움야는 그의 곤경을 이해하고 말했다.

"태초에 동물들은 굶주린 상태로 태어났습니다. 그들을 돕기 위해 태양은 반년은 북쪽으로 기울고 나머지 반년은 남쪽으로 기울어 수증기를 빨아들였습니다. 달은 수증기를 구름으로 바꾸고 비를 내려 보내는 한편, 생명에 자양분을 주는 동시에 여섯 가지 맛을 제공하는 식물계를 창조했지요. 생명을 유지하는 것은 태양 에너지입니다. 그러니까 왕이시여, 태양의 축복을 얻으려고 애써야 합니다. 고대의 왕들은 태양에 대해 명상하는 방법으로 자신을 따르는 자들을 먹여 살렸습니다."

유디스티라는 목욕재계하고 태양신에게 생각을 집중했다. 무릎까지 올라오는 물속에 서서 금식하며 태양신을 찬양하는 송가를 낭송하고, 108개나 되는 태양신의 이름을 불렀다. 그의 기도에 응답하여 태양신이 나타났다. 불타는 듯 눈부시게 빛나는 태양신은 그에게 구리주발 하나를 주면서 말했다.

"오늘부터 판찰리에게 이 그릇을 들고 있게 하라. 그러면 앞으로 12년 동안은 이 그릇에서 아무리 퍼내도 바닥나지 않는 음식이 원하는 만큼 나올 것이다. 그리고 14년째 되는 해에는 너의 왕국을 되찾게 될 것이다."

그들은 강가 강을 건너 건너편 둑으로 올라간 뒤, 오랫동안 걸어서 많은 은자들이 자연 속에서 명상 생활을 하고 있는 드와이타바나 숲에 이르렀다. 판다바들은 세상 이치에 밝은 그들과 어울리면서 잠시나마 시련을 잊을 수 있었다. 유디스티라는 드라우파디가 들고 있는 구리주발 덕분에 추종자들만이 아니라 은자들에게도 음식을 마음껏 제공할 수 있었다.

어느 날 오후, 비두라가 그들의 은신처에 도착했다. 유디스티라는 비두라를 보자마자 동생들에게 말했다.

"비두라가 오는 것은 우리를 또 노름에 초대하기 위해서인가? 아마 사쿠니는 지난번에 건드리지 못한 우리 무기도 차지해야겠다고 생각했을 거야."

그들은 불안한 마음으로 손님을 맞아들여 무슨 일로 왔느냐고 물었다. 그러자 비두라는 "나도 대왕에게 버림을 받았다"면서 그렇게 된 상황을 설명했다.

판다바들을 추방한 뒤, 드리타라슈트라 왕은 후회로 가득 차서 비두라를 불러 마음의 평화를 얻는 방법을 알려달라고 요청했다. 그는 숲속의 험한 길을 터벅터벅 걷고 있을 조카들을 생각하느라 잠을 이루지 못하고 많은 밤을 보냈다. 그는 비두라가 판다바 형제들은 아주 잘 지내고 있을 것이고, 그들의 추방은 운명으로 정해진 것이었으며, 드리타라슈트라는 개인적으로 아무 책임도 없다는 듣기 좋은 말로 그의 양심을 달래주기를 바랐다. 하지만 비두라는 여느 때처럼 솔직해서, 그들의 가문이 구원을 받으려면 두르요다나를 버려야 한다는 말만 되풀이했다. 그러자 왕은 화가 나서 말했다.

"비두라, 너는 언제나 판다바 편에서만 생각하고 우리 아이들 입장은 전혀 생각조차 않는구나. 두르요다나는 내 아들이다. 어떻게 아비가 자식을 버릴 수 있단 말이냐? 그처럼 비현실적인 원리원

칙만 주장한다면, 그런 충고는 더 이상 듣고 싶지 않다. 원한다면 판다바들에게 가도 좋다."

그러고는 내실로 들어가버렸다.

비두라는 가문의 파멸을 이제 더 이상 막을 수 없다는 것을 깨닫고, 날쌘 말을 매단 전차를 몰고 판다바 형제들을 찾아온 것이었다.

판다바 형제들은 비두라가 온 것을 기뻐했다. 하지만 그들이 기쁨을 즐길 새도 없이 하스티나푸라에서 또 다른 전령이 달려왔다. 그것은 산자야였다. 산자야도 정중한 환영을 받았지만, 그는 잠시도 자리에 앉지 않으려 했다.

"저는 아주 급합니다. 대왕님께서 비두라에게 당장 돌아오라고 하셨습니다. 대왕님은 어제 공회당에서 기절하여 쓰러지셨습니다. 비두라를 내보내신 뒤로 줄곧 슬픔에 잠겨서 한탄하셨지요. '내가 내 팔다리를 잘랐어. 그런데 내가 어떻게 살 수 있겠나? 그가 나를 용서할까? 그는 살아 있나?' 우리가 대왕님을 소생시키자, 대왕님은 분부하셨습니다. '비두라가 어디에 있든, 가서 그를 찾아라. 비두라가 살아 있다면 돌아와 달라고 간청해. 나는 그런 말을 한 혀를 뜨겁게 달군 쇠로 지지고 싶은 심정이다. 이런 말도 가서 전하라. 산자야, 내 목숨은 너에게 달려 있다. 당장 가서 그를 데려오너라."

이 말을 듣고 비두라는 크게 감동하여 하스티나푸라로 돌아갈 수밖에 없었다.

그를 보자마자 기운 없이 엎드려 있던 드리타라슈트라는 벌떡 일어나 앉아서 기쁨의 눈물을 흘렸다. 하지만 이런 모습이 그의 아들들이 보기에는 마음에 들지 않았다.

사쿠니와 두르요다나와 카르나는 저희들끼리 의논했다.

"우리 대왕님은 변덕스러워. 언젠가는 조카들에게 왕위를 물려줄지도 몰라. 그러면 우리는 끝장이지. 우리는 지금 그들이 어디 있는지 알고 있어. 정예부대를 데려가서 그들을 죽이자. 그들이 13년 동안 원한과 불만을 키우고 복수할 계획을 세우도록 내버려 두면 안 돼."

그들은 곧 숲속에 은둔해 있는 판다바 형제들을 공격할 준비를 갖추었다.

바로 그때, 무슨 일이 진행되고 있는지 직감적으로 알아차린 브야사가 도착하여 모험을 중단하라고 충고했다. 그는 드리타라슈트라를 돌아보며 말했다.

"내 말을 잘 들어라. 너에게 도움이 될 말을 해주마. 이 적대행위가 계속되는 것을 용납하지 마라. 네 동생의 자식은 다섯 명뿐인데, 네 자식은 백 명이나 된다. 너는 시샘할 이유가 전혀 없다. 숲에 가서 판다바들과 화해하라고 네 자식들에게 명령해라. 그러지 않으면, 내가 미래를 읽어보니, 13년 뒤에는 판다바들이 너희 가족을 인간의 기억에서 지워버릴 것이다. 내 경고를 명심해라."

드리타라슈트라는 이 예언에 놀라서 말했다.

"악의에 찬 제 아들놈들에게 충고 좀 해주십시오."

그 순간, 마이트레야는 현자가 찾아왔다. 그러자 브야사가 말했다.

"이 현자가 네 아들들에게 말하도록 하자."

마이트레야는 자리에 앉아 정중한 인사를 받은 뒤, 드리타라슈트라에게 말했다.

"저는 성지를 순례하다가 우연히 드와이타바나를 방문하게 되었고, 거기서 숲속의 추방 생활을 하고 있는 유디스티라와 그의 동생들과 판찰리를 만났습니다. 그렇게 살고 있는 그들을 보자 저는 마음이 아팠고, 유디스티라는 체념하고 있지만 저에게는 그게 부당한 고통으로 여겨집니다." 그런 다음, 거룩한 성자는 두르요다나를 돌아보며 부드럽게 말했다. "강력한 전사여, 내 말을 들으시오. 이 모든 다툼과 냉혹한 짓을 끝내시오. 그러면 당신 가족을 파멸에서 구할 수 있을 것입니다."

두르요다나는 냉소로 빈정거리며 그 충고를 무시하고, 관심 없다는 것을 보여주기 위해 제 무릎을 탁탁 때리면서 발로 땅을 걸어찼다. 그러자 현자가 저주의 말을 뱉었다.

"때가 오면 당신은 그 무례함의 대가를 받게 될 것이오. 비마는 당신이 지금 그렇게 건방진 태도로 탁탁 때리고 있는 그 무릎을 박살내버릴 거요."

드리타라슈트라는 깜짝 놀라서 간청했다.

"제발 그 저주를 취소해주십시오."

"그건 안 됩니다. 일단 입 밖에 낸 말은 저도 취소할 수 없습니다. 하지만 대왕님의 아들이 판다바 형제들과 화해하면 제 저주는 효력을 잃게 될 것이나, 그러지 않으면 제 저주는 제가 말한 대로 실현될 것입니다."

유디스티라가 숲속에 살게 된 것을 알고, 우호적인 군주 몇 명이 그를 찾아와서 어떻게든 당신을 도울 수 없겠느냐고 물었다. 유디스티라는 이렇게 대답했다.

"13년만 기다리세요. 14년째 되는 해에는 여러분의 도움이 필요할 겁니다."

크리슈나도 드와라카에서 도착하여 유디스티라와 이야기를 나누었다.

"나는 다른 일 때문에 떠나야 했다. 그러지만 않았다면 하스티나푸라에 와서 자네를 이렇게 만든 노름을 중단시켰을 것이다. 카우라바들을 설득해서 그 죄받을 짓을 포기하게 했을 것이다. 아니면 그 자리에서 놈들을 모조리 죽였을 것이다."

드라우파디는 크리슈나의 동정에 감동했다.

"이 세상의 뛰어난 전사인 다섯 남편은 제가 이리저리 끌려 다니며 모욕을 당하고 옷이 벗겨지는 것을 무력하게 보고만 있었습니다. 두사사나는 내 머리채를 잡았고, 내가 머리를 보호하려고 두 손을 올리면 그는 내 몸에 두른 사리를 잡아당겨 벗기려 했습니다. 지금은 내 몸에 손을 댈 때가 아니라고 간청해도 무시했지요. 세상 어디에도 그렇게 야비한 취급을 받은 여자는 없을 것입니다. 카르나와 두사사나는 추파를 던지고 농담을 하면서, 내가 논다니라도 되는 것처럼 새 남편을 얻으라고 했답니다." 그녀는 말을 끊고 그 일을 생각하며 흐느껴 울었다. "하지만 다섯이나 되는 남편들은 저를 돕기 위해 손가락 하나 까딱하지 않았답니다. 비마는 나를 도우려고 했지만 제지당했지요. 크리슈나님이 저를 구하러 와주셨어요. 내가 괴물들 앞으로 끌려 나갔을 때, 아르주나의 활이나 비바의 철퇴가 무슨 소용이 있었죠?"

크리슈나가 그녀를 달랬다.

"약속하겠소. 두르요다나와 그의 동생들, 카르나와 그들 뒤에 있는 사악한 사쿠니, 그들은 모두 천벌을 받을 것이오. 그들의 피가 흙을 더럽힐 것이오. 그대는 유디스티라가 옥좌에 앉는 것을 보게 될 것이오."

크리슈나가 떠난 뒤 유디스티라와 드라우파디 사이에 말다툼이 시작되었다. 그녀는 유디스티라의 명령에 충실히 따랐지만 그의 철학은 결코 받아들일 수 없었다.

"비단 침대에서 잠자고 황금 옥좌에 앉고 지상의 군주들이 찾아와 문안을 드리던 당신이 이제는 몸에 진흙이 튀고 사슴가죽을 걸친 상태로 딱딱한 땅바닥에서 잠자는 것을 보면 마음이 아파요. 한 손으로도 모든 적에게 승리를 거두는 비마가 이런 비참한 상태에 놓여 있는 것을 보아도 당신은 화가 나지 않나요? 아르주나가 화살을 쏘아 보낼 때는 천 개의 팔을 가진 것처럼 보입니다. 천신과 인간들이 똑같이 숭배하는 그 아르주나가 손발이 묶여 있는 걸 보아도 화가 나지 않나요? 왜 당신의 분노는 활활 타올라 당신의 적들을 다 태워버리지 않죠? 드루파다의 딸이자 드리슈타듐나의 누이인 나는 망신을 당하고 이렇게 살아야 하는데, 어떻게 당신은 그렇게 관대할 수 있죠? 분노를 모르면 크샤트리야가 아니라지만, 당신의 태도는 그 말을 증명하지 않아요. 당신은 결코 악마를 용서하면 안 돼요. 악마를 흔적도 없이 없애야 해요. 이 문제에 대해 고대의 프랄라다와 손자 발리의 이야기를 들어보지 못하셨나요?

하루는 손자가 물었지요. '할아버지, 맹목적인 용서가 현명한 분노보다 낫습니까?'

행동의 온갖 미묘함을 알고 있는 프랄라다는 이렇게 대답했지요. '애야, 공격적인 것이 항상 좋지는 않지만, 용서도 마찬가지란다. 관대함으로 알려진 사람은 항상 고통을 겪고, 그에게 의존해 있는 사람들한테도 고통을 주지. 하인들과 낯선 사람들과 적들은 그를 박대하고, 그의 코앞에서 그의 재산을 훔치고, 그의 아내까지 빼앗으려 든단다. 뱃속이 검은 사람들은 연민에 영향을 받지 않을 것이다. 분별없는 분노와 폭력 행사도 똑같이 나쁘다. 화를 잘 내고 난폭한 사람은 모든 사람에게 미움을 받고, 자신의 무분별함이 낳은 결과로 고통을 받는다. 사람은 관대함이든 정당한 분노든 상황에 따라서 적절히 보여야 한다."

유디스티라는 그녀의 말을 듣고 나서 말했다.

"분노는 항상 파괴적이니까, 화를 내야 할 때도 있다는 건 인정하지 않겠소. 오, 아름다운 여인이여, 사람은 모든 모욕을 용서해야 하오. 관대함에는 어떤 한계도 있을 수 없소. 관대함은 신이고 진리요. 세상은 오로지 신성한 연민을 통해서만 통합되어 있소. 분노는 세상의 모든 파괴의 근원이오. 나는 당신의 철학을 받아들일 수 없소. 모든 사람은 평화를 찬미하오. 우리 할아버지 비슈마만이 아니라 크리슈나와 비두라, 크리파와 산자야도 모두 평화를 얻으려 애쓰고 있소. 그들은 항상 큰아버지에게 평화를 채택하라고 촉구할 거요. 백부님은 언젠가는 우리에게 우리 왕국을 돌려줄 거요. 백부님이 그 의무를 다하지 못하면 괴로울 거요. 우리는 화를 내거나 홧김에 행동해서는 아니 되오. 인내! 이것은 내 신념이오."

드라우파디가 대답했다.

"인간은 단지 관용을 실천하는 것만으로는 이 세상에서 살아남을 수 없을 것 같은데요. 지나친 관용은 당신과 동생들에게 닥친 불행의 원인이에요. 당신은 유복할 때도 불행할 때도 똑같이 당신의 이상에 광적으로 집착해요. 당신은 삼계에서 고결한 정신을 가진 사람으로 알려져 있어요. 제가 보기에 당신은 당신의 원칙을 버리기보다는 차라리 나와 동생들을 버릴 것 같아요. 오, 사람들 속의 호랑이여, 당신은 한결같은 마음으로 당신의 철학을 실천하고 있어요. 당신은 이 세상 어느 누구도 생각지 못한 규모로 큰 희생을 치렀어요. 하지만 당신은 내가 알지 못하는 보이지 않는 힘에 내몰려 당신의 재산과 왕국과 우리 모두를 잃는 것을 주저하지 않았고, 순식간에 우리를 거지와 방랑자 수준으로 떨어뜨렸어요. 그걸 생각하면 현기증이 나고 화가 나요. 그건 모두 신의 뜻이고 모든 일은 신의 뜻에 따라 일어난다고 하죠. 우리는 세찬 바람에 이리저리 흩날리는 지푸라기 같아요! 강력한 신은 환상을 창조하고, 모든 생물이 제 동족을 죽이게 하죠. 최고신은 진흙 인형을 만들었다가 으깨버리는 어린애처럼 그 모든 걸 즐겨요. 이따금 신의 행동은 우리를 어리둥절하게 만들 때가 있죠. 신은 고결하고 덕망 높은 사람들이 참을 수 없을 만큼 박해당하는 것을 보지만, 죄인들이 계속 행복과 번영을 누리게 해주죠. 나는 몹시 혼란스럽고 어리둥절해요. 이런 처지의 당신과 번영하는 두르요다나를 보면, 신의 지혜나 정의를 높이 평가할 수가 없어요. 신이 이런 행위의 실제 창조자라면, 신 자신도 모든 인간의 죄로 더럽혀져 있을 게 분명해요."

이 말에 유디스티라는 충격을 받았다.

"당신은 유창하게 말하지만, 당신의 말은 신을 받들지 않는 자의 말이오. 나는 미덕을 이익과 손해를 저울질하는 상품으로 거래하지 않소. 내가 옳다고 생각되는 일을 하는 것은 좋은 결과를 얻기 위해서가 아니라 단지 그것이 유일한 길이기 때문이오. 신을 비난하는 것은 옳지 않소, 내 사랑. 신을 비난하지 마오. 신을 알고 신의 목적을 이해하고 신에게 순종하는 법을 배우시오. 당신은 신앙심을 통해서만 영생을 얻을 수 있소."

"신이나 종교를 비난하는 것은 제 목적이 아니에요. 내가 너무 슬픈 나머지 헛소리를 하고 있나 봐요. 원하신다면 그렇게 생각하세요. 괜찮으시다면 저는 신세타령과 헛소리를 계속하겠어요. 모든 생물은 합리적인 행동을 해야 돼요. 그러지 않으면 생물과 무생물의 구별은 사라질 거예요. 운명을 믿는 사람과 그런 믿음도 없이 무작정 사는 사람은 똑같이 최악의 인간들이에요. 자신의 지위에 합당한 행동을 하는 사람만이 칭찬할 가치가 있죠. 인간은 자신의 행동 방침을 결정하고, 지성을 도구로 사용하여 그것을 실행해야 돼요. 지금 우리의 비참한 처지는 당신이 행동해야만 개선될 수 있어요. 당신이 의지와 지성을 갖고 있다면, 그리고 그것을 적절히 사용하면 당신의 왕국을 되찾을 수 있어요. 나는 우리 아버지 무릎에 앉아서, 아버지가 곤경에 빠져 있던 시절에 자주 아버지를 찾아온 점쟁이한테 그런 충고를 듣곤 했답니다."

드라우파디가 이야기를 끝내기도 전에 비마가 일어나서 유디스티라에게 말했다.

"우리의 적은 공정한 수단이 아니라 속임수로 우리 왕국을 빼앗았어. 왜 우리가 그 상태를 받아들여야 하지? 이런 상황을 초래한 건 형의 나약함과 부주의였어. 우리는 형을 만족시키려고 이 불행을 받아들일 수밖에 없었지. 형을 만족시키려고 우리는 친구들과 추종자들을 실망시키고 적을 기쁘게 해주었어. 내가 인생에서 가장 후회하는 것은 형의 말을 듣고 형의 지시를 받아들인 거야. 그러지 않았다면 아르주나와 나는 드리타라슈트라의 그 아들놈들을 처리할 수 있었을 거야. 놈들을 살려준 건 내 평생 가장 어리석은 짓이었어. 그 기억은 끊임없이 나를 불쾌하게 해. 왜 우리가 들짐승이나 동냥그릇을 든 거지처럼 숲속에서 살아야 하지? 그 동냥그릇이 태양신의 선물이라 해도 말이야. 탁발로 얻은 음식은 브라만한테는 적당할지 모르지만, 크샤트리야는 싸워서 음식을 쟁취해야 돼. 형은 여러 가지 서약과 종교적 교리로 제 손발을 스스로 묶었어. 하지만 드리타라슈트라와 그 아들들은 우리를 신앙으로 단련된 인간으로 생각지 않고 바보 천치로 생각해. 무감동과 나약함을 버리고 다시 군주가 되어, 들짐승과 은둔자들 속에서 귀중한 시간을 낭비하지 말고 크샤트리야답게 형의 백성을 다스려줘. 아르주나와 내가 형을 위해 길을 개척하게 해줘."

유디스티라는 그 말을 곰곰 생각했다.

"네 말과 그 뒤에 숨어 있는 감정을 비난할 수는 없다. 그게 모두 내 잘못이었다는 것도 인정한다. 이제 고백할 게 있는데, 내가 노름을 하기로 동의한 이유를 말해주마. 우리는 판찰라에서 돌아온 뒤 왕국의 절반밖에 갖지 못했지만, 그건 두르요다나한테서 왕국 전체와 주권을 빼앗아 그를 내 신하로 만들 수 있을 거라고 기대했기 때문이야. 하지만 그는 교활한 사쿠니의 도움으로 도박을 했고, 지금 나는 탐욕의 대가를 치르고 있는 거야. 이건 지금까지 아무한테도 털어놓지 않은 사실이야. 홧김에, 또는 서둘러 결정을 내리지 마. 그런 결정으로는 아무것도 이룰 수 없어. 비마, 네 말이 나를 괴롭히는구나. 더 좋은 때가 올 때까지 참고 기다리자. 나는 13년 동안 추방 생활을 하기로 약속했어. 이제 와서 그 약속을 철회할 수는 없어. 다른 건 아무것도 중요하지 않아."

비마는 절망한 몸짓을 했다.

"우리는 제 생각이나 행동과는 관계없이 강물의 흐름과 함께 떠내려가는 물거품 같아. 우리는 시시각각 늙어가고 있어. 13년! 우리가 그때까지 살아 있을지, 또는 우리 왕국을 되찾을 수 있을지 누가 알아? 우리는 13년을 우리 인생에서 빼야 할 거야. 우리는 지금 당장 우리 왕국을 되찾으려고 시도해야 돼. 우리는 벌써 13개월을 추방 생활로 보냈어. 한 달이 1년 같았지. 그걸로 형은 약속을 충분히 지킨 거야. 형은 12년 동안 추방 생활을 한 뒤에는 1년 동안 신분을 숨기고 살기로 동의했는데, 이 조건을 이행할 수 있을까? 카우라바들은 첩자들을 풀어서 우리의 행방을 알아낼 테고, 그러면 우리는 다시 12년 동안 추방 생활을 해야 돼. 13년째 되는 해에 대한 그 조건은 불공정했어. 형은 어떻게 거기에 동의할 수 있었지? 우리 여섯 사람이 어떻게 1년 동안 남의 눈에 띄지 않을 수 있겠어? 특히 나는 이 큰 덩치를 어떻게 숨길 수 있지? 차라리 메루 산[14]을 숨기려고 애쓰는 편이 나을 거야. 형, 진지하게 계획을 세워보자."

유디스티라는 오랫동안 입을 다물고 있다가 말했다.

"내 약속과 그에 따른 구속은 별문제로 하더라도, 지금 우리가 싸움에 뛰어드는 것은 별로 소용이 없을 거야. 두르요다나는 비슈마와 드로나, 그리고 아들 아스와타마의 지지를 받고 있어. 지금 우리에게 호의적인 사람들도 막상 싸움이 일어나면 모두 두르요다나 편에 가담할 거야. 두르요다나가 그들을 보호해주고 있으니까. 게다가 우리가 초기 원정 때 혼내준 군주들은 모두 우리를 공격할 기회를 기다리고 있을 거야. 우리는 그들과 맞서 싸울 수 있을 때까지 힘을 기르고 지원자를 모아야 돼. 우리는 단 한 차례의 싸움도 견뎌낼 가능성이 전혀 없어. 그 모든 걸 생각하면 나는 불안해. 정말로 어떻게 해야 할지 모르겠어."

바로 그때 브야사가 도착하여 말했다.

"유디스티라, 나는 네 마음에 오가는 생각을 읽고 네 두려움을 떨쳐버리려고 여기 왔다. 아르주나가 전투에서 네 적들을 모조리

14) 고대 인도의 우주관에서 세계의 중심에 있다는 상상의 산. 수미산(須彌山). (옮긴이)

죽일 때가 올 것이다. 그건 믿어도 좋다. 내가 '프라티슴리티'라는 만트라를 너에게 알려주마. 그게 도움이 될 것이다. 너는 그걸 아르주나에게 알려주어라. 그리고 아르주나가 천상으로 신들을 만나러 가서 신들에게 특별한 무기를 하나씩 받아오게 해라. 그 무기들을 얻은 뒤에는 천하무적이 될 것이다. 절망하지 마라."

그는 유디스티라를 한쪽으로 데려가서 목욕재계를 시키고, 만트라를 그의 귀에다 대고 속삭였다. 그후 브야사는 다음과 같은 충고를 남기고 떠났다.

"너는 드와이타바나에 충분히 오래 머물렀다. 이제는 다른 적당한 곳으로 옮겨라. 거기에 가면 더 행복할 것이다. 한 곳에 너무 오래 머무는 것은 좋지 않다."

유디스티라는 동생들과 드라우파디와 함께 드와이타바나를 떠나 아름다운 호수와 숲을 등지고 있는 캄야카바나로 갔다. 오래지 않아 유디스티라는 아르주나에게 만트라를 알려줄 때가 되었다고 느꼈다. 상서로운 날, 유디스티라는 충분한 준비를 갖춘 뒤 아르주나에게 그 위대한 만트라를 전달하고, 그가 인드라와 바루나와 이스와라를 비롯한 신들에게 더 많은 무기를 얻으러 가는 것을 허락했다. 아르주나는 북쪽으로 올라가서 곧 빈디아 산맥에 이르렀다. 거기서 그는 한 곳을 골라 자리를 잡고 명상에 잠겼다.

시바 신이 처음에는 사냥꾼으로 변장하여, 다음에는 진짜 모습으로 그에게 나타나 '파수파타'(일종의 삼지창)라는 무기를 주고 사라졌다. 그 뒤를 이어 바루나와 야마와 쿠베라가 차례로 나타나 저마다 특별한 무기 사용법 알려주고, 카우라바 형제들을 이길 수 있다고 그를 안심시켰다.

그후 산길에서 전차를 한 대 만났는데, 이 전차는 그를 인드라의 도성인 아마라바티로 데려가기 위해 기다리고 있었다. 그는 인드라의 아들이었기 때문에, 천상의 존재들은 그를 정중하게 맞아들여 춤과 음악으로 즐겁게 해주었다. 인드라는 그에게 무기의 비법을 알려준 다음, 이렇게 말했다.

"너는 이제 춤과 음악을 배워라. 언젠가는 쓸모가 있을 것이다."

그래서 치트라세나라는 이름의 간다르바(초자연적 존재)가 그에게 예술을 가르쳐주었다.

그러는 동안, 천상의 기녀인 우르바시가 아르주나를 사랑하게 되었다. 그녀는 인드라의 허락을 얻어 밤중에 투명한 비단옷을 입고 향수를 바르고 그를 만나러 갔다. 그녀가 아르주나의 처소에 이르러 문을 두르리자 그는 정중하게 그녀를 맞아들이고 말했다.

"당신은 내 어머니인 쿤티나 마드리와 마찬가집니다."

그러자 우르바시는 퇴짜맞은 기분을 느끼고, 그에게 남성성이 전혀 남아 있지 않으냐고 물었다. 그는 이렇게 대답했다.

"나는 지금 어떤 목적을 이루기 위해 금욕을 맹세했기 때문에 당신을 내 어머니처럼 여길 수밖에 없습니다."

그녀는 그를 저주했다.

"당신은 당신 아버지의 명령으로 당신을 기쁘게 해주려고 찾아온 여자를 무시했어요. 그러니 당신은 여자들 속에 있어도 눈에 띄지 않고 내시 취급을 받을 거예요."

그러고는 잔뜩 부아가 나서 뛰쳐나갔다.

나중에 인드라가 그에게 말했다.

"너는 자제력에서 가장 금욕적인 성자들도 능가했다. 우르바시의 저주는 너의 추방 생활이 13년째 되는 해에 열매를 맺을 것이다. 그때가 되면 너는 그것이 저주가 아니라 축복이라는 것을 알게 될 것이다."

캄야카바나에서는 판다바 형제들과 드라우파디가 아르주나를 그리워하며 불안한 나날을 보내고 있었다. 유디스티라는 현자 나라다의 조언에 따라 순례를 떠나 거룩한 강과 호수에서 목욕하고 모든 신성한 곳에서 기도를 드리기로 결정했다. 판다바 형제들은 서쪽으로 순례를 떠나 고다바리 강가에 있는 나이미샤 숲을 방문한 뒤, 신들이 '타파스'(일종의 명상)를 하러 내려온다는 강가 강과 야무나 강의 합류점으로 출발했다. 그들은 조금이라도 신성함과 관련이 있는 산이나 강을 하나도 놓치지 않으려고 지그재그로 나아갔다. 아르주나가 없었기 때문에 속으로는 항상 공허감을 느꼈지만, 그들은 이제 슬픔을 잊을 수 있었다. 추방 생활을 시작한 지

12년이 지났을 때 그들은 히말라야 산맥의 어느 곳에 도착했다. 거기서 아르주나가 5년 만에 그들과 합류했다. 그가 신들에게 얻은 무기를 설명하자 그들은 다시 희망을 가지고 앞으로 1년 동안 변장하고 은둔 생활을 한 뒤 그들의 왕국을 되찾을 방법을 진지하게 논의하기 시작했다. 그리고 순례가 끝나자 그들은 캄야카바나로 돌아갔다.

9
백 개의 질문

한편 드리타라슈트라는 첩자들을 통해 판다바 형제들의 움직임과 성취에 대한 소식, 특히 아르주나가 새로운 무기를 손에 넣었다는 소식을 들었다. 드리타라슈트라는 여느 때처럼 백부로서 조카들에게 느끼는 애정과 자신의 아들들을 보호하고 싶은 욕망 사이에서 괴로워했다. 그는 어떻게 해야 할지를 심사숙고하기 시작했고, 여느 때처럼 혼란에 빠졌다. 두르요다나는 그런 아버지의 반응을 불안하게 지켜보다가 사쿠니에게 말했다.

"아버지는 조카들을 잊지 못해요. 아버지는 조카들 생각에 사로잡혀 있어요. 우리는 그들이 어디 있는지 알고 있으니까, 재빨리 행동해서 이 귀찮은 상황을 단번에 끝내버리는 게 어때요?"

"그건 그렇게 쉽지 않을 거다." 사쿠니가 말했다. "아르주나는 엄청난 힘을 얻었고, 복수심이 감정을 격앙시키면 판다바들도 만만

찾을 거야. 하지만 그들은 앞으로 1년 더 추방 생활을 해야 돼. 대왕님이 너그러워져서 그들에게 돌아오라고 권해도, 유디스티라는 자기가 한 말을 뒤집지 않을 거야. 하지만 너는 한 가지 일을 할 수 있어. 지금 그들은 짐승가죽을 걸치고 흙먼지 속을 뒹구는 유랑민 같은 꼴로 캄야카에 살고 있어. 네가 가서 가장 화려한 차림으로 너를 과시하는 게 어떠냐? 너는 이제 세상의 주인으로서 무한한 재산과 권력과 권위를 누리고 있어. 거렁뱅이로 전락한 적 앞에서 자신의 우월함을 과시하는 것보다 더 유쾌한 일은 없다고 하더라. 캄야카 숲 가까이에 호화로운 야영지를 세우는 게 어떠냐? 그러면 그들이 누더기를 입고 네 앞으로 다가오는 것을 보게 될 거야. 문지기들은 마지못해 그들을 들여놓겠지."

두르요다나는 국경 지방에서 풀을 뜯고 있는 소떼를 점검해야 한다는 구실로 캄야카 근처에 야영지를 세워도 좋다는 드리타라슈트라 왕의 허락을 받아냈다. 야영지는 수백 명의 기녀와 시종, 병사와 신하를 수용하는 규모였다. 축제와 무도회, 음악과 온갖 종류의 오락이 밤낮으로 시끄럽게 계속되었다. 그 지역은 화려한 조명과 불꽃으로 모습이 완전히 달라졌다.

두르요다나와 그의 공모자들은 화려한 갑옷 차림에 무기를 갖춘 눈부신 모습으로 야영지에 도착했다. 그들은 판다바 형제들이 캄야카 숲에서 강 건너편에 있는 야영지의 찬란한 불빛과 유쾌한 분위기를 알아차리기를 바랐다. 두르요다나는 판다바 형제들을 자기 앞에 부르려고 전령을 보내려 했지만, 경비원은 전령이 강을 건너가지 못하게 했다. 사실 그 경비원은 신들이 위기를 만들어내기 위해 내려 보낸 간다르바였다. 격렬한 말다툼과 항의 끝에 난투가 벌어졌다. 다른 사람들도 차츰 싸움에 말려들었다.

그렇게 알아차릴 수 없을 만큼 소규모로 시작된 싸움은 간다르바들과 두르요다나의 군대가 충돌하는 본격적인 싸움으로 발전했다. 전초전에서 두르요다나의 병사들이 전사한 뒤, 두르요다나는 동맹자들과 함께 포로로 잡혀서 쇠사슬에 묶였다.

두르요다나가 사로잡히고 카르나가 도망친 것을 알고, 유디스티라는 두르요다나를 구출하기 위해 비마와 아르주나를 보냈다.

"어쨌든 그들은 우리의 형제다. 우리 사이에 어떤 충돌이 있다 해도 지금 그들을 버릴 수는 없다."

비마와 아르주나는 활동을 개시하여 간다르바들로부터 포로들을 해방시킬 수 있었다. 간다르바들은 이 원정을 통해 두르요다나에게 교훈을 주라는 인드라의 지시를 받고 있었다. 두르요다나는 그를 도와준 판다바 형제들에게 감사한 뒤, 야영지를 폐쇄하고 전보다 더 슬퍼지고 현명해져서 하스티나푸라로 돌아갔다. 판다바 형제들은 드와이타바나로 돌아갔다.

판다바 형제들은 오랜 순례를 마치고 원래의 출발점인 드와이타바나로 돌아갈 때 기대에 부풀어 있었다. 드와이타바나는 과일과 나무뿌리가 풍부했고, 판다바 형제들은 금욕적인 내핍 생활을 하고 엄격한 서약을 실천하면서 빈약한 음식으로 연명했다.

그들은 대체로 평온하게 살았지만, 어느 날 브라만 한 사람이 몹시 흥분한 상태로 도착했다. 그는 종교의식에 필요한 점화 절구와 특별한 섶나무 두 다발을 잃어버렸다. 평소에는 종교의식을 거행하면서 시간을 보냈지만, 그날은 판다바 형제들을 찾아와서 울부짖었다.

"엄청나게 크고 나뭇가지처럼 뿔이 펼쳐진 사슴 한 마리가 갑자기 달려와 머리를 낮추더니, 점화 절구와 섶나무를 뿔에 꿰차고는 무슨 일이 일어나고 있는지 미처 알아차리기도 전에 사라져버렸습니다. 그 절구를 되찾도록 도와주십시오. 그게 없으면 저는 일상적인 종교의식을 거행할 수 없을 겁니다. 당신들은 땅에 남은 발자국을 보고 사슴을 따라갈 수 있습니다."

유디스티라는 크샤트리야로서 브라만을 돕는 것이 의무라고 느꼈다. 그래서 그는 동생들과 함께 사슴을 뒤쫓기 시작했다. 그들은 발자국을 따라가서 오랜 추적 끝에 사슴을 발견했다. 하지만 그들이 화살을 쏘자 사슴은 달아났고, 이리저리 그들을 유인하다가 갑자기 사라져버렸다. 이때쯤 그들은 이미 숲속 깊이 들어와 있었고, 피로와 갈증을 느낀 그들은 휴식을 취하려고 나무 그늘에 앉았다.

유디스티라는 막내 나쿨라에게 말했다.

"이 나무 위로 올라가서 근처에 강이나 연못이 있는지 찾아봐라."

나쿨라는 나무 위로 올라가 사방을 둘러본 다음 외쳤다.

"저쪽에 초록빛 풀밭이 보이고, 두루미들의 울음소리도 들립니다. 수원지가 틀림없어요."

나쿨라는 나무에서 내려와 수정처럼 맑은 연못 쪽으로 걸어갔다. 그는 연못가에 무릎을 꿇고 물을 얼굴에 끼얹었다. 그때 물속에 서 있는 두루미한테서 나오는 듯한 목소리가 외쳤다.

"잠깐! 이 연못은 내 것이다. 내 질문에 대답할 때까지는 물을 건드리지 마라. 대답한 뒤에는 마음대로 물을 마시거나 가져가도 좋다."

나쿨라는 갈증이 하도 심해서 잠시도 기다릴 수가 없었다. 그는 허리를 숙이고 오므린 두 손바닥으로 물을 떠서 입술로 가져갔다. 하지만 그는 당장 쓰러져 죽어버렸다.

나쿨라가 돌아오지 않자 유디스티라는 사하데바를 보내어 무슨 일이 일어났는지 알아보게 했다. 사하데바도 푸른 연못을 보고 앞으로 달려가다가 경고를 들었지만, 무시하고 물을 맛보는 바람에 쓰러져 죽어버렸다.

다음에는 아르주나가 갔다. 그는 경고하는 목소리를 듣자 활을 들어 목소리가 나는 쪽으로 화살을 쏘고 물가로 다가갔다. 목소리가 말했다.

"어리석게 굴지 마라. 물에 손을 대기 전에 우선 내 질문에 대답해라."

아르주나는 두 동생의 주검을 보고 충격과 슬픔에 사로잡혀 대답했다.

"내가 화살로 너를 침묵시키면 질문을 그만두겠지."

아르주나는 갈증 때문에 신경이 곤두선 데다 죽은 동생들 때문에 화가 나서 사방팔방으로 화살을 쏘아댔다. 목소리가 계속 "물을 건드리지 말라"고 경고하자 그는 허리를 숙여서 물을 입술로 가져갔다가 쓰러져 죽었다.

다음에는 비마가 왔다. 그는 동생들이 죽어 있는 것을 보았고, 목소리가 들리자 철퇴를 휘두르며 외쳤다.

"네가 누구든 나는 너를 곧 죽이겠지만, 우선 이 지독한 갈증부터 풀어야겠다." 그는 경고를 무시하고 손바닥으로 물을 떠서 한 모금 마시자마자 쓰러져 죽었다. 철퇴는 그 옆에 떨어졌다.

곧 유디스티라가 그의 동생들 말고는 어떤 인간도 발을 들여놓은 적이 없는 숲을 지나 연못에 도착했다. 그는 주변의 아름다움에 깊은 인상을 받았고, 이어서 신성한 손이 만든 것처럼 보이는 멋진 호수에 이르렀다. 그 호숫가에서 그는 동생들 죽어 있는 것을 보았다.

그는 흐느껴 울면서 큰 소리로 탄식했다. 사태의 통렬함과 비참함이 그를 괴롭혔다. 그는 아르주나의 활과 비마의 철퇴가 땅바닥에 나뒹구는 것을 보고, 이 끔찍한 재난을 어머니한테 어떻게 설명해야 할지 알 수가 없었다.

잠시 후 그는 혼잣말로 중얼거렸다. '이건 정상적인 죽음이 아니야. 누구를 보아도 다친 흔적이 전혀 없어. 이 모든 일의 배후에는 뭐가 있을까?' 두르요다나가 그들을 추적했고, 그의 첩자들이 작용했을 가능성이 있을까? 그는 죽은 동생들의 얼굴을 살펴보았다. 안색도 전혀 변하지 않았고 부패가 시작된 조짐도 전혀 없었다. 그는 동생들이 인간에게 살해되었을 리가 없다는 것을 깨달았고, 더 높은 힘이 그들을 죽인 게 분명하다고 결론지었다. 그는 서둘러 행동하지 않기로 결심하고 모든 가능성을 생각한 뒤, 동생들을 위한 장례식을 거행하러 호수 안으로 들어갔다.

그때 목소리가 말했다.

"경솔하게 행동하지 마라. 너의 동생들은 내 말을 듣지 않았기 때문에 죽었다. 우선 내 질문에 대답하고 나서 물을 마셔라. 그리고 마음대로 물을 가져가도 좋다. 내 말을 무시하면 너는 다섯 번째 시체가 될 것이다. 이 호수는 내 것이고, 누구든 내 목소리를 무시하면 죽을 것이다."

유디스티라는 겸손하게 대답했다.

"엄청난 힘과 용기를 타고난 무적의 동생들을 이긴 당신은 어떤 신이십니까? 당신의 위업은 대단하십니다. 저는 당신에게 경의를 표하지만, 당신이 누군지, 갈증을 풀려고 했던 이 무고한 사람들을 왜 죽였는지 설명해주십시오. 저는 당신의 목적을 알지 못해서 마음이 어지럽고 호기심에 사로잡혀 있습니다. 당신이 누군지 말해주세요."

그러자 호숫가에 거대한 형체가 나타나는 것이 보였다. 그것은 주위의 사물보다 훨씬 높이 우뚝 솟아올랐다.

"나는 야크샤[15]다. 너의 동생들은 경고를 받고도 억지를 부렸기 때문에 목숨으로 대가를 치렀다. 살고 싶거든, 내 질문에 대답하기 전에는 이 물을 마시지 마라."

유디스티라는 겸손하게 대답했다.

"야크샤님, 저는 당신의 것을 절대로 탐내지 않겠습니다. 제가 아무리 목이 말라도 당신의 허락 없이는 이 물에 손을 대지 않겠습니다. 당신의 질문에 최선을 다해서 대답하겠습니다."

"무엇이 날마다 해를 뜨게 하느냐? 무엇이 날마다 해를 지게 하느냐?"

"창조신 브라흐마의 힘입니다. 그의 '다르마'(법)가 해를 뜨고 지게 합니다."

유디스티라는 호된 시험을 거쳐야 했다. 질문이 계속 쏟아졌기 때문에 그는 뭐라고 대답해야 할지 생각할 시간도 없었다. 유디스티라는 대답도 않고 꾸물거리거나 모른다고 하소연할 용기가 없

15) 인도 신화에 나오는 신적 존재. 흔히 '야차(夜叉)'로 번역된다. (옮긴이)

었다. 어떤 질문은 어리석게 들렸고, 어떤 질문은 심오하게 들렸고, 어떤 질문은 모호하면서 다의적으로 들렸다. 유디스티라는 마음 한편으로는 '이보다 더 나쁜 운명이 닥칠 수 있을까?' 하고 생각했지만, 야크샤의 마음을 불편하게 하면 더 많은 피해를 입지나 않을까 하고 끊임없이 두려워했다.

야크샤는 그에게 생각할 시간도 주지 않고 계속 질문을 던졌다. 때로는 단숨에 질문이 네 가지나 쏟아졌다. 질문의 범위는 한이 없었고, 이 주제에서 저 주제로 정신없이 바뀌었다.

"씨를 뿌리는 사람들에게 중요한 것은 무엇이냐? 위험할 때 사람을 구해주는 것은 무엇이냐?"

유디스티라는 "비"라는 대답을 다 내뱉기도 전에 "용기"라는 말로 다음 질문에 대답해야 했다.

야크샤는 계속 물었다.

"땅보다 무거운 것은 무엇이냐?"

"어머니."

"하늘보다 높은 것은?"

"아버지."

"바람보다 빠른 것은?"

"마음."

"눈을 뜨고 자는 것은?"

"물고기."

"태어난 뒤에도 움직이지 않는 것?"

"알."

"추방자의 친구는 누구냐?"

"도중에 만난 길동무."

"죽어가는 사람의 친구는 누구냐?"

"살아 있는 동안 베푼 자비."

"신이 내려준 친구는 누구냐?"

"아내."

"무엇을 버려야 부자가 되는가?"

"욕심."

"무엇을 버려야 슬픔이 가고 기쁨이 오는가?"

"분노."

"무엇을 버려야 만인의 사랑을 받게 되는가?"

"자만심."

"어떤 학문을 공부해야 현명한 사람이 되는가?"

"경전을 공부한다고 사람이 현명해지는 것이 아닙니다. 사람은 지혜가 뛰어난 사람과 사귐으로써 조금이라도 더 현명해지는 것입니다."

"진정한 브라만은 누구냐? 타고난 브라만이냐? 학문이나 행위로 브라만이 된 사람이냐?"

"타고난 브라만이 아니라 경전과 선행에 대한 지식으로 브라만이 된 사람입니다. 브라만으로 태어난 사람도 설령 베다에 정통하더라도 마음이 불순하고 악행을 저지르면 수드라[16]에 지나지 않습니다."

질문은 100개가 넘었다. 유디스티라는 갈증과 슬픔과 긴장으로 기절할 것 같아서 속삭이는 소리로 대답할 수밖에 없었다. 마침내 야크샤가 말했다.

"네 가지 질문에만 더 대답해라. 그러면 죽은 동생들 중 한 명을 살려주겠다. 정말로 행복한 사람은 누구냐?"

"재산은 얼마 안 되지만 빚이 없는 사람입니다. 그런 사람이 정말로 행복한 사람입니다."

"가장 놀라운 불가사의는 무엇이냐?"

"날마다 사람이 죽고 주검이 실려 가지만, 구경꾼들은 자기도 언젠가는 죽는다는 것을 깨닫지 못하고 자기는 영원히 살 거라고 생각합니다. 이것이야말로 세상에서 가장 놀라운 불가사의입니다."

"길은 무엇이냐?"

"길은 위대한 사람이 지나간 자리입니다. 사람이 길을 찾을 때는 경전이나 논쟁을 공부해서는 찾을 수 없습니다. 경전이나 논쟁은 모순되고 상충합니다."

마지막으로 야크샤는 말했다.

16) 인도의 카스트 제도에서 가장 낮은 노예 계급.

"너는 동생들 가운데 누구를 되살려주기를 원하느냐?"

"제가 하나만 선택해야 한다면 막내 나쿨라가 다시 살아나게 해주십시오."

"나쿨라는 어쨌든 너의 이복동생이다. 나는 네가 아르주나나 비마를 원할 줄 알았다. 너한테는 그들이 소중할 테니까."

"그렇습니다. 하지만 저에게는 어머니가 둘이었습니다. 우리 다섯 형제들 가운데 둘만 살아남을 수 있다면, 두 어머니에게 아들이 각각 하나씩 있게 해주십시오. 쿤티 어머니의 아들로는 제가 살아 있으니, 마드리 어머니의 아들로는 나쿨라를 살려주십시오. 그래야 공평하지 않겠습니까."

"너는 겸손함과 현명한 대답으로 나를 만족시켰다. 네 동생들을 모두 되살려서 너와 함께 가게 해주마."

그후 야크샤는 그의 동생들을 모두 되살렸고, 유디스티라에게 다음과 같은 은혜도 베풀었다.

"앞으로 너는 동생들과 아내와 함께 어디를 가든 정체가 드러나지 않는 축복을 받게 될 것이다."

야크샤는 바로 죽음과 심판의 신이며 유디스티라의 아버지인 야마였다. 야마는 유디스티라의 정신력을 시험하고 계속 신분을 숨길 수 있는 능력을 주려고 찾아온 것이었다. 추방 생활의 마지막 1년 동안 아무도 그들을 알아보면 안 된다는 조건을 생각하면, 그것은 정말 특별한 은혜였다.

판다바 형제들의 마지막 시련은 끝난 것 같았다. 그들은 브라만 고행자의 점화 절구와 섶나무를 되찾아 주인에게 돌려주었다. 이제 그들은 암자 앞에 차분히 앉아서 미래에 대해 이야기를 나눌 수 있었다.

"12년의 시련은 끝났다." 유디스티라가 말했다. "이제 1년만 더 지내면 된다. 도시에 들어가서 나머지 1년을 보내자. 숲속에서는 충분히 오래 살았다. 아르주나, 너는 여행을 많이 다녔으니 묻겠는데, 13년째를 보내는 데는 어디가 제일 좋을까?"

아르주나가 수완을 발휘했다.

"우리는 형의 아버지가 축복해준 덕분에 어딜 가도 정체가 탄로나지 않을 거야. 우리가 숨어 살 만한 나라는 세상에 많아. 판찰라, 체디, 마츠야, 살바, 아반티 등등. 남은 1년 동안 우리가 살 곳으로는 그 나라들 가운데 어디를 골라도 괜찮아. 어느 나라도 마음에들 테고, 아무도 우리를 알아보지 못할 테니까."

그들은 심사숙고했다.

"판찰라는 안 돼. 우리 장인의 나라니까 거기서 살 수는 없을 거야. 우리가 두려움 없이 살 수 있는 곳을 골라야 해. 또한 쾌적하고 호감이 가는 나라여야 해."

"네가 언급한 나라들 가운데…" 유디스티라가 말했다. "마츠야가 적당한 것 같아. 마츠야를 다스리는 비라타 왕은 훌륭하고 너그러운 분이야. 거기서 1년을 보내자. 왕궁에서 일자리를 얻는 게 좋을 것 같은데, 어떻게 하면 비라타 왕을 곁에서 모실 수 있을까? 나는 캉카라는 이름으로 왕의 상담역을 제의하겠어. 왕과 주사위 놀이를 하면서….”

“주사위? 안 돼!” 동생들이 입을 모아 외쳤다.

“내기를 걸지 않고 그냥 소일거리로 주사위 놀이를 할 거야. 손바닥 안에서 주사위를 굴리는 게 얼마나 유쾌한지 몰라. 비라타 왕은 나와 함께 보내는 시간을 즐거워할 거야. 혹시나 왕이 내게 의심을 품으면, 유디스티라와 자주 어울렸다고 대답할 거야.” 유디스티라가 말하고는 비마에게 물었다. “너는 어떻게 할래?”

비마는 잠시 생각하고 나서 말했다.

“나는 발라바라는 이름으로 궁중 요리사로 일하겠다고 제의하겠어. 그래, 내 아이디어를 시험해볼 좋은 기회야. 비라타 왕은 평생 그렇게 맛있는 음식을 맛본 적이 없을 거야.” 비마는 연회를 베풀고 왕과 왕족에게 진수성찬을 먹이는 상상을 마음껏 즐긴 다음 덧붙여 말했다. “나는 여흥으로 묘기도 보여줄 생각이야. 코끼리와 황소를 다루는 묘기를. 가장 힘센 코끼리나 황소와 맞붙어 싸워서 이기겠지만, 그런 나를 보고 누가 내 과거를 의심하면, 한때 유디스티라에게 고용된 요리사였다고, 그때도 힘센 동물과 씨름하는 묘기로 주인을 즐겁게 해주곤 했다고 대답할 거야.”

유디스티라가 이번에는 아르주나를 돌아보며 물었다.

“너는 어떻게 할래?”

"내 팔에 깊이 나 있는 활시위 자국을 감추기는 어려울 거야. 이게 내 정체를 드러낼 수도 있어. 나는 조가비 팔찌를 팔꿈치까지 차서 활시위 자국을 가리고, 머리를 길게 땋아 늘이고 화려한 귀고리를 하고 옷도 여자 옷을 입고, 브리한날라라는 이름의 내시로 행세하겠어. 나는 언젠가 천상의 우르바시에게 내시가 될 거라는 저주를 받았는데, 그 저주가 실현되는 셈이지. 나는 규중에서 여자들을 시중들고, 그들에게 춤과 음악을 가르치고 이야기를 들려주는 사람으로 일할 거야."

유디스티라는 한숨을 내쉬었다.

"그래, 너는 다른 방법이 없을 것 같아."

이번에는 나쿨라가 말했다.

"나는 그란티카라는 이름으로 왕실 마구간에서 일할 거예요. 나는 말을 좋아할 뿐만 아니라 말의 마음도 읽을 줄 아니까요. 내가 돌보면 아무리 버릇 나쁜 말도 온순해져서 사람을 태우거나 전차를 끌 거예요. 말들이 폭풍처럼 날아다니게 할 수도 있어요. 나는 유디스티라 밑에서 마구간지기로 일했다고 말하겠어요."

이번에는 사하데바가 말했다.

"나쿨라가 말을 돌보겠다고 하니, 나는 소떼를 돌보겠다고 제의할게요. 나는 황소에게 나타나는 상서로운 표시를 모두 알고 있고, 젖소의 기분도 알아요. 내가 다루면 우유가 젖에서 줄줄 흘러나올 거예요. 나는 소를 좋아해서, 여생을 소들과 함께 보낼 각오

156

가 되어 있어요."

형제들은 12년 만에 처음으로 행복해 보였고, 특히 저마다 좋아하는 취미를 마음껏 즐길 수 있다는 기대에 부풀었다. 그때 유디스티라가 드라우파디를 생각해내고 그녀에게 말했다.

"당신은 섬세하고, 고된 일에는 익숙지 않소. 당신은 그날그날 향수나 보석을 고르는 것보다 힘든 일을 해서는 안 돼요."

"제가 12년 동안 한 번도 거울을 보지 않았다는 걸 잊지 마세요." 드라우파디는 농담을 하는 그들의 밝은 기분에 전염되어 쾌활하게 대답했다. "왕실에는 주로 말동무나 시녀로 일하는 사이란다리라는 여자들이 있어요. 나는 그 사이란다리가 되겠어요. 비라타 왕의 후궁들 처소에서 머리를 손질하고 꾸미는 데 숙달된 미용사로 일할 거예요. 누가 물으면, 드라우파디의 말동무로 일했다고 대답하겠어요."

그들이 이렇게 결정을 끝내자 그들의 사제인 다움야는 그들을 축복한 다음 이렇게 충고했다.

"당신들이 마츠야 왕국에서 행복하게 지낼 것은 확실하지만, 그래도 경고하겠습니다. 드라우파디를 특별히 잘 돌봐야 합니다. 드라우파디를 사람들 눈에 너무 많이 노출시키지 마세요. 비라타 왕은 고결한 분이지만, 그의 궁정에는 심술 사나운 사람도 한두 명 있습니다. 드라우파디를 특별히 잘 보살피세요. 그리고 또 한 가지. 왕과 가까이 있을 때는 몇 가지 중요한 규칙을 항상 염두에 두어야 할 겁니다. 당신은 자신이 왕이기 때문에 그 규칙을 몰랐을 겁니다. 왕을 섬기는 보통 사람만이 그게 칼날처럼 위험한 생활이라는 걸 깨달을 수 있지요. 왕이 코끼리를 타고 행렬에 끼어 지나갈 때를 제외하고는 왕을 보지 못하는 사람들이 훨씬 행복하답니다. 왕을 섬기는 사람은 신의 화신을 섬기는 것이고, 왕과의 거리를 적당히 조절해야 합니다. 왕이 있는 곳에 들어갈 때는 반드시 당신의 존재를 알리고 왕의 허락을 청해야 합니다. 궁정에서 다른 사람의 시샘을 불러일으킬 수 있는 자리는 차지하지 마십시오. 왕이 요구하지 않으면 어떤 조언도 하지 마십시오. 쓸데없는 말은 하지 말고 남의 소문을 옮기지 마십시오. 방심은 금물입니다. 항상 침묵을 지키십시오. 왕이 명령을 되풀이하게 하지 마십시오. 왕 앞에서는 부드러운 목소리로 점잖게 말해야 하고, 분노나 경멸을 표현하면 안 됩니다. 큰 소리로 웃거나 지나치게 근엄한 태도를 보여서도 안 됩니다. 왕처럼 옷을 입어도 안 되고, 말하면서 몸짓을 해도 안 되고, 왕 앞에서 일어난 일을 외부에 발설해도 안 됩니다. 왕이 부르면 언제라도 당장 가야 하고, 너무 나서지도 마십시오."

이렇게 다움야는 궁정 신하가 지켜야 할 규칙을 자세히 설명했다. 그런 다음 그들에게 작별인사를 하고 판찰라에서 살기 위해 떠났다.

판다바 형제들은 최종적으로 숲을 떠나 마츠야 왕국에 도착했다. 도성 밖에서 그들은 갑옷을 벗고 각자의 역할에 걸맞은 옷으로 갈아입었다. 활과 화살과 칼은 자루에 넣어서, 묘지에 서 있는 보리수나무의 꼭대기 가지에 그 자루를 걸어놓았다. 그들은 무기도 없이 맨손으로 궁전 문에 도착하여 왕을 섬기러 왔다고 말했다. 왕은 그들을 한 사람씩 불러서 고용했다. 야마 덕분에 그들을 알아보는 사람은 아무도 없었다.

거의 1년 동안 귀찮은 일은 전혀 일어나지 않았고, 그들은 부지런함과 성실함으로 비라타 왕을 만족시켰다. 추방 기간이 며칠밖에 남지 않았을 때 뜻밖에 곤란한 문제가 생겼다.

다움야가 우려한 대로, 드라우파디가 왕비의 남동생이자 사령관인 잘생기고 강력한 키차카의 눈에 띄었다. 그는 드라우파디가 왕비의 시중을 들고 있을 때 그녀를 보고는, 궁전에서 이리저리 돌아다니며 일하는 그녀를 계속 따라다녔다. 그녀의 남편들은 아내의 곤경을 알아차렸지만, 아내를 도우려고 나섰다가는 정체를 드러낼 수도 있었다. 그들은 남몰래 아내를 위로했고, 무슨 일이 있으면 그녀를 지켜주겠다고 약속했다. 다움야만이 아니라 왕비도 이 사태를 예상했다.

"사내들은 누구든 너를 가만 내버려두지 않을 거야." 왕비가 말했다. "네 아름다움이 두렵구나. 내 남편도 걱정이다. 왕도 네 아름다운 모습에 굴복할지 몰라. 어떻게 하면 너를 궁전에 두면서 곤란한 사태를 피할 수 있을까?"

드라우파디는 얼른 대답했다.

"조금도 염려하지 마세요. 곤란한 문제는 일어나지 않을 겁니다. 저는 다섯 명의 간다르바와 결혼했는데, 제 남편들은 눈에 보이지는 않지만 제가 어디에 있든 지켜준답니다. 남편들이 저를 보호해 줄 거예요. 그리고 누군가가 저에게 치근거리고 괴롭히면 당장 그 사람을 죽일 거예요."

이 말을 듣고 왕비는 어느 정도 안심했다. 왕비는 드라우파디와 함께 지내는 것을 좋아했다. 왕비는 드라우파디에게 접근하지 말라고 남동생에게 경고했지만, 그는 열렬한 사랑에 들떠서 그 말을 무시했다.

키차카는 드라우파디에게 심부름을 시켜서 자기한테 보내달라고 누나에게 부탁했고, 드라우파디가 오자 그녀를 끌어안으려고 했다. 그녀가 저항하자 그는 화가 나서, 사람들이 보는 앞에서 그녀에게 욕설을 퍼부으며 발길질을 했다. 그녀는 울면서 왕을 찾아가, 유디스티라와 주사위 놀이를 하고 있는 왕에게 키차카가 한 짓을 하소연했다. 하지만 왕도 유디스티라도 전혀 관심을 기울이지 않았다. 사실 유디스티라는 충격을 느꼈지만 애써 자신을 억제했다.

그러자 그녀는 비마에게 도움을 청하러 갔다. 비마는 그녀를 도와주겠다고 약속했고, 두 사람은 함께 계획을 세웠다. 그녀는 밤늦게 무도장에 가자고 키차카를 유혹하고, 거기서 그에게 몸을 맡기겠다고 약속했다. 키차카는 덫에 걸려들었고, 그가 어두워진 무도장에 발을 들여놓는 순간 비마가 그를 끌어내어 재빨리 처리했다.

키차카는 마츠야 왕국의 유력자였고 군사령관이었기 때문에 그의 죽음은 물의를 일으켰다. 드라우파디는 간다르바인 남편들이 키차카를 죽였다고 변명했다. 온 백성이 키차카의 죽음을 애도했고, 그들은 드라우파디를 악귀의 화신으로 여겼다. 그래서 그녀를 붙잡아 키차카를 화장하는 장작더미 위에서 산 채로 불태울 준비를 했다. 마지막 순간에 비마가 그녀를 구출했고, 그 과정에 키차카의 부하들이 많이 죽었다.

그녀가 궁전으로 돌아오자 왕과 왕비가 간청했다.

"제발 떠나다오. 우리는 감히 너를 곁에 둘 수 없다. 내 남동생과 그의 부하 수백 명을 덮친 운명이 우리한테도 닥칠지 모른다. 우리는 너를 지켜주는 간다르바들이 언제 화를 낼지 모르기 때문에 그들이 두렵다. 나는 너를 좋아하지만 너를 여기에 둘 수는 없다. 제발 우리 곁을 떠나거라. 멀리 가거라."

"제발 가혹하게 굴지 마세요. 왕비님의 남동생이 제 남편들을 화나게 했답니다. 먼저 도발하지 않았다면 왕비님의 남동생은 아무 해도 입지 않았을 거예요. 왕과 왕비님은 저한테 아주 잘해주셨으니까 제 남편들은 절대로 두 분을 해치지 않을 겁니다. 제발 앞으로 13일만 여기에 더 머물게 해주세요. 이런 부탁을 드리는 데에는 특별한 이유가 있답니다. 13일 뒤에는 떠나겠습니다. 약속합니다. 저에게 동정심을 보여주세요."

왕비는 그 말을 곰곰 생각하고, 살피는 듯한 눈으로 드라우파디를 바라보며 물었다.

"왜 13일이지?"

"지금은 설명할 수 없지만, 나중에 아시게 될 겁니다."

"네 남편인 간다르바들이 가까이 오지 못하게 하겠느냐?"

"제 명예를 걸고 약속합니다. 이 궁전 근처에는 얼씬도 하지 않을 겁니다."

"그러면 계속 머물러도 좋다. 너를 믿어보마."

10

노예 상태

두르요다나는 판다바 형제들의 13년 추방 생활이 앞으로 며칠 밖에 남지 않은 것을 알고 불안을 느꼈다. 그는 첩자들을 풀어 판 다바 형제들의 행방을 찾았지만, 돌아온 첩자들은 아무 흔적도 찾 지 못했다고 보고하여 카우라바 진영에 안도감을 불러일으켰다.

첩자들은 주인의 기분을 만족시킬 정보를 추가하고 싶어서 이 렇게 말했다.

"저희는 여행하는 동안 마츠야의 군사령관 키차카가 간다르바 들의 마누라한테 치근거리다가 살해된 것을 알았습니다."

이 말을 듣고 특히 반가워한 사람은 트리가르타의 군주인 수수 르만이었다. 두르요다나의 동맹자 중 하나인 그는 이제까지 마츠 야 군대에 거듭 패배를 맛보았던 것이다. 이 소식은 그러나 두르 요다나에게는 불안을 불러일으켰다.

"그 간다르바의 이야기를 여기서 누가 믿겠느냐? 그 여자는 누구지? 우리는 그 간다르바들에 대해 좀 더 알아내려고 애써야 한다."

카르나가 제의했다.

"더 유능한 첩자들을 다시 한 번 보냅시다. 모든 산과 마을, 도시와 숲을 구석구석 뒤지며 그들을 찾게 합시다. 항상 눈을 크게 뜨고 모든 축제와 시장에서 군중을 살펴보게 합시다. 첩자들은 마츠야도 다시 방문해서 여섯 명으로 이루어진 무리를 빠짐없이 날카로운 눈으로 관찰해야 합니다. 우리는 며칠 안에 그들을 찾아내야 하니까, 이 모든 일을 하루라도 빨리 해야 합니다."

두사사나는 여기에 동조하면서도 일종의 예언으로 이런 말을 덧붙였다.

"판다바들은 죽은 게 분명해. 그건 의심할 여지가 없어. 그 확신을 토대로 행동하고 인생을 즐겨. 더 이상 그들 때문에 걱정하지 마."

그들의 스승인 드로나가 경고했다.

"판다바 형제들처럼 뛰어난 자들이 죽었을 리가 없다. 그들이 돌아오면 조심해야 한다. 그들은 힘이 두 배로 강해져서 돌아올 것이다. 너희가 취해야 할 조치는 그들과 화해하고 그들의 거처를 준비하는 것이다. 이번에는 판다바들의 자질을 이해하고 그들을 찾을 첩자들을 보내라."

비슈마도 여기에 동의했다.

"이제 기한이 얼마 남지 않았으니까 그 기간이 끝났을 때 무엇을 해야 할지 현명하게 결정해야 한다. 유디스티라가 익명으로 남겠다고 맹세했다면 그는 맹세를 지키는 사람이니까 익명으로 남을 것이고, 네 첩자들은 아무도 그를 추적할 수 없을 것이라는 사실을 고려해서 결정을 내려야 한다. 때가 오면 우호적인 기분으로 그들을 맞아들이는 것이 유리할지 모른다." 그는 또 다른 충고를 덧붙였다. "유디스티라가 사는 나라는 번영할 것이다. 공기는 항상 베다 송가를 부르는 소리로 진동할 것이고, 구름은 적절할 때 모여서 비를 내릴 것이다. 과수원의 과일은 즙이 많을 테고, 들판에서 익어가는 곡식은 풍요롭고 자양분도 많겠지. 암소들이 내는 젖은 달콤하고, 교유기를 조금만 돌리면 황금빛 버터가 될 것이다. 사람들은 쾌활하고 생활에 만족하고 악의가 없고 너그러울 것이다. 들판과 정원은 항상 푸를 것이고, 꽃은 1년 내내 만발할 것이고, 공기는 언제나 꽃향기로 가득할 것이다. 첩자들에게 이런 특징을 보이는 나라를 찾게 해라. 그리고 때가 오면 사절을 보내서 선의의 메시지를 전달하도록 해라. 그들은 지금까지 약속을 지켰다. 추방 기간이 끝나기 전에 그들을 염탐해서 찾아내는 것은 옳은 짓이 아니다."

크리파가 말했다.

"판다바들이 너희 앞에 나타났을 때 그들과 유리한 협상을 벌일 수 있도록, 얼마 남지 않은 기간 동안 힘과 자원을 비축하고 힘을 강화해야 한다. 필요하다면 그들과 싸우기 위한 동맹을 맺어야 하리라. 그들과 다시 만날 때 너희가 강한 입장에 있어야 하는 것은 의심할 여지가 없다. 어쨌든 그들은 지금 이 순간 군대와 장비가 부족할 테니까."

트리가르타의 군주인 수수르만이 말했다.

"이제 우리는 키차카가 죽은 것을 아니까, 마츠야로 쳐들어가서 그들의 가축을 빼앗읍시다. 키차카 때문에 지금까지는 우리가 불리했는데, 그가 죽은 지금이야말로 우리가 행동에 나설 때입니다."

그는 판다바 형제들이 살아 있다 해도 재산도 없고 몸도 약해졌을 테니까 염려할 필요가 없을 거라고 덧붙였다. 그들은 이미 죽어서 야마의 세상으로 갔을 테니까 더 이상 그들을 생각할 필요는 없다는 것이 그의 결론이었다.

두르요다나는 두사사나를 돌아보며 말했다.

"당장 원정 계획을 세워라. 낭비할 시간이 없다." 그리고 이렇게 덧붙였다. "키차카가 죽은 방식을 보면 의심할 여지가 없다. 그의 목숨을 빼앗은 손은 다른 누구도 아닌 비마의 손이 분명하다. 오직 비마만이 맨손으로 공격하여 죽일 수 있다. 사이란다리는 다른 누구도 아닌 드라우파디일 수밖에 없다. 그리고 그 여자를 지키는 간다르바에 대한 이야기는 모두 지어낸 이야기일 게 분명하다. 비슈마는 유디스티라가 머물고 있는 나라의 번영을 묘사했다. 우리의 첩자들은 마츠야가 얼마나 풍요로운 나라인지, 마츠야의 들판이 얼마나 푸른지, 그들의 소떼가 얼마나 많은지를 우리에게 보고했다. 모든 징후가 거기에 있다. 남은 며칠 안으로 우리는 마츠야를 공격해서 정복해야 한다. 때가 오기 전에 우리가 먼저 판다바들을 찾아내어 정체를 폭로하면 그들의 추방은 자연히 13년 동안 연장될 것이다. 한편 그들이 거기에 있다는 짐작이 틀렸다 해도, 우리는 적어도 마츠야의 재물로 우리의 금고를 가득 채울 수 있을 것이다."

"현명하신 말씀이오." 트리가르타의 왕 수수르만이 덧붙였다.

그후 두르요다나는 작전 계획을 설명했다. 그들은 2개 부대를 편성하여, 한 부대는 마츠야를 남쪽에서 먼저 공격하고, 24시간 뒤에 또 다른 부대가 마츠야를 북쪽에서 기습하여 소떼를 잡아간다는 것이다.

수수르만은 마츠야에 대한 공격을 지휘하는 특권을 부여받았다. 그는 비라타 왕을 포로로 잡아서 전차에 태우고 떠났다. 그러자 비마가 큰 나무를 뿌리째 뽑으려고 했다. 하지만 유디스티라가 경고했다.

"네가 나무를 뽑아 들고 나가면 모든 사람이 너의 정체를 알게 될 것이고, 그러면 우리는 다시 12년 동안 추방 생활을 해야 할 것이다. 평범한 용사처럼 활과 화살을 들고 싸워라."

비마는 전차를 타고 활을 쏘아 적군을 물리치고 비라타 왕을 구출했다. 그리고 수수르만 왕을 포로로 잡아서 데려왔다. 그러나 유디스티라가 다시는 이런 모험에 참가하지 말라고 수수르만에게 충고한 뒤, 그를 자기 진영까지 안전하게 호위하여 돌려보냈다.

한편 다른 부대는 무방비 상태인 마츠야 북쪽을 기습하여, 소떼 수천 마리를 모아서 밖으로 몰아냈다. 비라타 왕과 유디스티라와 비마는 아직도 수수르만이 공격한 남쪽 전선에 있었기 때문에, 공포에 질린 목부들이 우타라 왕자에게 이 소식을 전했다. 우타라는 규중에서 모든 시간을 보냈지만, 자기가 얼마나 용감한 전사인지에 대해 항상 허풍을 떨었다.

그는 큰 소리로 말했다.

"놈들이 어떻게 감히? 내 갑옷과 무기를 가져오너라." 그는 화가 나서 서두르며 이리저리 뛰어다녔다. "나의 전차를 몰아줄 유능한 몰이꾼을 데려오라. 그러면 내 당장 쫓아가서 소떼를 찾아오겠다. 내가 싸우는 것을 보면 그들은 아르주나가 싸우고 있는 줄 알 것이다. 나는 여러 전투에서 아르주나로 잘못 알려진 적이 많았다. 하지만 슬프게도 스무 날을 밤낮으로 계속 싸워야 했던 최근 전투에서 내 몰이꾼을 잃었기 때문에 지금은 몹시 불리한 입장이다. 내 전차를 몰아줄 전사가 있다면 나는 성난 코끼리처럼 카우라바 진영을 돌진할 테고, 순식간에 적들을 격파할 것이다. 두르요다나, 드로나, 크리파… 이번 전투에 참여하고 있는 자들을 사로잡는 것은 한순간의 일일 뿐이다. 나는 이름에 겁먹지 않는다. 나는 놈들을 모조리 내 전차 뒤에 줄줄이 엮어서 데려오겠다…"

역시 규중에 있던 아르주나는 그의 허풍을 엿듣고, 우타라 왕자에게 이렇게 제의하라고 드라우파디를 설득했다.

"브리한날라(아르주나의 가명)는 훌륭한 몰이꾼입니다. 그는 전에 아르주나의 전차를 몰았고, 그 유명한 칸다바 숲 파괴 작전을 비롯한 많은 원정에서 아르주나를 도왔습니다. 그가 왕자님의 전차를 몰게 되면 왕자님은 크게 이기실 것입니다."

왕자는 당장 브리한날라를 데려오게 했고, 짐짓 겸손한 척 생색을 내면서 그를 맞이했다.

"네가 훌륭한 몰이꾼이라고 들었다. 전차가 준비되었으니 나와 함께 가자. 나는 빨리 소떼를 되찾아, 크샤트리야로 변장한 그 도둑놈들에게 평생 동안 잊지 못할 교훈을 가르쳐주고 싶다."

아르주나는 겸손하게 대답했다.

"저는 여자들에게 춤과 노래를 가르치는 한낱 교사입니다. 제가 어떻게 전쟁터에서 전차를 몰 수 있겠습니까?"

"사이란다리(드라우파디의 가명)와 내 누님은 둘 다 너를 칭찬하고 있다. 나는 그 두 사람을 믿는다. 너는 겸손하거나 아니면 책임을 피하려 하고 있다. 낭비할 시간이 없으니 어서 전투에 나설 준비를 해라. 명령이다."

이렇게 말하면서 그는 반짝반짝 빛나는 갑옷을 입고 다양한 무기를 갖추고, 아르주나에게도 전투에 걸맞은 차림을 하라고 명령했다. 아르주나는 갑옷을 입으면서 어디가 앞이고 뒤인지도 모르는 척 실수를 저질렀다. 그가 실수할 때마다 그를 지켜보던 여자들은 웃음을 터뜨렸다.

그들은 전쟁터로 떠났다. 여자들은 그들에게 꽃을 선물하고, 전차 앞에 향을 피우고 그 주위를 돌면서 그들의 원정이 성공하기를 빌었다. 그러고는 덧붙였다.

"전리품을 가져오는 걸 잊지 마세요."

전쟁터로 가는 동안 우타라는 아르주나에게 전쟁터에서 어떻게 행동해야 하는지에 대해 이것저것 가르쳤다. 말들이 전속력으로 달리자 우타라는 몰이꾼의 능력을 칭찬했다.

"너 같은 몰이꾼과 함께라면 아르주나가 어디서나 승리를 거둔 것도 당연하겠어. 우리는 소들을 되찾아 풀어주고, 카우라바들을 쇠사슬에 묶어서 곧 도성으로 돌아갈 거야. 우리 아버지가 전투를 마치고 돌아와서 내가 어떤 포로들을 잡아왔는지 보시면 정말로 깜짝 놀라시겠지."

그들은 어느덧 저 앞에 정렬해 있는 카우라바 군대가 보이는 곳에 이르렀다.

시야 끝까지 빽빽이 늘어선 군사들을 보고 우타라는 흔들리기 시작했다.

"브리한날라, 그렇게 빨리 몰지 말고 잠시 멈춰라. 이런 순간에는 생각을 좀 해야 해. 잠깐만 기다려. 저기 카르나와 두르요다나와 그 밖의 사람들이 모두 보이는군. 그들이 이렇게 모두 나타날 줄은 예상 못했어. 우리는 지금 우리 입장을 다시 생각해야 해."

아르주나는 고삐를 늦추기는커녕 젊은이의 명령을 무시하고 말들을 더 빨리 몰았다. 그러자 젊은 왕자는 떨리는 목소리로 말했다.

"내 말 안 들려?"

"아직 낙담하지 마십시오. 저는 일단 속도를 낸 뒤에는 늦출 수가 없습니다. 저들 한복판으로 돌진하겠습니다. 그러면 저들이 어떻게 흩어지는지 보게 되실 겁니다."

왕자는 울부짖기 시작했다.

"내 팔의 털이 곤두서는 걸 봐. 이게 안 보여? 그건 내 몸이 좋지 않다는 뜻이야. 이런 상태로는 싸울 수 없어. 돌아가자. 정상으로 돌아가려면 약이 필요해. 약을 가져오는 걸 깜박 잊어버렸어."

"왕자님은 카우라바 진영으로 데려다 달라고 명령하셨습니다. 저는 그렇게 할 때까지 멈추지 않을 겁니다."

"그럴 수는 없어. 이봐, 내 말 들어."

"지금은 논쟁할 때가 아닙니다. 우리는 싸워야 합니다."

"내 말 좀 들어봐. 아버지는 수수리만 왕과 싸우려고 군대를 모두 데려갔어. 도성엔 나 혼자 남겨두고 말이야. 중과부적이야. 비교도 할 수 없는 적과 싸운다는 것은 미친 짓이야. 바보짓 그만둘 테니까 어서 전차를 돌려."

"걱정하지 마세요. 왜 벌써부터 얼굴이 창백해져서 벌벌 떨고 계십니까? 아직 싸움을 시작하지도 않았어요. 왕자님은 '나를 카우라바 진영으로 데려가라'고 명령하셨고, 저는 그 명령을 받들어야 합니다. 저는 소들을 되찾기 위해 죽을 때까지 싸울 각오가 되어 있습니다. 왕자님은 여자들 앞에서 그렇게 자랑했는데, 우리가 소떼도 되찾지 못하고 돌아가면 여자들이 우리를 비웃을 겁니다. 저는 싸우겠습니다. 왕자님은 싸울 수 없으면 가만히 계세요."

"그들이 원한다면 소떼만이 아니라 나라까지 가져가라고 해. 나는 상관하지 않겠어. 여자들더러 나를 비웃으라고 해. 나는 아무래도 좋아. 우리 아버지가 나를 겁쟁이니 뭐니 하고 불러도 좋아. 아버지한테 욕 좀 들으면 어때?"

이렇게 말하면서 우타라는 전차에서 뛰어내리더니 무기도 내던지고 도성 쪽으로 달아나기 시작했다. 생전처음 전투에 출전하는 왕자에게는 당연한 공포였다.

아르주나는 전차를 세우고 달아나는 왕자를 뒤따라가서 붙잡았다.

"도망치지 마세요. 왕자님이 전차를 몰아주면 제가 싸우겠습니다. 겁먹지 마세요. 저 나무 위로 올라가면 거기에 보따리가 있을 테니, 그걸 가져오세요."

"저 나무는 불결한 땅에서 자라고 있어. 어떻게 왕족이 묘지에 발을 들여놓을 수 있겠느냐? 그리고 저기 대롱대롱 매달려 있는

저건 시체처럼 보이는데, 크샤트리야가 시체에 접근해서 자신을
오염시킬 수는 없어."

"저건 시체가 아닙니다. 사람들이 가까이 가지 않도록 시체처럼
보이게 만든 자루일 뿐이에요. 저 자루에는 판다바 형제들의 무기
가 들어 있습니다. 나무에 올라가서 저걸 가져오셔야 합니다."

왕자는 나무 위로 올라갈 수밖에 없었다. 그가 자루를 가지고 돌
아오자 아르주나는 밧줄을 풀고 무기를 꺼냈다. 우타라는 그것을
지켜보면서 계속 감탄사를 외쳤다. 아르주나는 간디바를 꺼내면
서 설명했다.

"이것은 세상에서 가장 크고 가장 위력적인 무기, 십만 개의 무
기와 맞먹는 무기입니다. 이 활만 갖고 있으면 왕국들을 손에 넣
을 수 있고, 혼자서도 군대를 무찌를 수 있습니다. 아르주나는 이
활로 승리를 얻었지요. 이것은 신들이 찬미한 무기였습니다. 시바
신이 천 년 동안 이걸 갖고 있다가 다음에는 모든 신들이 차례로
차지했고, 마지막으로 아르주나가 아그니한테 이걸 얻었지요. 이
보다 강력한 무기는 지금까지 알려진 적이 없습니다."

이어서 그는 형제들이 특별한 능력으로 사용했던 다른 무기들
의 성능과 유래를 설명했다.

우타라는 눈앞에 펼쳐진 광경에 압도되어 이렇게 묻지 않을 수
없었다.

"그 뛰어난 전사들은 지금 어디 계시나? 나는 그들이 모든 것을

잃고 유랑자가 되었다는 소식을 들었지만, 이런 무기가 있다면 세계를 정복할 수도 있었을 텐데!"

"그럴 겁니다." 아르주나가 단호하게 말했다. "그리고 이 간디바는 이제 곧 은신처에서 나올 겁니다."

"간디바의 주인은 어디 계시지?" 젊은이가 물었다.

"여기 있소." 아르주나가 말했다. 그리고 다른 사람들이 누군지도 설명했다.

우타라는 감격하여 외쳤다.

"제 두려움은 사라졌습니다. 이제 저는 용기가 샘솟듯 합니다. 저는 천신들과도 싸울 수 있습니다. 당신의 전차를 모는 영광을 주십시오. 인드라의 전차를 모는 마탈리처럼 몰겠습니다."

아르주나는 머리를 묶고 어깨판을 대고 팔목끈을 두르고 전투용 장구를 모두 갖추었다. 우타라는 그에게 일어난 변화에 깜짝 놀랐고, 깊은 안도감을 느꼈기 때문에 몇 번이고 되풀이해서 말했다.

"명령만 내리십시오. 어떤 군대라도 돌파하겠습니다."

말은 이렇게 용감하게 했지만, 막상 아르주나가 나팔고둥을 불자 그는 두려움에 떨기 시작했고, 급기야 전차 바닥에 쓰러지고 말았다. 손이 너무 떨려서 고삐를 쥘 수도 없었다. 아르주나가 그에게 말했다.

"내가 고둥을 불면 그 소리는 적들을 떨게 하지만, 당신은 내 적이 아니니까 진정하시오."

"그건 예사 소리가 아닙니다. 땅이 흔들리는 것 같고, 나무가 폭풍우라도 몰아치는 것처럼 흔들리고, 공중의 새들은 독수리도 참새도 날다가 떨어집니다."

"일어나요, 일어나." 아르주나가 말했다. "당신은 괜찮을 거요. 내가 말을 몰 테니 당신은 그냥 단단히 잡고만 있어요. 나는 다시 고둥을 불겠소."

나팔고둥 소리에 우타라는 다시 부들부들 떨었지만, 곧 정신을 차리고 말을 모는 일을 맡았다. 아르주나는 전차에 왕자의 깃발 대신 자신의 깃발을 내걸었다. 아그니가 선물한 그 신성한 깃발은 원숭이 신 하누만의 초상으로 장식되어 있었다. 그 깃발이 내걸리자, 여러 유형의 초자연적 존재들이 전차에 자리를 잡고 함성을 질렀다. 그 함성은 모두 적의 귀에 들어갔다.

드로나가 맨 먼저 입을 열었다.

"저 고둥 소리는 분명 아르주나의 고둥 소리다. 아르주나가 여기와 있다. 우리는 이제 아르주나와 맞설 준비를 해야 한다."

두르요다나가 대답했다.

"판다바 형제들은 13년 동안 정체를 들키지 않고 지내기로 했는데, 아직 13년이 다 끝나지 않은 상태에서 아르주나가 자신을 드러냈으니, 이는 그들이 다시 12년 동안 추방 생활을 해야 한다는 뜻입니다. 그러니 우리는 그들을 두려워할 이유가 없습니다. 자,

나가서 싸웁시다. 싸우는 것만이 우리의 유일한 길입니다. 우리는 싸울 준비를 하고 왔습니다."

여느 때처럼 카르나는 그의 견해를 지지하고, 아르주나를 혼자 힘으로 사로잡을 생각에 기뻐 날뛰었다. 하지만 드로나의 아들인 아스와타마는 카르나와 두르요다나를 비웃으며 이렇게 말했다.

"나는 지금 아르주나와 싸울 준비가 되어 있지 않습니다. 그럴 필요도 전혀 없습니다. 어쨌든 그들은 약속을 지켰는데 무슨 이유로 우리가 지금 그들과 싸워야 합니까?" 그는 카르나와 두르요다나를 돌아보았다. "당신이 또다시 교활한 외삼촌을 이용해서 비열한 속임수를 쓰지 않는다면, 아르주나 그의 형제들을 이길 가능성은 전혀 없을 겁니다."

그들이 문제를 논의하는 동안, 비슈마는 누군가 한 사람이 아르주나와 대결하지 말고 여섯이 함께 아르주나를 공격할 것을 제의했다. 그리고 두르요다나는 위험에 나서면 안 된다는 데 모두의 의견이 일치했다. 그들은 그에게 전쟁터를 떠나 하스티나푸라로 돌아가라고 권했다.

아르주나는 들판 건너편에 있는 사촌들의 움직임과 병력 배치 상황을 면밀히 관찰한 뒤, 적진을 향해 전차를 몰고 가라고 우타라 왕자에게 지시했다. 그는 특히 두르요다나의 움직임을 유심히 지켜보고 그를 궁지에 빠뜨리기로 작정했다.

그를 제지할 유디스티라가 곁에 없었기 때문에 아르주나는 한

껏 자유로웠다. 그는 자신을 드러내고 마음대로 행동할 자유, 타고난 성향에 따라 돌진하여 싸우고 그가 최근에 얻은 무기를 시험해볼 자유를 누렸다. 드로나는 그의 스승이었다. 그가 쏜 여러 발의 화살은 드로나의 귀를 스쳤고, 나머지는 드로나의 발치에 떨어졌다. 이것은 스승을 기쁘게 했다.

"내 귀를 스친 화살들은 아르주나의 인사이고, 내 발치에 떨어진 화살들은 나에 대한 경의의 표시다. 그는 참으로 훌륭한 궁수가 되었구나!"

아르주나는 '스승이 먼저 쏘지 않으면 나도 쏘지 않겠다'고 마음 먹었다. 그의 전차가 드로나에게 가까이 다가가자, 드로나가 먼저 그를 공격했다. 실력이 엇비슷한 두 사람의 싸움이 시작되었다. 드로나는 아르주나의 전술에 감탄했다. 아르주나는 공격과 반격을 참으로 우아하게 했기 때문에 신들마저 싸움을 구경하려고 모여들 정도였다. 그것은 증오나 악의가 전혀 없는 흥미진진하고 학술적인 싸움이었다. 크리파와 비슈마와 드로나는 아르주나를 사랑했지만, 두르요다나에 대한 의무감 때문에 전투에 참가할 수밖에 없었다. 그들과 아르주나의 대결은 무술 시범 같은 양상을 띠었다. 하지만 카르나와의 대결은 그렇지 않았다.

"너는 평생 동안 네가 얼마나 위대한지를 자랑했다. 이제 그걸 행동으로 증명해봐라." 아르주나가 외쳤다.

그는 주사위 노름이 벌어진 공회당에서 카르나가 드라우파디에게 잔인하게 군 짓을 상기시키면서 그를 쳐서 상처를 입혔고, 카르나는 피를 흘리며 후퇴했다.

이어서 아르주나는 두르요다나가 슬며시 빠져나가는 것을 알아차리고는 갑자기 방향을 돌려 그의 퇴로를 막아섰다. 두르요다나가 궁지에 몰리자 그의 지지자들이 주위를 에워쌌다. 아르주나가 마법의 무기를 휘두르자 적들은 모두 그 자리에 정신을 잃고 쓰러졌다. 아르주나는 그들의 속옷만 남기고 화려한 겉옷을 모두 벗겼다. 그리고 그 옷들을 비라타 궁전의 여자들에게 줄 전리품으로 가져갔다.

"전쟁은 끝났고, 소떼는 되찾았다." 아르주나는 선언하고 도성으로 돌아가기 시작했다.

아르주나는 묘지의 보리수나무로 돌아가서 무기를 다시 감추었다. 그리고 우타라의 깃발을 다시 전차에 내걸고 왕자에게 말했다.

"전령을 먼저 보내서 우리의 승리를 알리게 하시오. 우리의 정체를 폭로하지 마시오. 우리가 누군지 알면 왕이 불안해할지도 몰라요. 전령에게 당신이 싸워서 이겼다고 말하게 하시오."

승전보를 받고 왕은 기뻐했다.

"내 아들이 카우라바들 중에서도 가장 뛰어난 자를 이겼어. 혼자서 그들과 맞서 싸웠어."

그는 승리의 축제를 열라고 명령했다. 누구나 참여할 수 있는 축제가 열렸고, 궁전에서도 잔치가 열렸다. 승리의 주인공을 맞이하려고 군중이 길가에 늘어섰다.

비라타 왕은 우타라가 도착하기를 기다리는 동안 캉카(유디스티라의 가명)와 주사위 놀이를 하며 시간을 보내기로 마음먹었다.

"너무 기분이 들떠서 가만히 있을 수가 없군. 자, 우리 주사위나 놀면서 기다립시다."

그러나 유디스티라는 주사위 놀이를 할 마음이 없었다. 하지만 비라타가 자신의 권위를 내세워 강요했기 때문에, 결국 그들은 주사위 놀이를 하게 되었다. 주사위 놀이를 하면서도 왕은 계속 아들의 용기와 위대함을 칭찬했다. 그러자 유디스티라가 한마디 대꾸했다.

"왕자님은 정말 운이 좋으셨습니다. 브리한날라 같은 몰이꾼을 만날 수 있었으니 말입니다."

이 말에 왕은 못마땅한 기색을 보이며 말했다.

"왜 그대는 왕자의 영웅적인 승리에다 그 내시를 갖다 붙이는 것이오? 내시가 전차를 몬 게 무엇이 그리 대단하단 말이오?"

"제가 드리려는 말씀은, 브리한날라는 보통 사람이 아니기 때문에 그가 전차를 몰았다면 승리할 수밖에 없었다는 것입니다."

왕은 너무 화가 나서 주사위 하나를 유디스티라의 얼굴에 던졌다. 유디스티라의 뺨에 상처가 나면서 피가 흘렀다. 유디스티라는 얼른 헝겊으로 상처를 지혈했다.

이때 시종이 들어와서 알렸다.

"왕자님과 브리한날라가 도착했습니다. 왕자님은 대왕님께 알현을 기다리고 계십니다."

비라타 왕은 기쁨으로 벌떡 일어나면서 말했다.

"어서 들라고 하여라."

그러자 유디스티라가 시종에세 조용히 속삭였다.

"왕자님만 들어오시게 하고 브리한날라는 그대로 물러가게 하시오."

만약 아르주나가 들어왔다가 형의 얼굴에서 피가 흐르는 것을 본다면 무슨 짓을 저지를지 걱정이 되었기 때문이다.

우타라는 먼저 부왕에게 인사를 올리고, 유디스티라에게 인사를 하려다가 그의 얼굴에서 피가 흐르는 것을 보고는 얼굴이 하얗게 질렸다.

"아버지, 누가 이분에게 상처를 입혔습니까?"

"내가 그랬다. 나는 고집을 부리면 안 된다는 교훈을 이 사람에게 가르쳐주고 싶었다."

우타라는 깜짝 놀랐다. 그는 아직 캉카의 정체를 폭로할 수 없었지만, 아버지를 나무랐다.

"아버지는 큰 잘못을 저지르셨어요. 브라만의 저주가 아버지를 시들게 할 겁니다."

비라타는 당장 유디스티라에게 사과하고 그의 상처를 보살펴주었다.

"대왕님, 저는 이해합니다." 유디스티라가 말했다. "권력자는 화가 나면 자연히 불합리할 만큼 가혹하게 행동하지요. 하지만 저는 대왕님이 하신 일에 아무 원한도 품고 있지 않습니다. 벌써 다 잊었습니다."

왕은 이제 아들을 돌아보며 드로나와 카르나와 두르요다나 같은 뛰어난 전사들과 싸워 이긴 일이며 소떼를 되찾은 상황을 자세히 물었다. 우타라가 대답했다.

"저는 아무것도 하지 않았습니다. 저는 싸우지도 않았고 이기지도 않았고 소떼를 되찾지도 않았습니다. 그건 모두 신의 아들이 하신 일입니다."

"그 신의 아들은 어디 있느냐?"

"그분은 싸움이 끝나자마자 사라져버렸습니다. 하지만 내일이나 모레 다시 나타날지도 모릅니다."

11
전쟁의 먹구름

전투가 끝난 지 사흘째 되는 날, 우타라 왕자의 승전을 축하하기 위해 공회당에 들어간 비라타 왕은 깜짝 놀랐다. 유디스티라와 그의 동생들이 무엄하게도 왕들을 위해 마련된 자리에 앉아 있었기 때문이다. 궁정 고문, 요리사, 내시, 그리고 말과 소를 돌보는 목동들이 값비싼 옷을 입고 보석이 박힌 장신구로 치장하고 있었다. 왕은 이 버릇없는 행실에 화가 나서 크게 꾸짖었다. 그러자 유디스티라는 이제 더 이상 비라타 왕을 속여서는 곤란하겠다고 생각하고 자신들의 신분을 밝혔다.

사람들은 그저 놀랄 뿐이었다. 기쁨과 감격에 넘친 비라타 왕은 그들을 노예로 다룬 데 대한 보상으로 그의 왕국과 재산을 유디스티라에게 바치면서 충성을 맹세했다. 게다가 딸 우타라이 공주를 아르주나에게 신부로 주겠다고 제의했지만, 아르주나는 이렇게 대답했다.

"나는 1년 동안 규중에 있으면서 우타라이와 가깝게 지냈는데, 우타라이를 딸처럼 생각합니다. 차라리 내 아들 아비마뉴[17]와 결혼시켜 며느리로 맞고 싶습니다. 아비마뉴는 우타라이에게 좋은 남편이 될 것입니다."

추방 생활 13년 동안 온갖 고초를 겪은 뒤여서 아비마뉴와 우타라이의 결혼식은 더없이 유쾌한 자리가 되었다. 많은 왕과 왕자들에게 초대장을 보냈다.[18] 손님들 가운데 가장 눈에 띄는 존재는 크리슈나였다. 그는 누이와 그 누이의 아들인 신랑을 함께 데려왔는데, 드와라카에서 말과 군사들만이 아니라 코끼리 1만 마리와 전차 1만 대도 몰고 왔다. 크리슈나는 판다바 형제들에게 선물을 나누어주었다. 선물은 금은보화와 옷과 여자 노예였다.

온갖 악기들이 궁전 안마당에서 연주되었다. 온갖 고기가 요리되어 손님들 앞에 차려졌고, 온갖 종류의 술이 아낌없이 제공되었다. 음유시인들은 왕들의 시중을 들고 그들을 찬미하는 노래를 불렀다.

상서로운 시각에 왕이 신부를 소개했고, 아르주나가 아들을 대신하여 신부를 맞아들였다. 결혼을 위한 지참금으로 비라타는 아

---

17) 아비마뉴는 크리슈나의 누이인 수바드라가 낳은 아들로, 아르주나는 일찍이 결혼한 수바드라를 드와라카에 남겨두고 떠났다.
18) 초대를 받아 참석한 왕들의 이름이 원본에서는 수백 행에 이른다.

비마뉴에게 바람처럼 빠른 말 7천 마리와 정선한 코끼리 200마리, 그리고 온갖 재물을 주었다. 신성한 불이 요란한 소리를 내며 엄청난 양의 버터를 만들어내면, 그 버터는 베다와 만트라를 암송하는 사람들에게 흘러들어갔다.

이튿날 공회당은 지위에 따라 황금과 상아로 만들어진 의자를 차지한 귀빈들로 가득 찼다. 그들의 몸을 치장한 보석들이 반짝거려서, 공회당은 빛나는 별들이 아로새겨진 밤하늘 같았다. 참석한 손님들이 서로 인사를 하고 잠시 잡담을 나눈 뒤 공회당이 조용해졌다. 이 침묵이 중요한 논의의 전조일 뿐이라는 것은 누구나 알고 있었다.

모든 사람의 시선이 크리슈나가 형 발라라마와 함께 앉아 있는 곳으로 쏠렸다. 카우라바 형제들과의 임박한 대결에서 크리슈나가 지도력을 발휘할 시발점이 되는 중요한 순간이었다. 크리슈나는 공회당에 모인 사람들에게 말했다.

"유디스티라가 비열한 속임수에 넘어가 주사위 노름에서 졌다는 것은 여러분도 잘 알고 있습니다. 유디스티라와 그의 가족은 왕국을 빼앗기고 추방되어 온갖 고초를 겪어야 했습니다. 그것은 유디스티라가 12년 동안 유랑 생활을 한 다음 다시 1년 동안 숨어 살겠다고 약속했기 때문입니다. 이 마지막 1년이 아마 그들의 시련에서 가장 힘든 시간이었을 겁니다. 그들은 하인으로 일해야 했고, 언제 정체가 탄로날지 모른다는 두려움 속에서 살아야 했습니다. 이제 그들은 약속을 충실히 지켰기 때문에 자신들의 왕국으로 돌아가 재산과 집과 왕족의 품위를 되찾을 때가 왔습니다. 하지만 그들이 마땅히 받아야 할 것을 정당하게 받을 수 있을까요? 두르요다나가 왕국을 돌려달라는 요구에 순순히 응할까요? 그건 의문입니다. 하지만 그래도 판다바 형제들은 사촌들과 사이좋게 지낼 수 있기를 바라고 있으니까 경솔하게 행동하지는 않을 겁니다. 우리는 가능하면 평화에 대한 소망을 잃지 않으면서 우리의 권리를 되찾기 위해서는 어떻게 해야 할지를 결정해야 합니다. 두르요다나가 어떻게 할지, 무엇을 원하는지, 무슨 생각을 하고 있는지는 짐작할 수도 없습니다. 상대편의 마음을 헤아릴 수 없는 이 단계에서 어떤 계획을 세우기는 어려울 것입니다. 그래서 나는 하스티나푸라에 사절을 보내보자고 제안하는 바입니다. 왕국의 절반을 유디스티라에게 주라고 두르요다나를 설득할 수 있는 유능하고 정직하고 용기있는 인물을 사절로 보냅시다."

그의 연설이 끝나자, 크리슈나의 형인 발라라마가 일어나서 말했다.

"크리슈나가 제시한 해결책은 현명하고 정의롭습니다. 하지만 우리가 알아야 할 것은 두르요다나가 지금 왕국 전체를 지배하고 있다는 사실입니다. 관대한 유디스티라는 그 왕국의 절반만 달라고 요구하고 있지만, 두르요다나가 과연 그 절반을 포기할까요? 우리는 그의 입장과 본심을 십분 알아낸 뒤에 행동 방침을 정해야 할 것으로 생각합니다. 따라서 사절도 당당하고 단호한 사람이 도움이 될 거라고는 생각지 않습니다. 오히려 충돌만 불러일으킬지도 모릅니다. 두르요다나는 자기가 그렇게 오랫동안 소유한 것을 쉽사리 내놓지 않을 것입니다. 그러니 사절은 어떤 경우에도 화를 내지 않고 겸손하게 호소하여 양보를 얻어낼 수 있는 사람이어야 합니다. 우리가 도전적으로 나가면 판다바 형제들은 아무것도 얻지 못할 것입니다. 우리의 사절은 양해와 양보를 호소해야 합니다. 어쨌든 유디스티라는 주위의 충고를 무시하고 자기 멋대로 노름을 해서 모든 걸 잃고 말았습니다. 게다가 그는 하고많은 사람들 중에서 교활한 속임수를 잘 쓰기로 유명한 사쿠니에게 도전했습니다. 공회당에는 유디스티라가 도전할 수 있는 사람이 많았지만, 한 번만이 아니라 거듭해서 사쿠니만 상대로 골랐지요. 그러니 지금 상황을 누구 탓으로 돌릴 수 있겠습니까? 우리 자신의 약점을 명심해서 도전이 아니라 회유의 말을 채택합시다."

그러자 야다바의 용사로서 크리슈나의 친척이자 그의 전차를 모는 사트야키가 일어나서 말했다.

"나는 그 말에 동의하지 않습니다. 그건 사실과 다르기 때문입니다. 유디스티라는 자진해서 노름을 한 게 아니라 도전을 받았던 것입니다. 그는 크샤트리야로서 도전을 받아들일 수밖에 없었지요. 유디스티라가 사쿠니에게 노름을 하자고 요구한 게 아니라, 두르요다나가 그렇게 일을 꾸몄던 것입니다. 그들이 유디스티라를 속였습니다. 하지만 그건 다 지난 일입니다. 유디스티라는 약속을 지켰습니다. 그런데도 그들은 부정한 수단으로 얻은 재산을 움켜쥐고 있습니다. 판다바 형제들이 숨어 지내는 기간이 지난 뒤 정체를 드러냈을 때를 어떻게 계산할 것인가에 대해 까다로운 주장을 늘어놓고 있지요. 나는 어떤 자비도 요구하지 않겠습니다. 우리의 사절이 그곳에 가서 당당하게 말하도록 합시다. 너그러운 유디스티라는 왕국의 절반만 돌려받을 각오가 되어 있다고. 그들은 유디스티라에게 굴복하거나 아니면 뼈아픈 결과에 직면해야 합니다. 그들에게는 말이 아니라 화살로 호소해야 할 것입니다. 그들이 유디스티라의 발밑에 엎드려 절하지 않으면 나는 내 병력을 모아서 카우라바들을 야마의 세상으로 보내겠습니다."

판다바 형제들의 장인인 드루파다가 목소리를 보탰다.

"나는 사트야키의 말을 전적으로 지지합니다. 두르요다나는 평화로운 수단으로는 어떤 것도 포기하지 않을 것입니다. 그는 부드럽게 말하는 사람을 바보로 취급하는 자입니다. 드리타라슈트라가 개입한다 해도 상황이 개선되기를 기대할 수는 없습니다. 드리타라슈트라는 모든 방법으로 아들을 지원할 겁니다. 드로나와 비슈마는 개인적인 견해가 어떻든 항상 두르요다나를 지지할 겁니다. 지금 취해야 할 중대한 조치는 전쟁 준비를 서두르는 것입니다. 그리고 그들보다 먼저 왕들의 지원을 얻을 수 있도록 잠시도 지체하지 말고 동서남북의 모든 왕들에게 특사를 보내야 합니다."

그는 당장 특사를 보내야 할 50여 명의 군주를 열거했다. "그리고 학식과 지성을 갖춘 사람을 드리타라슈트라에게 보내어 우리의 요구를 분명하고 단호하게 전달하도록 해야 합니다. 우리의 사절은 공격적이어서도 안 되고 비굴해서도 안 됩니다."

크리슈나는 판다바 형제들을 복권시키기에 적절한 발단이 마련된 데 만족하여 수행원들과 함께 드와라카로 돌아갈 준비를 했다. 그는 떠나기 전에 다시 한 번 당부했다.

"두르요다나와 우호관계를 유지하려고 애쓰게. 하지만 두르요다나가 우리의 제의를 거절하거든 우선 나를 부르고, 다음에는 동맹자들을 부르게. 그러면 간디바를 비롯한 우리의 모든 무기가 활동을 개시할 수 있을 것이네."

판다바 형제들은 정치에 정통하고 박식한 사제를 하스티나푸라에 파견할 사절로 선택했다. 동시에 그들은 각국에 사절을 보내 지원을 요청했다. 아르주나는 공식적으로 크리슈나의 도움을 요청하기 위해 드와라카로 떠났다. 첩자들을 통해 판다바 진영에서 꾸며지고 있는 계획을 알고 있던 두르요다나도 사절을 널리 파견하여 동맹을 제의하고, 그 자신도 크리슈나에게 도움을 청하기 위해 드와라카로 떠났다.

아르주나와 두르요다나는 같은 날 드와라카에 도착하여, 동시에 크리슈나를 찾아갔다. 그때 크리슈나는 깊이 잠들어 있었다. 한

발 먼저 들어간 두르요다나는 크리슈나의 침대 머리맡에 있는 좋은 의자를 골라 앉았고, 한 발 늦게 들어간 아르주나는 크리슈나의 발치에 앉아서 크리슈나가 잠에서 깨어나기를 기다렸다. 크리슈나가 눈을 떴을 때 그의 눈에 먼저 들어온 것은 아르주나였다. 그는 머리맡에도 방문객이 있는 것을 알고, 두 사람에게 모두 들어맞는 말을 했다. 일반적인 인사와 안부를 묻는 말이었다.

아르주나는 두 손을 포개고 일어나서 크리슈나에게 공손히 절을 했다. 두르요다나가 먼저 입을 열었다.

"아르주나와 저는 둘 다 친척이니까, 우리를 동등하게 대해주셔야 합니다. 제가 아르주나보다 먼저 도착했습니다. 먼저 온 사람이 먼저 대접을 받아야 한다는 건 불변의 규칙이겠지요. 우리들 사이에 이제 곧 전쟁이 벌어질 것 같은데, 그렇게 되면 저를 지지해주셔야 합니다."

"그대가 먼저 도착했는지는 모르겠으나, 내가 눈을 떴을 때 먼저 본 것은 아르주나였다. 아르주나는 당신보다 더 젊고, 이런 상황에서는 젊은이에게 선택권을 주는 게 관례다. 내 휘하에는 강하고 용맹스러운 백만 명의 군사가 있다. 일당백의 무용을 자랑하는 병사들이지. 자네들 가운데 한 사람이 이 백만 대군을 선택할 수 있을 것이고, 나머지 한 사람은 나를 선택할 수 있다. 다만 나는 병기를 휘두르지 않을 것이며, 따라서 싸움에 직접 참여하지 않을 것이다. 선택권은 젊은 사람에게 있으니, 아르주나가 먼저 어느 쪽을 선택할지 말해보라."

아르주나는 당장 대답했다.

"당신은 저와 함께 있어주십시오. 싸우지 않아도 좋습니다."

두르요다나는 백만 병사를 얻은 데 만족했고, 백만 대군 대신 싸우지도 않을 한 사람을 선택한 아르주나야말로 바보가 분명하다고 생각했다. 그는 크리슈나에게 감사 인사를 하고 떠났다.

두 사람만 남게 되자 크리슈나가 웃으면서 아르주나에게 물었다.

"나의 백만 대군 대신 왜 무기도 들지 않겠다는 나를 택하는 바보짓을 했는가?"

그러자 아르주나가 대답했다.

"저의 야망은 당신만큼 대단한 명성을 얻는 것입니다. 당신은 이 세상의 모든 왕과 군대를 혼자서 대적할 수 있는 무예와 용기를 가지고 계십니다. 저도 그럴 수 있다는 자신이 있습니다. 훌륭한 마부의 도움을 받을 수만 있다면 말입니다. 그래서 당신이 저의 전차를 맡아주시기를 간청합니다."

크리슈나는 다시 웃으면서 이렇게 축복해주었다.

"나와 명성을 겨루겠다? 그 뜻이 이루어지기를⋯."

전쟁 준비가 진행되고 있다는 소식을 듣고, 판두의 두 번째 아내인 마드리의 아버지이자 가장 강력한 왕의 하나인 살야는 유디스티라를 지원하기 위해 군대를 이끌고 도성을 떠났다. 두르요다나는 첩자들을 통해 그의 움직임을 알고, 도중에 곳곳에서 그를 환영하고 접대했다. 꽃으로 장식한 아치가 세워졌고, 살야와 그의 수행원들이 쉴 수 있도록 호화로운 정자가 세워졌다. 정자에서는 시종들이 먹을 것과 마실 것을 아낌없이 제공했다.

살야는 그것을 모두 유디스티라가 준비한 줄 알고 이렇게 말했다.

"이런 환대를 준비한 분에게 감사의 뜻을 전하고 싶으니 가서 주인을 모셔오너라."

시종들은 두르요다나에게 부리나케 달려가 이 말을 전했고, 두르요다나는 잠시도 지체하지 않고 살야 앞에 나아가 인사를 올렸다.

"존경하는 대왕님, 이렇게 저희의 호의를 받아주시니 얼마나 영광스러운지 모르겠습니다."

뜻밖의 사실에 살야는 놀랐지만, 또 한편으로는 기쁜 마음이 들었다. 판다바들을 도우러 출동한 것을 알면서도 이렇게 환대를 베풀다니, 두르요다나는 얼마나 그릇이 큰 인물인가 하는 생각이 들었던 것이다. 크게 감격한 살야가 말했다.

"당신의 환대는 참으로 훌륭했소. 그 보답으로 무엇을 해주면 좋겠소?"

두르요다나는 그 질문을 기다리고 있었기 때문에 당장 대답했다.

"저희 군대를 맡아 지휘해주셨으면 합니다."

살야는 또 놀랐지만 이렇게 말했다.

"좋소. 당신의 군대를 맡아 지휘해주겠소. 하지만 나는 우선 유디스티라를 찾아가서 인사를 해야 하오. 그러고 나서 당신과 합류하겠소."

"좋습니다. 빨리 돌아오십시오. 유디스티라가 어떤 평계로도 대왕님을 붙잡지 못하게 하십시오."

살야는 유디스티라를 만나서 이야기를 나누었는데, 오는 도중에 있었던 일과 두르요다나에게 한 약속을 털어놓을 수밖에 없었다.

유디스티라는 절망과 분노를 억누르며 말했다.

"대왕님께서는 두르요다나에게 약속을 했으니 그 약속을 지키셔야 합니다. 하지만 저도 대왕님께 부탁을 드려야겠습니다. 제 부탁을 들어주시겠습니까?"

"좋다." 살야가 대답했다.

살야가 인사를 하러 찾아가자 유디스티라가 말했다.

"제가 부탁드릴 말씀은 그렇게 도덕적인 것은 아니지만, 저를 위해 반드시 해주셔야 합니다. 제가 앞일을 내다보건대, 전쟁 동안 아르주나와 카르나 사이에 전투가 벌어질 겁니다. 그때 대왕님은 카르나의 전차를 몰아야 할 텐데, 그 기회를 이용하여 카르나의 기를 꺾고 그를 나약하고 우유부단하게 만들 만한 경고를 해주십시오. 저는 아르주나가 이기기를 바랍니다. 이것이 온당치 않은 부탁이라는 것은 알지만, 저를 위해서 부디 그렇게 해주시기 바랍니다."

살야는 결정적인 순간에 카르나가 용기를 잃게 하겠다고 약속하고, 다가오는 전쟁에서 판다바 형제들이 승리하기를 바란다고 말한 뒤 떠났다.

12
전쟁이냐 평화냐?

두르요다나의 궁정에 파견된 사제는 정중한 영접을 받고 적당한 자리에 앉았다. 의례적인 인사를 나눈 뒤 사제는 상황을 설명하기 시작했다.

"판다바 형제들은 전쟁을 원치 않습니다. 그들이 원하는 것은 그들 몫의 왕국입니다. 그들이 받아야 할 정당한 몫이죠. 그들에게 제 몫을 가지도록 하는 것이 옳습니다. 어떤 전쟁도 필요 없습니다. 하지만 카우라바 형제들이 전쟁을 원한다면, 그건 그들의 종말이 될 것입니다. 7개 군단[19]이 이미 집결하여 카우라바들과 싸울 준비를 갖춘 채 명령이 떨어지기만 기다리고 있습니다. 여기에다 천하무적의 아르주나와 크리슈나를 추가해보십시오. 나는 그들이

---

19) 1개 군단(악샤우니)은 21,870대의 전차와 같은 수의 코끼리와 3배의 말과 5배의 보병으로 구성되었다.

모두 저쪽 진영에 있다는 사실을 언급하고 있을 뿐입니다. 당신들이 약속을 지키면 그들은 평화로운 본업으로 돌아갈 것입니다."

비슈마가 맨 먼저 대답했다.

"그들이 오로지 평화만을 원하다니 얼마나 다행인가. 당신의 말은 모두 사실이겠지만 좀 날카롭군요. 아마 그건 당신이 사제 계급이라서 말을 무기로 사용하기 때문일 테고, 아마 그런 식으로 말하라는 지시를 받았기 때문이기도 할 거요. 판다바들이 법에 따라 제 몫을 돌려받아야 한다는 것은 누구나 알고 있고, 아르주나가 천하무적이라는 것도…."

이때 카르나가 성난 얼굴로 끼어들었다.

"사제님, 사쿠니가 유디스티라의 동의를 얻어 두르요다나 대신 주사위 노름을 해서 승리했고, 유디스티라는 노름에 졌기 때문에 약속대로 추방당한 것입니다. 판다바들이 이겼다면 두르요다나가 같은 운명을 겪었겠지요. 그런데 유디스티라는 지금 마츠야와 판찰라 등의 지지를 믿고 왕국을 요구하고 있습니다. 사제님, 이것이 정의의 문제라면 두르요다나는 온 세상이라도 기꺼이 양보할 것입니다. 위대한 판다바들이 왕국을 돌려받고 싶다면 정해진 기간을 숲에서 보낸 뒤에 와서 요구해야 합니다. 그들이 전쟁을 원할 만큼 성급하게 군다면 교훈을 얻게 되겠지요."

비슈마가 대답했다.

"네가 이런 식으로 말하는 것은 도움이 되지 않을 것이다. 어떻

게 너는 아르주나가 혼자서 우리 여섯 명과 싸운 최근의 교전까지
도 잊을 수 있단 말이냐? 우리가 경솔하게 행동하면 고통을 받게
될 것이다."

좌중이 혼란스러워지자 드리타라슈트라가 다들 조용히 하라고
이른 뒤 말했다.

"브라만이여, 세상의 정의를 위하고 판다바들의 안녕을 위하여
나는 산자야를 사절로 보내도록 하겠소. 당신은 바로 돌아가서 내
뜻을 유디스티라에게 전해 주시오."

그는 떠나는 사절에게 합당한 경의를 표한 뒤, 산자야를 불러서
지시했다.

"판다바들에게 가서 내 안부를 전하라. 크리슈나와 사트야키 등
에게도 안부를 전하라. 그리고 전쟁을 피할 수 있도록 잘 이야기
해주기 바란다. 전쟁을 일으킬 만한 말은 절대로 하지 마라."

산자야는 평화의 사절이 되어 판다바 형제들이 살고 있는 비라
타 도성 교외의 우파플라브야에 도착했다. 여기서 그는 의례적인
인사를 올리고 드리타라슈트라의 안부를 전했다. 그것은 최악의
상황에서도 피할 수 없는 격식이었다. 이런 절차가 끝난 뒤, 산자
야는 동맹자와 추종자들에 둘러싸여 한복판에 자리를 잡은 유디
스티라에게 말했다.

"우리 대왕님과 그분의 현명한 조언자인 비슈마를 비롯한 여러
어르신이 바라는 것은 바로 평화, 판다바들과 카우라바들 사이에

오랫동안 지속되는 평화입니다."

유디스티라가 말했다.

"물론 평화는 전쟁보다 바람직합니다. 누가 다른 것을 바라겠습니까? 하지만 드리타라슈트라 왕은 불타는 섶나무단을 바싹 마른 숲속 덤불 속에 던져 넣고는 그 불길에 휩싸여 갈팡질팡하는 사람 같습니다. 드리타라슈트라 왕은 무엇이 옳은지 알지만, 어떤 희생을 치르더라도 자기 아들을 기쁘게 해줄 테고 사악한 방식으로 아들을 부추길 겁니다. 그의 측근들 가운데 용감하게 말할 수 있는 조언자는 비두라뿐이었습니다. 그런데 드리타라슈트라 왕은 비두라의 조언을 무시했지요. 산자야, 당신은 모든 사실을 알고 있습니다. 나는 당신의 조언대로 평화를 추구하겠습니다. 내가 일군 왕국을 나에게 돌려주세요. 그러면 전쟁은 일어나지 않을 것입니다."

산자야가 대답했다.

"인생은 일시적이고, 당신의 명성은 영원할 것입니다. 당신의 요구를 강력하게 전달하겠지만, 나는 이렇게 제안하겠습니다. 그들이 양보하지 않으면, 강제로 얻으려 하기보다는 다른 곳에서 탁발로 먹고 사는 편이 나을 거라고 생각합니다. 당신이 하고자 했다면, 당신도 한때는 군대를 관리했으니까 사촌들을 쉽게 무찌르고 당신의 옥좌를 지킬 수도 있었을 겁니다. 하지만 당신은 그렇게 하지 않았습니다. 그건 당신이 정의를 지키려 했기 때문입니다. 그때와 같은 원칙을 지금도 지키셔야 합니다. 전쟁을 피하십시오. 전쟁이 일어나면 카르나와 두르요다나, 아스와타마만이 아니라 비슈마와 드로나, 크리파를 비롯한 우리의 모든 원로들의 죽음도 초래하게 될 것입니다. 생각해보십시오. 이 전쟁에서 승리한다고 해서 어떤 행복을 얻을 수 있겠습니까? 위대하신 분이여, 말씀해주시겠습니까?"

그러자 유디스티라가 말했다.

"나는 크샤트리야입니다. 설득으로 내 왕국을 되찾지 못하면… 또는 강제로 내 왕국에 밀고 들어가지 않으면 내 의무 수행에 실패하게 될 것입니다. 지금 나는 이 문제에 대해 어떠한 불안이나 의심도 품고 있지 않습니다. 하지만 여기 무엇이든지 알고 있는 크리슈나가 계십니다. 무엇이 옳은지, 싸울 것인지 아니면 어떤 상황에서도 평화를 추구할 것인지, 크리슈나의 말을 들어봅시다."

크리슈나가 산자야를 돌아보았다.

"유디스티라는 오랫동안 인내심밖에 보여주지 않은 반면, 드리타라슈트라의 아들들은 탐욕밖에 보여주지 않았소. 지금은 행동해야 할 때, 적절한 구제책을 찾아야 할 때요. 우주와 자연은 작용과 반작용이 적절한 균형을 이루어야만 비로소 기능을 발휘하고 생명을 키우는 법이오. 그러지 않으면 우주는 붕괴되어버릴 거요. 당신은 나나 유디스티라보다 행동 규범을 더 잘 안다고 자부할 수 없소. 당신이 행동의 미세한 차이에 그렇게 정통하다면, 드라우파디가 공회당에서 굴욕을 당했을 때 왜 그냥 보고만 있었소? 당신은 그때 도덕이나 법에 대해 훈계하지 않았소. 그때 카르나의 그 추잡한 말을 막으려고 조금이라도 애써보았소? 그런데 왜 지금은 정의에 대해 그렇게 말이 많아진 거요? 판두의 아들들은 드리타라슈트라를 모실 준비가 되어 있지만, 또 한편으로는 전쟁할 각오도 되어 있소. 전쟁이냐 평화냐? 드리타라슈트라의 선택에 달려 있소."

유디스티라가 말했다.

"우리는 우리 몫의 왕국을 원할 뿐입니다. 적어도 공명정대한 행동을 하겠다는 의사 표시라도 보고 싶습니다. 우리 형제는 다섯이니, 우리에게 다섯 개의 고을을 주십시오. 우리 다섯 형제에게 고을을 하나씩 주면 우리는 만족하겠습니다. 그렇게만 해도 우리의 싸움은 끝날 것입니다."

산자야는 예의바르게 작별 인사를 하고 떠났다.

산자야를 판다바 형제들에게 보낸 뒤 드리타라슈트라는 걱정과 불안으로 한숨도 잘 수가 없었다. 그래서 시종을 돌아보며 말했다.

"당장 가서 비두라를 데려오라."

비두라가 오자 왕은 안도감을 느꼈다. 비두라는 항상 진실을 퉁명스러울 만큼 솔직하게 말했지만, 왕은 그에게서 위로의 말을 들을 수 있으리라고 기대했다.

"비두라, 잠을 이루지 못하고 불안에 속을 태우고 있는 사람을 위해 할 수 있는 일이 무엇인지 말해다오. 나에게 적절한 충고를 해다오. 나는 지금 어떤 길을 택해야 할까? 판다바들에게 공평하고 카우라바들에게 유익한 길은 무엇일까? 나는 나의 판단 착오를 알고 있다. 그래서 불안한 마음으로 너를 부른 것이다. 유디스티라의 의도가 무엇이라고 생각하는지, 솔직하게 말해다오."

"형님, 판다바들에게 그들의 몫을 주는 것이 가장 안전한 길입니다. 이 길만이 양쪽에 이익을 가져다줄 것입니다. 이런 경우, 정의로운 길이 역시 현명한 길입니다. 대왕이시여, 부당한 행동 방침은 따르지 마십시오. 행복은 옳은 행동을 하는 데에만 존재합니다. 신들이 죽이고 싶어 하는 사람은 우선 분별을 빼앗기고, 다음에는 최악의 행동을 할 만큼 타락할 것입니다. 삼세를 다스릴 만한 자질을 타고난 유디스티라는 형님의 말을 기다리고 있고, 형님이 공정하고 정당하면 형님에게 복종할 겁니다. 그가 세계를 다스리게 합시다. 형님의 사악한 아들들을 추방하세요. 유디스티라는 형님의 합법적인 후계자입니다. 조금도 지체하지 말고 그에게 그의 왕국과 형님의 왕국도 주십시오. 그러면 형님은 행복해질 겁니다. 두르요다나와 의절하세요. 그러면 형님은 행복해질 겁니다."

그러나 드리타라슈트라는 엉뚱하게도 화제를 바꾸어 미묘한 철학적 문제를 고찰하기 시작했다.

"희생, 노력, 보시, 진실, 용서, 자비, 만족이 여덟 가지 올바른 길을 이룬다는데, 어느 것이 가장 중요하냐?"

비두라는 그의 질문에 대답하고 자신의 취지를 구체적으로 설명하기 위해 이따금 옛날이야기를 삽입한 뒤, 후렴처럼 되풀이 묻곤 했다.

"형님이 왕국을 다스리기 위해 두르요다나와 사쿠니와 두사사나에게 의존한다면, 어떻게 행복이나 마음의 평화를 기대할 수 있겠습니까?"

드리타라슈트라는 이런 대답으로 문제를 교묘히 얼버무려 넘기곤 했다.

"인간은 제 운명을 마음대로 할 수 없어. 조물주는 인간을 운명의 노예로 만들었지. 그래서…."

비두라는 어떤 질문에도 대답이 준비되어 있었고, 두르요다나를 버리라는 충고를 이따금 대답 사이에 끼워넣곤 했다.

드리타라슈트라는 이런 반응에 익숙해져 있었지만, 그것을 가볍게 흘려들었다. "인간을 어떻게 분류할 수 있지?" 하고 그가 물으면 비두라는 이렇게 말하곤 했다.

"입법자 마누는 어리석은 인간을 열일곱 종류로 분류했습니다. 주먹으로 허공을 치는 자, 무지개를 구부리려 하는 자 등등. 형님, 판다바들이야말로 형님의 진정한 구원자일 것입니다."

"신들, 마음의 평화를 유지하는 자들, 박식한 학자들은 '명문 집안'을 좋아해. 비두라, 그들이 말하는 '명문 집안'은 뭐지?"

그러면 비두라는 당장 열거하기 시작했다.

"금욕, 자제, 베다에 대한 지식 등등… 이 일곱 가지 미덕이 존재하는 집안이 명문으로 여겨집니다." 그러고는 다시 주제로 돌아오곤 했다. "노름이 벌어진 그 운명의 날, 제가 형님한테 말씀드렸지만 형님은 제 말에 콧방귀만 뀌셨지요. 오, 대왕이시여, 추방되어 말로 다할 수 없는 고난을 겪은 판두의 아들들에게 자비를 베푸소서."

그러면 드리타라슈트라는 "요기의 진정한 특징은 무엇이냐?"라든가 "욕망은 언제 작용하기를 멈추느냐?"고 묻곤 했다. 영적 탐구에 대한 그의 갈망은 만족할 줄 모르는 것 같았다. 이런 질문들에 대해 비두라는 상세한 대답을 찾아냈다. 그날 밤 두 사람은 그런 철학적 탐구로 대부분의 시간을 보냈다.

마침내 드리타라슈트라는 인정했다.

"나는 네가 말하는 모든 것에 동의한다. 내 마음은 네가 바라는 대로 판다바들 쪽으로 기울어져 있지만, 두르요다나에게 가까이 가는 순간 내 마음은 다른 쪽으로 가버린다. 나는 어찌할 도리가 없다. 어떻게 해야 할지 모르겠다. 운명을 피할 수가 없다. 운명은 결국 나를 자기가 원하는 쪽으로 끌고 갈 것이다. 내 노력은 허사로 끝나리라는 것을 나는 안다. 아직도 네가 언급하지 않은 주제가 있다면 이야기를 계속해라. 나는 들을 준비가 되어 있다. 네 이야기는 내 마음을 가라앉힌다."

비두라는 이때쯤 심한 피로를 느꼈지만, 왕이 냉담해지는 것을 바라지 않았기 때문에 말을 이었다.

"숲속에서 금욕 생활을 하고 있는 늙은 성자 사나트수자를 주문으로 불러내겠습니다. 그가 그 밖의 많은 주제에 대해 형님에게 자세히 설명할 겁니다."

그는 그 늙은 성자를 생각으로 불러내어 공손히 인사한 뒤에 말했다.

"거룩하신 성자님, 왕의 마음속에는 제가 대답할 수 없는 의심이 있습니다. 왕이 슬픔을 이겨낼 수 있도록 왕에게 설교를 해주시겠습니까?"

그러자 드리타라슈트라가 물었다.

"거룩하신 성자여, 당신은 죽음이 존재하지 않는다는 견해를 갖고 계신다고 들었습니다. 신들과 마귀들은 죽음을 피하기 위해 똑같이 금욕 생활을 실천합니다. 그것은 그들이 죽음의 존재를 믿는다는 뜻입니다. 이 가운데 어느 것이 옳은 견해입니까?"

사나트수자가 말했다.

"목적과 경험의 추구에 끊임없이 영향을 받고 있는 영혼은 먹구름이 낀 것처럼 어두워집니다."

이 모든 추상 개념은 왕에게 강장제 같은 작용을 하는 것 같았다. 그는 브라만의 본질, 궁극적인 신성, 어떻게 하면 거기에 도달할 수 있는지에 대해 성자에게 물었다. 그렇게 하룻밤이 지나고 아침이 왔을 때, 드리타라슈트라는 궁전의 자기 자리에 앉을 준비가 되었다.

모두 자리에 앉았을 때 전령이 들어와서 말했다.

"판다바들에게 파견된 산자야가 전차를 타고 돌아오고 있습니다. 우리 사절이 탄 전차는 잘 훈련된 말들이 끌고 있기 때문에 신속히 돌아왔습니다."

산자야가 이제 임무를 마치고 돌아온 것이다. 그의 연설에는 지켜야 할 격식이 있었다.

"카우라바들이여, 나는 지금 판다바들을 만나고 돌아오는 길이다. 판두의 아들들은 내가 다른 말을 하기 전에 우선 그들의 인사부터 전해주기를 바라고 있다."

드리타라슈트라가 물었다.

"유디스티라와 그의 동생들한테서 어떤 메시지를 가져왔느냐?"

산자야는 방문 결과를 솔직하게 보고했다. 많은 이야기 가운데 그는 이런 말을 했다.

"판두의 아들이 활시위를 당기는 쪽을 선택하면, 그의 화살은 몇 년 동안 쌓인 분노를 실은 채 날아갈 것이고, 그러면 대왕님의 아들들은 전쟁을 후회하게 될 것입니다."

비슈마는 산자야의 말에 동의하고, 전생에서는 하나의 신 안에 깃든 쌍둥이 영혼이었던 크리슈나와 아르주나의 신성을 묘사했다. 그는 크리슈나와 아르주나의 배경과 기원을 설명하고, 그들이 다른 차원에서 어떻게 함께 살았는지, 전쟁이 필요해지면 그들이 어떻게 함께 태어나고 다시 태어나는지, 그들이 얼마나 무적의 존재인지를 설명했다. 그는 두르요다나에게 경고했다.

"너는 마부의 미천한 아들인 카르나와 뱀같이 사악한 사쿠니, 그리고 비열하기 짝이 없는 동생 두사사나를 제외하고는 누구의 충고에도 귀를 기울이지 않는다."

드리타라슈트라가 물었다.

"판다바들의 군사력을 평가하고, 그들의 동맹자 명단을 알려줄 수 있겠느냐?"

산자야는 이 질문에 곧바로 대답하지 못했다. 그는 오랫동안 생각에 잠겨 있다가 입을 열었지만, 곧 말을 끊고 기절했다. 비두라가 외쳤다.

"대왕님, 산자야가 의식을 잃고 쓰러졌습니다!"

"왜?" 드리타라슈트라가 말했다. "이유가 뭐냐? 그가 목격한 판다바 세력의 힘에 압도당한 것이냐?"

의식을 되찾은 산자야는 판다바 형제들의 세력을 정확하게 묘사했다.

드리타라슈트라는 그 말을 듣고 너무 심란하여 자신의 운명을 한탄했다.

"나는 시간의 수레바퀴에 묶여 있다. 거기서 벗어날 수가 없다. 오, 지긋지긋한 시간이여! 산자야, 나는 어디로 가야 하느냐? 뭘 어떻게 해야 하느냐? 바보 같은 카우라바들은 파괴를 추구하지만, 결국에는 자신들이 파괴당할 게 분명하다. 그들의 시대는 끝났다. 백 명의 내 아들들이 살해당할 때 여인들이 울부짖는 소리를 내가 어떻게 참을 수 있을까? 오, 죽음은 언제 나에게 올까? 여름 바람 속에서 타오르는 불이 마른 풀을 태워버리듯, 비마가 철퇴를 들어 올리고 아르주나가 간디바를 휘두르면 나도 가족과 함께 죽을까? 어떤 바보가 나방처럼 타오르는 불 속에 자진해서 뛰어들까? 나는 싸우는 게 옳다고 생각지 않는다. 카우라바들아, 다시 생각해라. 이 전쟁은 피하자꾸나. 나는 유디스티라가 합리적으로 행동할 거라고 믿어 의심치 않는다."

두르요다나는 아버지를 진정시키려고 애썼다.

"파국이 벌써 우리를 덮치기라도 한 것처럼 이런 식으로 슬퍼하시면 안 됩니다. 걱정하지 마세요. 우리는 자신 있습니다. 며칠 전에 저는 전쟁이 일어나서 크리슈나가 판다바들 편에 서고, 그들이 퍼뜨린 소문 때문에 온 세상이 우리를 비난하면 그때 우리에게 무슨 일이 일어날지에 대해 드로나와 비슈마, 아스와타마와 크리파의 의견을 들었지요. 그분들이 뭐라고 했는지 아십니까? '전쟁이 일어나면 우리는 네 편을 들겠다. 걱정하지 마라. 우리가 나서면 아무도 우리를 이길 수 없다.' 그들은 한 목소리로 저를 안심시켰습니다. 이 거인들은 저를 위해 바다나 불 속에라도 들어가리라는 것, 그리고 아버지의 비탄을 비웃고 있다는 걸 아셔야 합니다. 비마는 제 철퇴를 절대로 견디지 못할 겁니다. 아르주나는, 크리슈나가 그의 편에 선다 해도 우리 세 사람의 적수가 되지 못합니다. 우리가 미처 준비가 되어 있지 않을 때 아르주나가 우리를 이긴 경험 때문에 아르주나를 과대평가하지 마세요. 우리는 군단을 열일곱 개나 보유하고 있지만, 그들에게는 일곱 개뿐입니다. 브리하스파티가 말했잖습니까? '병력이 반도 안 되는 군대가 쉽게 맞설 수 있겠는가?' 유디스티라는 우리 병력을 알고 있습니다. 왕국의 절반을 요구했던 그가 이제 와서 고을 다섯 개만 달라고 애걸하는 것도 바로 그 때문입니다. 강하다면 왜 요구 사항을 줄이겠습니까? 판다바들과 우리는 양쪽 다 같은 혈통인데, 왜 아버지는 그들만 이길 거라고 생각하십니까? 장담하건대, 판다바들은 사냥꾼의 덫에 걸린 사슴처럼 우리에게 사로잡히고 말 겁니다. 아버지가 몇 년 전 공회당에서 보신 것보다 더 멋진 광경을 보여드리겠습니다."

"내 아들은 무분별하거나 정신 나간 사람처럼 헛소리를 하고 있구나. 지금 나는 우리 카우라바 가문이 이미 죽은 듯한 느낌이 든다. 오, 산자야, 유디스티라에게 불을 지피고 있는 동맹자들이 누군지 말해다오. 유디스티라는 어떠냐?" 공포에 사로잡힌 노인은 질문을 말로 표현하지도 못했고, 자기가 무엇을 묻고 싶은지도 명확히 알지 못했다. 그는 신음하는 듯한 소리로 말했다. "아, 내가 유디스티라와 아르주나와 비마와 싸우고 싶어 할 만큼 정신 나간 아들을 두었다니! 두르요다나, 그들에게 그들의 정당한 몫을 돌려주어라. 절반이라도 잘만 다스리면 네 왕국으로 충분하지 않겠느냐. 너를 돕겠다고 약속한 비슈마와 드로나, 아스와타마와 살야도 네가 하고 있는 일에 동의하지 않는다. 너 혼자서는 이 전쟁을 바라지 않으리라는 것을 나는 안다. 사악한 마음을 가진 네 친구들, 카르나와 사쿠니와 두사사나가 너를 충동질하고 있다."

"원로들이 마지못해 저를 위해 싸운다고 생각하신다면, 그들과 관계를 끊겠습니다. 오로지 카르나와 두사사나에게만 의지하여 판다바들에게 도전하겠습니다. 제가 판다바들을 죽이고 세상을 지배하거나, 아니면 그들이 나를 죽이고 세상을 지배하겠지요. 이것 아니면 저것이 되어야 할 것입니다. 저는 모든 것을 희생하겠지만, 판다바들과 나란히 살지는 않겠습니다. 사랑하는 아버지, 판다바들은 바늘 끝을 꽂을 만한 땅도 얻지 못할 것입니다. 같은 이야기만 반복되는 이 쓸데없는 토론은 여기서 끝냅시다. 이제 행동할 시간입니다."

카르나가 선언했다.

"제 무기 중에는 파라수라마에게 얻은 '브라마 아스트라'가 있습니다. 파라수라마는 어떤 유보 조항을 붙여서 그 무기를 저한테 주었지요. 저는 이 무기를 사용해서 혼자서도 판다바들을 모조리 죽일 수 있습니다."

"네 마음은 자만심으로 흐려져 있다, 카르나." 비슈마가 말했다.

"크리슈나가 공격하기로 결정하면 너와 네 무기는 단번에 박살나고 말 것이다."

카르나는 그 말에 격분하여 말했다.

"좋습니다. 저는 싸우지 않겠습니다. 적어도 할아버지가 싸우다가 죽을 때까지는. 할아버지가 살아 있는 한, 저는 제 무기에 손을 대지도 않겠습니다." 그는 활을 연극적인 몸짓으로 내던졌다. "비슈마 할아버지! 할아버지는 앞으로 전장이 아니라 궁전에서만 저를 보게 되실 겁니다. 할아버지와 다른 모든 분들이 입을 다물고 매장되었을 때, 그때 저는 다시 무기를 들고 제가 무엇을 할 수 있는지를 보여드릴 겁니다."

이 말과 함께 그는 화가 나서 공회당 밖으로 걸어 나갔다.

비슈마는 두르요다나를 돌아보며 말했다.

"너에게 그렇게 많은 지원을 약속한 네 동맹자가 저기 가는구나. 그는 활도 없이 어떻게 너를 도울 수 있을까? 그는 비라타에서 어떻게 도망쳤는지를 잊어버렸어."

비슈마는 웃으면서 말하고 공회당을 떠났다.

단둘이 남았을 때 드리타라슈트라는 다시 산자야에게 물었다.

"양쪽의 강점과 약점에 대한 너의 평가를 솔직하게 말해다오. 두르요다나는 그가 생각하는 만큼 이길 가능성이 있느냐? 물론 그렇겠지. 그렇지 않다면 그렇게 승리를 자신하지는 못하겠지? 너는 어떻게 생각하느냐?"

산자야가 말했다.

"저를 용서하십시오. 비밀로는 대왕님께 아무 말씀도 드리지 않겠습니다. 제가 대왕님께 다시 말씀드릴 때는 간다리 왕비님과 브야사 어르신을 배석시키십시오. 그분들은 제 말이 대왕님께 불러일으킬지도 모르는 악의를 없애줄 수 있을 것입니다."

브야사는 생각만으로 불러올 수 있었다. 그가 도착하자 간다리가 불려왔고, 산자야는 자신이 한 말을 모두 되풀이 이야기한 다음 양쪽 진영의 병력을 최대한 정확하게 평가했다. 간다리는 전쟁을 하겠다는 생각을 강력하게 비난했고, 아들과 그의 동맹자들도 비난했다. 미래를 볼 줄 아는 브야사는 드리타라슈트라에게 단언하기를, 그들의 종말이 다가오고 있다고 힘주어 말했다.

13
행동 개시

　유디스티라는 양심의 가책을 느꼈다. 동생들과 크리슈나와 함께 앉아 있을 때 그가 갑자기 물었다.

　"이 모든 충돌이 과연 가치가 있는 것일까? 우리는 어떤 희생을 치르더라도 전쟁을 피해야 해. 특히 우리가 승리를 확신할 때는 더욱 그렇다. 어쨌든 그들은 우리 친척이야. 우리는 카우라바들과 평화롭게 살 수 있는 길을 찾으려고 한 번 더 애써봐야 해. 그들을 몰살하면 우리는 영토를 되찾겠지만, 그게 우리한테 지속적인 행복을 가져다줄까? 크리슈나여, 그들 편에 서 있는 우리 친척과 원로들이 많습니다. 우리가 어떻게 그들을 죽일 수 있겠습니까? 당신은 그것이 크샤트리야의 의무라고 말하겠지요. 저는 이 계급으로 태어난 것을 저주합니다. 폭력의 물결은 결코 멈추지 않습니다. 승리는 원한을 낳습니다. 적개심은 잠복해 있지만 계속됩니다.

저쪽 진영에 젖먹이 하나가 남는다 해도, 그 아이는 증오의 작은 불씨를 간직할 테고, 그 불씨는 나중에 큰불을 일으킬 수 있을 겁니다. 이런 사태를 막으려면 상대 진영을 완전히 절멸시켜야 하는데, 그걸 생각하면 온몸이 떨립니다. 증오는 결코 증오로 억눌리지 않습니다. 자신의 용감성에 대한 자신감은 제 심장을 갉아먹는 불치병과도 같습니다. 우리는 우리의 권리와 힘을 확립하기 위해 대지를 피로 적실 각오가 되어 있습니다. 그것은 학자들이 말했듯이 적대적인 두 개의 만남과 다르지 않습니다. 처음에 개 두 마리가 만나면 꼬리를 흔들지만, 한 녀석이 으르렁거리면 다른 녀석도 이빨을 드러내며 으르렁거립니다. 다음에는 서로 상대의 주위를 맴돌며 엄니를 드러내고 계속 으르렁거립니다. 이윽고 싸움이 시작되어 개들은 서로 물어뜯습니다. 더 강한 개가 상대를 죽이고, 상대의 살을 찢어발기고 그것을 먹습니다. 인간에게도 같은 행동방식을 볼 수 있습니다. 우리는 카우라바들이 분별을 찾도록 다시 한 번 애써봐야 합니다. 오, 크리슈나여, 어떻게 해야 좋습니까? 조언을 해주세요. 저를 인도해주세요."

크리슈나가 대답했다.

"그대를 위해 카우라바들의 궁전으로 그들을 방문하겠다. 그대의 이익을 양보하지 않고 평화를 얻을 수 있다면 그렇게 하겠다."

이 중대한 시기에 유디스티라는 또 다른 불안을 느꼈다.

"두르요다나의 모든 지지자들, 그 사악한 자들이 거기에 모일 겁니다. 당신을 그들의 한복판으로 들여보내는 게 불안하군요. 그들이 당신을 해칠지도 모릅니다."

크리슈나는 어쨌든 신이었고 자신이 있었기 때문에 자신만만하게 말했다.

"나에 대해서는 걱정 말게. 우리가 전쟁을 피하기 위한 이 마지막 노력을 하면 모든 비난을 피할 수 있을 걸세. 그들이 나를 해치려 해도 나는 나 자신을 돌볼 수 있네. 나에 대해서는 걱정하지 말게. 나는 다른 사람들이 두르요다나의 비열함에 대해 품고 있을지도 모르는 의심을 완전히 제거하기 위해 거기에 가는 것뿐이니까. 그것뿐일세. 그를 개심시킬 수 있으리라고는 전혀 기대하지 않네. 나는 오로지 그대를 위해 거기에 갈 걸세. 전쟁을 준비하고, 세부 계획을 세우고, 전쟁에 필요한 것을 모두 모으도록 하게."

"크리슈나여, 그들을 위협하지 마십시오." 비마가 말했다. "두르요다나는 오만하고 적개심에 불타고 있지만, 그에게 거칠게 말하면 안 됩니다. 부드럽게 대하세요. 오, 크리슈나여, 우리는 쿠루 왕조가 멸망하는 것을 보느니 차라리 궁벽한 땅에서 고생하는 쪽을 택할 겁니다."

이 말을 듣고 크리슈나는 큰 소리로 웃으며 말했다.

"그렇게 말하는 게 누구지? 브리코다라(굽힐 줄 모르는 자)라고도 불리는 비마인가? 아니면 다른 사람인가? 나는 자네가 복수하고야 말겠다고 다짐하리는 것을, 철퇴를 움켜잡고 하스티나푸라에 있는 그들에게 무시무시한 저주를 하는 것을 자주 보았다. 그 사람이 지금 말하는 사람과 같은 사람인가? 싸워야 할 때가 오면 자네는 겁에 질리나 보군. 남자다움은 전혀 보이지 않고 겁먹은 어린애처럼 말하는군. 어떻게 된 노릇이냐? 비마, 힘과 희망을 불러일으키라. 약해지지 마라, 마음을 단단히 먹으라."

비마는 부끄러워서 고개를 숙이고 말했다.

"온 세상과 맞서야 한다 해도 저는 겁먹지 않을 겁니다. 하지만 지금 저는 연민과 우리 일족을 구하고 싶은 마음에서 말하고 있는 겁니다. 그것뿐이에요."

아르주나가 말했다.

"양보하지 않고도 평화를 얻을 수 있다면 한번 해볼 만하죠. 그러니까 부디 마지막 노력을 해주세요, 크리슈나."

나쿨라도 유화책을 옹호했다.

형제들 가운데 사하데바 혼자만 상대편에게 최후 통첩하기를 원했다.

"카우라바들이 평화를 원한다 해도 그들을 도발해서 전쟁으로 끌어들이세요. 요전 날 공회당에서 판찰리가 당한 수모를 생생히 기억하고 있는데, 어떻게 두르요다나의 죽음보다 덜한 것으로 만족할 수 있단 말입니까? 형들이 모두 미덕과 도덕을 실천할 마음이 내킨다 해도 나는 혼자 가서 두르요다나를 죽일 겁니다. 그것이 제 인생 최대의 목표예요."

사트야키는 사하데바를 칭찬하고 덧붙여 말했다.

"나는 전투에서 두르요다나의 피를 볼 때까지 쉬지 않을 겁니다. 나는 여기 모인 모든 전사들을 대변하고 있는 겁니다."

이 말에 사람들은 요란한 환호성으로 호응했다.

드라우파디가 제 생각을 밝히려고 앞으로 나섰다. 사하데바를 제외한 네 형제가 부드럽게 나오는 것이 그녀를 화나게 했다.

"오, 크리슈나여, 경전은 무고한 사람을 죽이는 것이 죄라고 선언하지만, 또 한편으로는 죽어 마땅한 사람을 죽이지 않는 것도 죄라고 선언하고 있습니다. 이 세상에 저 같은 여자가 있었나요? 불에서 태어난 여자, 위대한 드루파다의 딸, 드리슈타듐나의 누이, 판두의 며느리, 다섯 영웅의 아내, 그 영웅들의 아들 다섯을 낳은 어머니. 그런데도 타락한 놈들은 이 영웅들의 코앞에서 저의 머리채를 잡고 질질 끌고 다니며 모욕을 주었지만, 이 잘난 영웅들은 가만히 앉아서 지켜보기만 했습니다. 크리슈나여, 당신이 도와달라는 제 호소에 응하지 않았다면 무슨 일이 일어났을지 모릅니다. 그런데 이제 비마조차 도덕을 말하고 있습니다. 저를 도와줄 사람은 아무도 없습니다. 남편들이 저를 버려도 아들들은 우리가 당한 모욕을 되갚기 위해 무기를 들 것입니다." 그녀는 눈물에 목 메인 소리로 말을 맺었다. "오, 크리슈나여, 저에게 은혜를 베풀고 싶다면, 제 남편들의 말을 듣고 분노를 누그러뜨리지 마세요. 당신의 분노로 드리타라슈트라의 아들들을 몰살하세요."

크리슈나는 이런 약속으로 그녀를 달랬다.

"울지 마시오. 그대가 당한 수모를 반드시 앙갚음하리라. 이제는 그들이, 그리고 불행하게도 그들의 여인들이 비탄에 빠져 울 차례이니, 그날이 다가오고 있소."

크리슈나가 하스티나푸라로 떠나자, 그곳에서는 다양한 전조가 감지되었다. 맑은 하늘에서 갑자기 우레 소리가 나고 번개가 쳤다. 양털구름에서 비가 쏟아져 내렸다. 큰 강 일곱 개가 방향을 바꾸어 서쪽으로 흘렀다. 지평선은 안개 낀 것처럼 흐릿해져서 분간할 수 없게 되었다. 하늘에서 눈에 보이지 않는 무언가가 큰 소리로 으르렁거렸다. 폭풍이 일어나 나무들이 뿌리째 뽑혔다. 하지만 크리슈나의 전차가 지나가는 곳에서는 꽃들이 빗발치듯 쏟아져 내리고, 부드럽고 시원한 산들바람이 불었다.

첩자들은 크리슈나가 하스티나푸라로 떠났다는 정보를 가져왔다. 드리타라슈트라는 몹시 흥분했다. 그는 당장 크리슈나가 지나갈 곳에 환영 아치와 천막을 세우고, 천막에는 호화로운 가구를 비치하고 음식과 다과를 준비하고, 손님과 그의 수행원을 위해 온갖 종류의 오락을 제공하라고 명령했다.

드리타라슈트라는 비두라를 불러서 말했다.

"나는 최고의 선물로 크리슈나에게 경의를 표하고 싶다. 아름답게 장식한 황금 전차 열여섯 대를 준비해서 가장 좋은 말들이 끌게 하고, 전차마다 시종꾼을 배치하도록 하라. 상아가 보습처럼 생긴 코끼리 열 마리, 안색이 금빛이고 모두 숫처녀인 하녀 백 명과 하인 백 명, 산악지방 사람들이 캐시미어로 만들어 선물한 백조 깃털처럼 부드러운 담요 1만 8천 장, 중국에서 가져온 사슴가죽 1천 장, 그리고 우리가 가진 보석 중에 가장 아름다운 보석들. 그건 모두 위대하고 고귀한 손님에게 어울리는 선물이다. 두르요다나를 제외한 내 아들들과 손자들은 모두 도성 밖에 나가서 크리슈나를 맞이할 것이다. 우리 백성들도 모두 아내와 아이들과 함께 길가에 늘어서게 하라. 길에는 먼지가 날리지 않도록 물을 충분히 뿌려야 한다."

항상 솔직한 비두라가 말했다.

"크리슈나는 이 모든 것을 받을 자격이 있고, 이보다 더한 것도 받을 만합니다. 하지만 크리슈나는 선물로 좌우될 사람이 아닙니다. 판다바들이 원하는 것은 고을 다섯 개입니다. 이 모든 사치품과 보석 대신 고을 다섯 개만 양보하면 손님을 만족시킬 수 있습니다. 형님은 뇌물로 크리슈나의 지지를 얻을 계획이지만, 성공하지 못할 것입니다. 크리슈나가 여기 오는 목적은 평화와 정의입니다. 그러니 그것을 주세요. 판다바들이 항상 자식으로서의 존경심과 애정을 가지고 형님을 대했듯이, 형님도 판다바들에게 아버지답게 행동하세요. 크리슈나는 판다바들과 카우라바들이 평화롭게 살도록 하기 위해 여기에 오는 것입니다. 형님도 보석과 선물을 크리슈나에게 주는 대신 그 형제들 사이에 평화가 이루어지도록 해야 합니다."

두르요다나는 비두라의 말을 자기 식대로 이해하고 선언했다.

"저도 비두라와 같은 생각입니다. 크리슈나에게 정중한 환영 이상의 무언가를 주면 안 됩니다. 그다음에는…" 그는 혼자 낄낄거리며 덧붙였다. "우리는 그를 포로로 붙잡아둘 겁니다. 그가 감금되면 판다바들은 무너질 것이고 결국 우리의 노예가 될 겁니다. 이제 저한테 조언하고 싶거든, 내일 아침 크리슈나가 도착했을 때 제 목적을 달성할 수 있는 좋은 방법을 말해주세요."

드리타라슈트라는 아들의 말에 충격을 받았다.

"다시는 그런 말을 하지 마라. 그는 사절로 오는 것이고, 아무한테도 해를 끼치지 않았다. 생각지도 않은 사악한 생각이 네 마음에 떠오르는가 보구나!"

크리슈나가 하스티나푸라에 도착하자 비슈마와 드로나와 크리파를 비롯한 원로들과 수천 명의 백성들이 도성 밖으로 나와 그를 맞이했다. 크리슈나는 드리타라슈트라를 예방하기 위해 곧장 궁전으로 갔다. 그후 그는 쿤티에게 아들들의 소식을 전하려고 그녀의 처소를 방문했다. 쿤티는 13년이 넘도록 아들들과 헤어져 살고 있었다.

그녀가 말했다.

"내 자식들의 운명보다 내 며느리의 운명을 생각하면, 내 마음이 더 많은 슬픔으로 가득 찹니다. 내 며느리는 영웅 같은 사내들과 결혼했지만 보호도 평화도 얻지 못한 채 자식들과도 오랫동안 떨어져 살았지요! 다른 모든 걱정에 더하여 자식들에 대한 걱정을 며느리가 어떻게 견딜 수 있었는지는 정말 상상조차 할 수 없답니다. 제 아들들에게 전해주세요. 이제 행동에 나설 때라고. 더 이상 망설이지 말라고. 계속 꾸물거리면 나는 아들들을 영원히 포기할 겁니다."

기회가 오자마자 두르요다나는 크리슈나에게 말했다.
"오, 위대하신 분이여, 오늘은 우리 집에서 식사를 하셔야 합니다. 당신에게 경의를 표하기 위해 큰 잔치를 마련했습니다."
크리슈나가 대답했다.
"아니, 나는 그대의 대접을 받을 수 없다."
"왜요? 우리는 당신에게 전혀 악의가 없습니다. 당신의 대답은 무례합니다."
"사람은 배고파 죽을 지경이 되었거나 음식을 제공하는 사람을 사랑하는 경우에만 음식을 받아야 한다. 나는 배고파 죽을 지경도 아니고, 그대는 나한테 사랑받을 만한 행동을 전혀 하지 않았다. 그대는 그대에게 아무 해도 끼치지 않은 판다바들을 미워하지. 판다바들을 미워하는 사람은 나를 미워하고, 그들을 사랑하는 사람은 나를 사랑하지. 그것뿐일세. 나는 그대의 음식을 먹을 수 없다. 그대의 음식은 나에게는 악으로 오염되어 있는 것처럼 보인다."

크리슈나는 비두라의 집에 가서 식사를 했다. 비두라는 그에게 경고했다.

"어리석은 두르요다나는 대군을 모은 것으로 이미 목적을 달성했다고 생각합니다. 그는 누구의 말에도 귀를 기울일 마음이 없습니다. 나는 당신이 그 사악한 무리 속으로 들어가 당신의 생각을 이야기하는 게 두렵습니다. 또다시 그들 한가운데로 들어가 봤자 아무 소용도 없을 것입니다. 제발 그들에게 가까이 가지 마세요."

크리슈나는 이런 걱정에 영향을 받지 않고, 이튿날 그들이 모두 모여 있는 곳에 나타났다. 거기서 그는 자신의 방문 목적을 명확히 밝히고, 한 손으로는 평화를 제시하고 다른 손으로는 최후통첩을 내놓았다.

두르요다나는 크리슈나의 말에 화가 났다.

"나는 사과할 게 아무것도 없습니다. 내가 뭘 어쨌다는 겁니까? 나는 노름에서 이겼습니다. 당신들은 내가 무슨 극악무도한 짓이라도 저지른 것처럼 나를 비난하는데, 나는 그 이유를 모르겠습니다. 판다바들은 노름에 져서 왕국을 잃었습니다. 그것뿐이에요. 나는 결국 그들에게 모든 것을 돌려주었지만, 그들은 또다시 그걸 잃고 유랑하는 신세가 되었습니다. 그게 누구의 잘못이죠? 유디스티라가 다시 돌아와서 두 번째로 노름을 하도록 누가 강요하기라

220

도 했습니까? 왜 그들은 나를 적으로 생각하죠? 그들이 노름에서 불운하고 무능했던 것을 왜 내 탓으로 돌립니까? 지금 그들은 자신들이 강하기라도 한 것처럼 우리와 싸우려 하고 있습니다. 자살 행위나 다름없는 이 조치를 취하지 않도록 그들을 설득해주세요. 오, 크리슈나여, 그들에게 전해주세요. 내가 숨을 쉬고 있는 한 어떤 땅도 그들에게 주지 않을 거라고. 바늘을 꽂을 만한 땅도 주지 않겠다고. 이것이 최종 결론입니다."

"그대는 양심이 무디군." 크리슈나가 말했다. "아무 잘못도 저지르지 않았다고 생각하는 모양인데, 거기에 대한 판단은 여기 모인 훌륭한 분들이 하겠지."

그는 대립과 반목의 역사를 처음부터 끝까지 자세히 이야기하고, 이따금 결과를 두르요다나에게 알려주었다.

두사사나는 원로들이 크리슈나를 지지하는 것을 보고 형에게 냉소적으로 말했다.

"형이 판다바들과 화해하지 않으면 드로나와 비슈마와 아버지가 우리 손발을 묶어서 판다바들에게 보낼 거야."

이 말을 듣고 두르요다나는 공회당에 모인 사람들을 성난 눈으로 노려보고 밖으로 나갔다. 그의 동생과 동맹자들과 조언자들도 그를 따라갔기 때문에, 사절의 전언을 들을 사람이 아무도 남지 않았다.

크리슈나가 말했다.

"대왕이시여, 두사사나가 말했듯이 당신이 아들과 그의 협력자들을 함께 묶어서 가두어야 할 때가 왔습니다. 그의 권한을 박탈하고 판다바들과 화해하세요. 씨족을 절멸에서 구하세요."

드리타라슈트라는 신경이 곤두서서, 비두라에게 간다리를 당장 데려오라고 말했다.

"간다리가 이 마귀에게 어떤 영향력을 갖고 있다면 우리는 아직 우리 자신을 구할 수 있을 것이다."

간다리가 오자 드리타라슈트라는 그녀에게 상황을 설명했다. 그녀는 시종에게 두르요다나를 데려오라고 말했다. 그런 다음 눈 먼 남편을 나무라고, 두르요다나의 무모함과 방자함을 남편 탓으로 돌렸다. 두르요다나가 돌아오자 그녀는 아들이 뱀처럼 식식거리고 눈이 분노 때문에 시뻘개졌는데도 아들을 훈계했다. 간다리는 전쟁의 무익함과 탐욕의 죄에 대해 이야기했지만, 두르요다나는 어머니의 충고를 무시하고, 어머니의 말이 끝나기도 전에 다시 밖으로 나가버렸다.

공회당 밖에서 그는 사쿠니와 두사사나와 카르나와 의논하여, 행동할 때가 왔다는 결론에 도달했다.

"크리슈나를 강제로 붙잡아 가둔 다음, 판다바들과 싸워서 순식간에 그들을 제거해야 돼. 아버지가 울면서 뭐라고 하시겠지만, 우리는 우리 계획을 실행할 거야."

사트야키는 이 계획을 알고 크리슈나를 보호하기 위해 미리 자기 군대를 소집한 뒤, 크리슈나에게 알리기 위해 공회당으로 들어갔다.

크리슈나는 그 소식을 듣고 드리타라슈트라에게 말했다.

"그들이 나를 폭력으로 붙잡고 싶어 한다면 그렇게 하라고 합시다. 나는 미혹에 빠진 그들을 모두 응징할 수 있지만, 존엄한 당신 앞에서는 그런 행동을 자제하겠습니다. 그들이 원한다면 어디 한번 나를 붙잡아보라고 허락하겠습니다."

드리타라슈트라는 흉악한 계획을 단념하도록 두르요다나를 설득할 시간을 달라고 애원했다. 두르요다나가 지지자들에게 둘러싸인 채 들어오자, 드리타라슈트라는 다시 한 번 그에게 강력하게 말했지만 아무 효과도 없었다.

마침내 크리슈나가 말했다.

"두르요다나, 너는 망상에 사로잡혀 있다. 너는 내가 혼자인 줄 알고 나를 붙잡을 작정인 모양이구나." 그는 웃음을 터뜨리고 말했다. "자, 보아라."

그는 자신의 체격과 형태를 가진 다차원의 환상을 만들어냈다. 그 환상은 판다바들과 모든 신과 세상의 모든 군대에 둘러싸여 있었다. 그의 어느 부분에도 손끝 하나 댈 수 없었다. 그 순간 드리타라슈트라는 잠시 시력을 되찾아 그 웅장한 환상을 보고, 나중에 제 가문이 멸망하는 것을 자기 눈으로 보지 않도록 다시 시력을 없애달라고 간청했다.

이 환상을 보여준 뒤 크리슈나는 인간의 형상을 되찾아 공회당 밖으로 걸어 나갔다. 그리고 우파플라브야로 돌아갈 준비가 되었을 때, 궁정에 있던 카우라바 형제들은 모두 그에게 정중하게 작별인사를 했다. 크리슈나는 떠나기 전에 카르나를 돌아보며 말했다.

"내 전차에 타고 함께 가지 않겠느냐?"

카르나는 당장 따랐고, 그의 전차도 그를 따라갔다.

가는 동안 크리슈나는 더없이 다정하게 그에게 말을 걸었고, 그를 카우라바 형제들한테서 떼어내려고 애썼다.

"저를 아끼는 마음은 알겠습니다. 하지만 당신의 제의를 받아들일 수는 없습니다. 저는 오랫동안 저를 후원해준 두르요다나에게 은혜를 입었습니다. 저는 우리가 모두 파멸할 운명이라는 걸 알지만, 어떻게 그를 배신하고 떠날 수 있겠습니까?"

"너의 충성심은 이해할 수 있다만, 파괴적이고 부자연스럽다. 너는 타고난 재능이 있고 머리가 좋지만, 판별력을 가져야 하고 옳고 그름을 알아야 한다. 네 우정은 두르요다나에게 아무 도움도 되지 않는다. 너는 그의 사악한 결정을 지지하고 있을 뿐이고, 그는 그 때문에 죽을 게 확실하다."

크리슈나는 카르나가 하스티나푸라로 돌아갈 수 있도록 전차를 세웠다. 카르나는 헤어지기 전에 말했다.

"제가 전사하면, 전사들을 위해 마련된 하늘의 자리를 차지할 겁

니다. 일단 그 자리에 앉으면 다시 당신을 만나서 총애를 받는 영
광을 누릴 수 있으리라고 기대해도 될까요?"

"그렇게 될 것이다." 크리슈나가 말했다. 그리고 헤어질 때 전갈
을 부탁했다. "돌아가거든 드로나와 비슈마에게 이 달이 적당하다
고 말해다오. 음식과 연료는 충분하고, 길은 말라서 진창이 없다.
날씨는 쾌적하고 온화하다. 7일 뒤에 초승달이 뜰 것이니, 그때 전
투를 시작하겠다."

이튿날 쿤티가 두르요다나를 떠나라고 설득하기 위해 카르나를
찾아갔다. 명상에 잠겨 기도를 드리고 있던 카르나는 판두 왕의
왕비이자 판다바 형제들의 어머니인 쿤티가 찾아온 것을 알고는
놀라고 당황했다.

"라다와 마부 아디라타의 아들이 인사드립니다. 저에게 무슨 시
키실 일이라도 있으십니까?"

카르나가 의례적인 인사를 하자 쿤티가 말했다.

"카르나, 라다는 너의 어머니가 아니고, 너는 마부 아디라타의
아들도 아니다. 너는 태양신 수르야의 아들로, 이 쿤티의 몸에서
태어났던 것이다. 그러니 판다바들의 맏형인 셈인데, 너는 그런 줄
도 모르고 두르요다나의 편이 되어 동생들과 적이 되고 말았구나.
드리타라슈트라의 아들들에게 얹혀서 산다는 것은 너에게 걸맞지
않다. 판다바들과 협력하여 한 왕국의 왕이 되는 길을 택하도록

해라. 그게 이 어미의 소원이다."

"어머니, 어머니의 말씀은 다르마에서 벗어납니다. 저는 어머니를 존경하고 믿지만, 어머니의 말씀은 받아들일 수 없습니다. 어머니는 갓 태어난 저를 강물에 버리셨습니다. 그 순간, 크샤트리야로 태어난 저의 모든 권리와 의무도 빼앗아버린 것인데, 이제 와서 새삼스럽게 크샤트리야로서의 의무며 형제간의 우애며 모자간의 애정을 말씀하시니 저로서는 감당하기 어렵습니다. 어머니가 저를 강물에 버리신 순간 저에게는 어머니가 없었진 셈. 그렇다고 어머니를 비난하거나 원망하지는 않겠습니다. 그것 또한 운명이라면 거기에 따라야 할 테니까요. 저는 지금까지 카우라바들의 소금을 먹어 왔고, 그들은 저를 믿고 호의를 보여주었으니, 저는 제 몸 속에 숨이 남아 있을 때까지 그들을 위해 싸울 것입니다. 하지만 어머니의 말씀을 존중하여 아르주나하고만 싸우고, 다른 동생과는 싸우지 않겠습니다. 그러니 아르주나에게 저를 피하라고 일러주십시오. 다른 네 동생과는 절대 맞서지 않겠습니다. 제가 살아남든 아르주나가 살아남든, 어머니한테는 결국 다섯 아들이 남게 될 것입니다."

쿤티는 카르나를 끌어안고 울면서 말했다.

"이게 예정된 운명이라면 어찌 거역할 수 있으랴. 그래, 좋다. 너는 내 아들 네 명은 해치지 않겠다고 약속했다. 활시위를 당길 때마다 이 약속을 기억하기 바란다. 자, 그럼 내 축복과 작별인사를 받아라."

14
망설이는 영웅

크리슈나는 우파플라브야에 도착하여 판다바 형제들에게 결과를 보고했다.

"나는 그들에게 그들을 위하여 무엇이 옳고 무엇이 좋은 것인지를 역설했으나, 모두 소용이 없었다. 이제는 전쟁이라는 최후의 방법밖에 없다."

유디스티라는 동생들을 돌아보며 말했다.

"너희도 들었다시피, 평화에 대한 희망은 더 이상 기대할 수 없게 되었다. 우리에게는 일곱 군단이 확보되어 있다. 그러니 드루파다, 비라타, 드리슈타듐나, 시칸디, 사트야키, 체키타나, 비마—이렇게 일곱 영웅을 군단장으로 임명하면 될 것이다. 이제는 누가 총사령관이 되어야 할 것인지에 대해 너희들의 조언을 듣고 싶다. 상대편에서는 비슈마가 총사령관이 될 게 분명하다. 누가 가장 적임자라고 생각하느냐?"

많은 이름이 나왔지만, 결국 크리슈나의 조언에 따라 드라우파디의 오빠인 드리슈타듐나가 총사령관에 임명되었다.

전투를 개시할 때가 다가오자 부대가 움직이기 시작하면서 엄청난 소음이 일어났다. 말들이 울고, 코끼리가 나팔 같은 소리를 내고, 몰이꾼들은 전차 바퀴가 내는 소음보다 더 큰 소리로 말과 코끼리를 몰아댔다. 유디스티라는 직접 식량과 사료 수송을 감독했다. 그는 천막과 돈궤, 전투용 기계, 무기, 약품을 모으고, 군대를 따라다닐 의사들을 준비했다. 그는 드라우파디를 강력한 호위대와 함께 우파플라브야에 남겨놓았다.

유디스티라는 진격하는 부대의 선두에서 행군했다. 비라타와 드리슈타디움나, 비라타의 아들들, 그리고 4만 대의 전차와 기병대와 보병대가 그 뒤를 따랐다. 유디스티라는 쿠루크셰트라라고 불리는 평원에 진을 쳤다. 그곳은 묘지와 사원, 그밖의 신성한 땅에서 상당히 떨어져 있었다. 크리슈나는 가까이에 있는 작은 강을 둑으로 막아서 물을 저장했고, 그 저수지를 지키도록 강력한 부대를 거기에 배치했다. 수천 개의 막사가 세워지고 충분한 음식과 음료가 비축되었다. 막대한 양의 무기와 갑옷이 산처럼 쌓였다.

하스티나푸라에서는 수백만 명의 병력이 소집되어 전선으로 이동했다. 두르요다나는 17개 군단을 상·중·하의 3등급으로 분류했다. 그는 군단에 대한 지휘를 크리파와 드로나, 살야, 두사사나와 그밖의 전사들에게 맡겼다. 총사령관은 예상대로 비슈마가 맡았다. 카르나는 비슈마가 전사할 때까지는 싸움에 나서지 않겠다는 뜻을 모든 사람에게 밝혔다.

두르요다나는 악사들에게 악기를 연주하고 북을 치고 나팔고둥을 불라고 명령했다. 이런 축하 행사가 한창일 때 갑자기 불길한 조짐이 나타났다. 하늘은 구름 한 점 없이 맑았지만, 핏빛 소나기가 쏟아져 땅을 진창으로 만들었다. 회오리바람과 지진이 일어났다. 별똥별이 떨어지고 늑대들이 울부짖었다.

드리타라슈트라는 산자야를 통해 군대에 대한 보고를 받았다. 산자야는 궁전에 앉아서 전투 상황을 볼 수 있는 비범한 통찰력을 가지고 있었다. 산자야는 쿠루크셰트라 평원의 동쪽과 서쪽에서 서로 맞서 있는 양군의 대형에 대해 보고했다. 새벽에 모든 준비가 끝나고, 양쪽 다 싸울 태세가 되었다.

크리슈나가 모는 아르주나의 전차는 상대편 인물들을 충분히 관찰할 수 있는 전략적 요충에 배치되었다. 아르주나는 상대편 인물들을 한 사람씩 알아보고 갑자기 마음이 약해지는 것을 느꼈다. 그의 모든 친척, 스승, 삼촌, 할아버지, 사촌들이 그곳에서 다치거나 죽기를 기다리고 있었다. 아르주나는 크리슈나에게 고백했다.

"저는 이 전쟁을 계속할 수가 없습니다. 간디바를 잡은 손이 미끄러지고, 마음은 종잡을 수 없게 이리저리 변합니다. 어떻게 일가친척을 죽일 수 있단 말입니까? 저는 왕국을 원하지 않습니다. 아무엇도 원하지 않습니다." 간디바가 그의 손에서 미끄러져 떨어졌다. 그는 전차 바닥에 주저앉아 흐느끼기 시작했다. "존경하는 비슈마나 드로나에게 어떻게 화살을 겨눌 수 있단 말입니까? 어떤 왕국이 그렇게 많은 피를 흘리고 얻을 만한 가치가 있을지 모르겠습니다. 그렇게 얻은 이득이 무슨 가치가 있겠습니까?"

아르주나가 감정을 쏟아낸 뒤 침묵에 빠지자 크리슈나가 조용히 말했다.

"자네는 고려할 가치가 없는 자들을 생각하며 슬픔에 잠겨 있구나."

이어서 크리슈나는 부드러운 어조로 타이르기 시작했다. 그의 말은 초연한 행동에 대한 심오한 철학이었다.[20] 그는 다양한 종류의 행동과 반응을 일으키는 마음의 범주와 미묘한 성질을 분석했다. 그는 인간성의 진정한 본질을 규정하고, 사회와 세계와 신과 관련하여 인간성의 범위와 크기를 규정하고, 존재와 죽음의 진정한 본질을 규정했다. 그는 다양한 유형의 요가를 설명하고, 죽을 운명인 육신 속에 들어 있는 영혼의 불멸성을 어떻게 깨달아야 하는지를 설명했다. 크리슈나는 헌신의 정신으로 초연하게 자신의 의무를 수행하는 것의 중요성을 몇 번이고 거듭해서 강조했다. 아르주나는 이따금 의문을 제기하거나 자세한 설명을 요구하면서

---

20) 이 부분(제6권 25~42장)은 힌두 철학의 고전인 〈바가바드기타〉를 이룬다.

공손히 귀를 기울였다. 크리슈나는 모든 질문에 기꺼이 대답했고, 마지막으로 자신의 참모습을 그에게 보여주었다. 아르주나가 친구로 생각했던 크리슈나가 갑자기 달라진 모습으로 벌떡 일어섰다. 크리슈나는 모든 곳에 널리 퍼져 있는 신 자체였다.

시간과 피조물, 친구와 적들이 모두 그 위대한 존재 속에 흡수되었다. 그 존재의 크기는 하늘과 땅 사이의 공간에 걸쳐 있었고, 지평선에서 지평선까지 퍼져 있었다. 탄생과 죽음, 살해와 보호, 그 밖의 모든 행위가 이 존재의 일부인 것 같았고, 그 너머에는 아무것도 존재하지 않았다. 창조와 파괴, 활동과 비활동이 모두 이 위대한 존재의 본질적인 부분을 이루었고, 그의 모습은 아르주나의 마음을 공포와 황홀감으로 가득 채웠다.

"이제 알겠습니다!" 그는 소리쳤다.

"나는 죽음이고, 나는 파괴다." 신은 선언했다. "네 앞에 서 있는 이 사람들은 그들 자신의 카르마를 통해 이미 살해되었다. 너는 그들을 파괴하는 도구일 뿐이다."

"오, 위대한 신이시여, 제 나약함은 지나갔습니다. 제 마음속에는 더 이상 아무런 의심도 없습니다."

그는 활을 집어 들고 전투에 맞설 준비를 했다. 그러자 크리슈나는 다시 인간의 모습으로 돌아왔다.

아르주나가 다시 활을 집어 드는 모습이 보이자 커다란 안도감이 판다바 진영을 휩쓸었다. 전투가 막 시작되려는 순간, 유디스티라가 갑자기 갑옷을 벗고 무기를 내려놓고는 전차에서 내려 상대 진영으로 걸어가는 사태가 벌어졌다. 카우라바들은 유디스티라가 마지막 순간에 겁이 나서 화평을 청하러 오는 모양이라고 생각했다. 하지만 유디스티라는 비슈마에게 가서 그의 발아래 엎드려 인사를 올렸다.

"할아버님, 저희들에게 전투를 시작하도록 허락해주십시오. 저희들은 천하무적인 할아버님을 상대로 감히 싸우려 합니다. 삼가 용서를 바랍니다."

이에 비슈마가 말했다.

"얘야, 바라타족으로 태어나서 끝까지 예의범절이 바른 것을 보니 매우 기쁘구나. 싸워라. 승리는 너의 것이다. 나는 비록 인연 때문에 카우라바 쪽에 서게 되었지만, 승리는 너의 쪽에 설 것이다."

이렇게 비슈마의 허락과 축복을 받은 유디스티라는 드로나가 있는 곳으로 가서 인사를 올리고 용서를 구했다. 그러자 드로나가 말했다.

"나는 신세진 인연으로 카우라바들에게 묶임을 당했으니 어쩔 수 없이 그들 편에서 싸우겠지만, 승리는 너희들 것이 되리라. 잘 싸워라."

유디스티라는 이렇게 종조부와 스승을 비롯한 원로들에게 인사를 드린 후 아군 진영으로 돌아왔다. 그러고는 다시 갑옷을 입고 공격 신호를 보냈다.

쿠루크셰트라 평원에서는 18일 동안 치열한 전투가 벌어졌다. 때로는 이쪽이 우세했고 때로는 저쪽이 우세했다. 해가 뜨면 전투를 시작하고 해가 지면 끝낸다는 양해 사항은 엄격하게 지켜졌지만, 날이 갈수록 이 약속이 항상 지켜지지는 않았다. 때로는 밤까지 전투가 연장되었고, 그럴 때면 병사들은 섬광과 횃불에 의지하여 싸웠다. 병사들은 보통은 해가 지면 싸움을 그치고, 각자 진영으로 물러가 그날의 전투를 평가하고 이튿날의 전략을 계획했다. 병사들은 밤에는 노래와 춤으로 긴장을 풀었다.

전투대형은 날마다 바뀌었다. 양군은 상대의 의도에 대한 정보를 얻어서 대항 수단을 강구하려고 애썼다. 장군들은 그때그때 필요에 따라 여러 가지 유형의 전투대형을 명령했다. 한쪽 군대가 물고기 대형을 만들면, 상대편은 왜가리 진형을 채택했다. 그래서 전투대형과 공격은 병참의 원칙에 따를 수 있었다. 지휘관들은 부대를 어떻게 배치하고 전개하고 정렬시킬 것인지를 선택했다. 각 단위부대의 지휘관은 주어진 상황에서 어떻게 행동하는 것이 최선인지를 스스로 판단해야 했다.

사흘째 되는 날, 비슈마는 카우라바 군대를 독수리 대형으로 전개했다. 여기에 맞서 판다바 진영이 택한 진형은 비마와 아르주나가 양쪽 끝에 자리를 잡은 초승달 대형이었다. 이것은 협공작전으로 양쪽에서 적군에 접근할 수 있었다.

날마다 한쪽은 기뻐 날뛰고 다른 쪽은 절망에 빠졌다. 희망과 절망의 시소게임이었다. 판다바들은 손실을 계산하면서 때로는 절망을 느꼈지만, 항상 크리슈나가 격려하는 말로 그들의 사기를 북돋아주었다. 날마다 양군은 낙담할 만큼 많은 병사와 말과 지휘관을 잃었고, 땅은 피로 물들었다.

15
파괴의 망상

전투[21] 첫날, 맨 먼저 움직인 것은 비마였다. 그는 14년 동안의 억압에서 벗어나 활기차게 행동을 개시했다. 아르주나의 아들이자 전쟁터에서 가장 젊은 전사인 아비마뉴가 싸움에 가담했다. 그의 표적은 명확히 정해져 있었다. 증조부인 비슈마가 그의 첫 번째 표적이었고, 그의 화살은 비슈마의 몸을 아홉 군데나 꿰뚫었다. 비슈마는 젊은이의 담력에 감탄하면서도 무자비하게 앙갚음했다.

아르주나는 크리슈나에게 말했다.

"저를 비슈마 옆으로 데려가주십시오. 저 노인을 죽이지 않으면 우리는 살아남지 못할 겁니다. 노인네가 그걸 증명하고 있어요."

21) 나는 날마다 벌어진 전투의 세부 묘사를 거의 생략하고, 일상적인 움직임은 무시하고, 좀더 중요한 인물들과 그들의 전략, 그들의 행동에 따른 결과만 전쟁 장면으로 간단히 다루었다.

비슈마는 특별히 선발한 정예부대의 특별 경호를 받고 있었지만, 아르주나의 공격은 가차없었다.

전투를 지켜보고 있던 두르요다나는 불안해졌다. 그래서 할아버지뻘인 비슈마에게 하소연했다.

"크리슈나와 아르주나는 힘을 합쳐 우리를 완전히 쓸어버리려 하고 있습니다. 제가 항상 믿고 의지할 수 있었던 카르나는 할아버지가 살아 있는 한 싸우려 하지 않고 비켜서서 방관만 할 겁니다."

"내가 나 자신을 희생해서 카르나를 위해 길을 비켜달라는 것이냐?"

두르요다나는 미안한 마음이 들어서 변명했다.

"빨리 행동해서 아르주나를 없애주세요."

이 말에 비슈마는 화살 한 대를 쏘았고, 그 화살은 크리슈나의 가슴에 꽂혔지만 크리슈나는 끄떡도 하지 않았다. 하지만 그것을 본 아르주나는 격분하여 비슈마를 죽이겠다는 결심이 더욱 굳어졌다. 비슈마의 경호원들은 하나씩 차례로 쓰러지고 있었다. 그들은 공격과 반격을 되풀이하면서 거리가 점점 가까워졌기 때문에, 전차 위에서 펄럭이는 깃발만 보고도 누구의 전차인지 알아볼 수 있을 정도였다. 하지만 싸움은 좀처럼 결판이 나지 않았다.

다른 곳에서는 드로나와 드리슈타듐나가 격렬한 전투를 벌이고 있었다. 드리슈타듐나는 평생 동안 이 기회를 기다리고 있었다.[22]

드리슈타듐나의 전차 몰이꾼이 드로나의 화살에 맞아 죽었다. 드리슈타듐나는 철퇴를 들고 전차에서 뛰어내려 걸어서 전진했다. 드로나의 화살이 그의 손에서 철퇴를 떨어뜨렸지만, 드리슈타듐나는 칼을 빼들고 앞으로 돌진했다. 드로나는 그를 다시 무력하게 만들었다. 바로 그 순간, 비마가 드리슈타듐나를 구하러 와서 그를 전차에 태우고 퇴각했다.

카우라바들은 아르주나를 집중적으로 공격하여 포위했지만, 아르주나는 주위에서 끊임없이 회전하는 화살의 흐름이 만들어낸 보호막 안에 머물러 있었다. 전쟁터의 다른 쪽에서는 사쿠니가 병력을 이끌고 사트야키와 아비마뉴를 상대하고 있었다.

비마와 그의 아들 가토트카차[23]는 두르요다나의 부대와 맞서 싸웠지만, 비슈마와 드로나가 힘을 합쳐 그의 부대를 구출하고 재편성했다. 또다시 두르요다나는 비슈마를 비난했다.

"비마의 부대가 우리에게 타격을 주는 동안 할아버지는 감탄하는 눈으로 지켜보기만 하셨어요. 할아버지는 지금도 판다바들을 너무 좋아하세요! 할아버지는 마음만 먹으면 얼마든지 그들을 처

22) 그의 출생 자체가 아버지의 명예를 회복하기 위해서였다. 묵은 원한을 풀어야 했다. 드루파다와 드로나 사이의 굴욕과 패배, 평생 지속된 원한은 이 순간 완전히 곪아서 터질 지경이 되어 있었다.
23) 가토트카차는 비마가 히딤바와 관계하여 낳은 아들이다(59쪽). 히딤바는 비마가 숲에 머물고 있을 때 그를 사랑한 여자 마귀였다. 가토트카차는 비마가 그의 도움을 필요로 할 때마다 항상 아버지를 도우러 와주었다.

리할 수 있는데 말예요."

비슈마는 미소를 지으며 말했다.

"내가 얼마나 늙었는지는 알고 있느냐? 나는 최선을 다하고 있다."

하지만 그는 두르요다나의 버릇없는 말에 자극을 받아서 다시 힘차게 적을 공격했다. 판다바 군대가 흩어지기 시작했다.

크리슈나는 아르주나에게 공격하라고 재촉했다.

"자네는 할아버지와 싸우기를 망설이고 있어. 망설이는 마음을 극복하지 않으면 안 돼. 할아버지를 공격하지 않으면 모든 걸 잃게 될 거야."

아르주나의 전차가 비슈마에게 접근하자, 비슈마는 그 전차를 향해 화살을 빗발치듯 퍼부었다. 하지만 아르주나가 놀라운 기술과 속도로 화살을 막아내는 것을 보고 비슈마는 자신이 아르주나의 표적인데도 "잘한다! 잘한다!" 하고 외쳤다. 아르주나는 비슈마의 활을 부러뜨리는 데 성공했지만, 비슈마는 다른 활을 집어 들었다.

크리슈나에게는 그들이 연극을 하는 것처럼 보였고, 아르주나의 행위가 불만스러웠다. 크리슈나는 전차를 세우고 자신의 원반[24]을 들어 올리면서 전차에서 뛰어내렸다.

---

24) 만트라를 외면서 원반을 던지면, 원반은 표적이 된 적을 찾아내어 그의 목을 톱으로 자르듯 잘라 죽인다.

"자네가 못하면 내가 직접 죽이겠다."

그가 비슈마를 향해 전진하자 비슈마는 황홀하여 말했다.

"어서 오십시오, 우주의 주인이시여. 당신의 신성한 손으로 내 영혼을 해방시키소서. 그것이 저를 구원해줄 것입니다."

아르주나는 크리슈나를 따라가면서 필사적으로 간청했다.

"안 됩니다. 절대로 무기를 사용하지 않겠다는 맹세를 기억하세요. 멈추세요. 약속합니다. 제가 공격하겠습니다."

크리슈나는 누그러졌고, 그날 저녁까지 아르주나는 카우라바 병력의 대부분을 죽였다.

이튿날 아침, 카우라바 군대는 많은 손실을 입었음에도 잘 정돈되고 낙천적으로 보였다. 아르주나는 그들의 배치를 관찰하고, 아들 아비마뉴가 갑자기 공격에 나서는 것을 보았다. 아비마뉴는 당장 살야와 아스와타마와 수많은 전사들에게 포위되었다. 아르주나는 드리슈타듐나와 함께 아들을 지원하러 갔다. 그러자 두르요다나와 그의 동생들이 살야를 도왔고, 비마와 그의 아들 가토트카차는 판다바들을 지원하러 왔다.

두르요다나는 코끼리 부대의 공격으로 이 상황에 대처했다. 비마는 철퇴를 들고 전차에서 내려 코끼리들을 공격했다. 코끼리들의 시체가 산처럼 여기저기 쌓였다. 살아남은 코끼리들은 미친 듯이 날뛰며 달아났다. 코끼리들은 퇴각하면서 아군 병사들을 짓밟아 처참한 장면을 만들어냈다. 화살들이 날아오자 비마는 다시 전차에 올라탔다. 그리고 몰이꾼에게 말했다.

"저 앞에 악의에 찬 카우바라 형제들이 모두 모여 있다. 계속 전차를 몰아라. 놈들을 모조리 해치우자. 놈들은 야마의 세상으로 갈 준비가 되어 있다."

비마는 그날 두르요다나의 동생 여덟 명을 죽이고 만족스럽게 말했다.

"노인네가 아들을 백 명이나 낳은 건 선견지명이 있었어."

두르요다나는 힘차게 싸웠다. 비마조차도 그에게 맞아 잠시 기절할 정도였다. 이것을 보고 비마의 아들 가토트카차는 폭풍처럼 카우라바 진영을 공격하여 격파했다.

"저 악마와는 더 이상 싸울 수 없어." 비슈마가 말했다. "오늘은 싸움을 멈춰야 돼. 우리 병사들은 지쳐서 녹초가 되었어."

엿새째 되는 날, 아르주나는 비슈마를 죽이기로 결심했다. 비슈마의 공격이 막대한 피해를 주고 있었기 때문이다. 아르주나는 시칸디[25]를 데려와서 자기 앞에 배치하고 공격을 개시했다. 비슈마는 죽음이 다가온 것을 알아차렸다. 그는 시칸디와 싸울 수도 없었고 그에게 화살을 쏠 수도 없었다. 시칸디가 실은 여자로 태어

---

25) 시칸디는 실제로는 암바였다(26쪽). 일찍이 비슈마에게 퇴짜를 맞고 앙심을 품었던 암바 공주는 그를 죽이겠다는 맹세를 실행하기 위해 남자로 변신한 것이다.

났다는 것을 알았기 때문이다. 시칸디의 화살이 그를 향해 날아오는 동안 비슈마는 가만히 서 있었다. 시칸디의 뒤에서 아르주나가 쏜 화살이 비슈마의 갑옷에서 약한 부분을 찾았다. 비슈마는 아르주나가 쏜 화살이 날아오는 것을 보고 창을 던져 응수했다. 아르주나는 그 창을 슬쩍 피했다.

비슈마는 전투를 끝내기로 결심했다. 그는 칼과 방패를 움켜쥐고 전차에서 내리려 했지만, 땅바닥에 곤두박이로 떨어지고 말았다. 그에게 발사된 화살들이 그의 몸에 촘촘히 박혀 있어서 땅에 떨어진 그를 화살들이 침대처럼 땅 위로 떠받쳤다. 이것을 알아차리고 양군은 싸움을 멈추었다.

아르주나는 비슈마에게 다가가서 그의 머리가 축 늘어진 것을 보고 땅에 화살 석 대를 꽂은 다음, 그의 머리를 살며시 들어 올려 화살 받침대 위에 올려놓았다. 그러자 비슈마는 목이 마르다고 말했다. 아르주나는 비슈마의 오른쪽 땅에 화살을 쏘았다. 그러자 당장 물줄기가 솟아올라 비슈마의 입술로 떨어졌다. 그것은 비슈마의 갈증을 풀어주려고 온 그의 어머니 강가였다.

비슈마는 떠날 때가 될 때까지 앞으로 오랫동안 화살 침대 위에 누워 있겠다고 말했다. 그는 자신이 원하는 만큼 오랫동안 살 수 있고 자신의 결정에 따라 죽을 수 있는 혜택을 누렸다. 비슈마는 한동안 명상에 잠긴 채 거기에 누워 있다가 두르요다나를 불러서 말했다.

"나는 이 전쟁이 내 죽음과 함께 끝나기를 바란다. 어서 사촌들과 화해해라."

카르나는 비슈마가 죽어간다는 소식을 듣자마자 도착했다. 그는 비슈마가 죽을 때까지 싸우지 않겠다는 맹세와 자신의 분별없는 말을 용서해달라고 간청했다. 비슈마는 상냥하게 대답했다.

"판다바 형제들에 대한 너의 증오심은 너무 모질고 부당한 것 같았다. 그것이 내가 너에게 엄하게 군 이유였다. 너는 마부의 아들이 아니라 수르야의 아들이다. 너는 쿤티의 맏아들이다. 판다바 형제들에게 돌아가서 이 싸움을 끝내도록 해라."

그러나 카르나는 이 충고에 따르기를 거부했다.

"저는 두르요다나가 저에게 베풀어준 친절과 도움을 제 목숨으로 보답하겠습니다. 어떤 상황에서도 다른 사람에게 충성을 바칠 수는 없습니다."

카르나는 비슈마에게 경의를 표하고, 당장 전투복으로 갈아입고 무기를 챙겼다. 그가 전차에 올라타는 것을 보고 두르요다나는 되살아난 기분을 느꼈다. 그의 군대는 이제 카르나가 다시 전투에 가담했기 때문에 승리가 손에 들어왔다고 생각했다. 전투를 재개하기 전에 드로나가 비슈마의 후임 총사령관으로 임명되었다.

두르요다나는 유디스티라를 생포할 수만 있다면 승리는 자기 것이라는 생각을 갖게 되었다.

"유디스티라를 생포하는 게 우선입니다." 그가 드로나에게 말했다. "나는 이 전쟁에서 완전한 승리도 바라지 않습니다. 유디스티라를 손에 넣을 수 있다면 그걸로 충분할 겁니다."

그는 또다시 유디스티라를 노름판에 끌어들여 또다시 12년 동안 추방할 수 있을 것이고, 그렇게 해서 전쟁을 끝낼 수 있을 거라는 기대를 품었다.

이튿날 카우라바들은 유디스티라를 생포하는 작전에 모두 참여했다. 드로나가 직접 돌격대를 지휘했다. 판다바들은 그의 계획을 알았기 때문에 유디스티라를 밤낮으로 철저히 호위했다. 유디스티라는 훌륭한 말을 이용한 드로나의 공격을 특별한 무기로 격퇴했고, 그후 아르주나가 나타나 돌격대를 쫓아버렸다.

드로나가 말했다.

"아르주나가 저기 있는 한 우리는 절대로 유디스티라를 사로잡을 수 없소. 아르주나의 주의를 다른 데로 돌려서 끌어내기 위해 무언가를 해야 합니다."

트리가르타의 왕 수사르마는 아르주나의 주의를 끌기 위해 결사대를 조직했다. 뻣뻣한 풀로 짠 천을 몸에 걸친 남자들은 자신의 장례식을 치르고, 으르렁거리는 신성한 불 앞에서 죽음의 선서를 했다.

"우리는 아르주나를 죽이거나 아니면 죽음을 당하겠다."

그들은 야마의 세계가 있는 남쪽 방향으로 행군하면서 적을 향해 큰 소리로 도전했다. 아르주나가 그 소리를 듣고 말했다.

"나는 지금 나가야 합니다. 도전을 받아들이는 것이 내 의무예요."

유디스티라가 그에게 경고했다.

"너는 나를 생포하려는 드로나의 계획을 알고 있으니 그것을 잊지 마라."

아르주나는 유디스티라를 지킬 강력한 호위대를 남겨놓고 서둘러 떠났다.

크리슈나는 아르주나의 전차를 트리가르타 부대 한복판으로 몰고 들어갔다. 처음에는 결사대가 그들을 에워쌌지만, 아르주나가 퍼붓는 화살 앞에서 곧 뿔뿔이 흩어졌다.

같은 순간, 드로나는 드리슈타듐나가 지키고 있는 유디스티라에게 접근했다. 드로나는 드리슈타듐나가 자기를 죽이기 위해 태어났다는 것을 알았기 때문에 그 젊은 왕자를 피했다. 드로나는 방향을 바꾸어 다른 방향에서 공격을 계속했지만, 몇 번을 시도해도 드로나는 유디스티라를 사로잡을 수 없었다.

이튿날 두르요다나는 드로나에게 불평했다.

"유디스티라는 겨우 몇 걸음 떨어진 곳에 있었는데, 스승님은 그를 눈감아주었습니다. 스승님이 판다바 형제들과 맞붙어 싸우기를 꺼린다는 건 저도 알고 있습니다. 비슈마도 마찬가지였지요. 스승님이 저한테 한 약속을 지키려 하지 않는 이유를 이해할 수가 없습니다!"

이 말에 드로나는 화가 나서 말했다.

"너는 쓸데없는 감정을 품고 있다. 아르주나가 가까이 있는 한 유디스티라를 사로잡을 수 없는 이유를 나는 이미 설명했다. 우리는 다시 시도할 것이다. 참을성을 가지고 나를 믿어라."

전투가 시작된 지 열사흘째 되는 날, 결사대는 다시 한 번 전장의 남쪽 지역에서 아르주나에게 도전했다. 그날 판다바들은 다른 데 신경을 쓸 여유가 없었지만, 아르주나는 그들의 도전을 처리하러 나갔다.

아르주나가 떠나자 드로나는 자기 부대를 연꽃 대형으로 재배치했다. 그것은 대형 안으로 들어오는 적이 길을 잃고 쩔쩔매게 되는 일종의 미로였다. 유디스티라는 이런 상황 변화에 불안을 느꼈고, 드로나의 공격이 격렬하여 도저히 저항할 수 없다는 것을 깨달았다. 그의 추종자들은 모두 필사적으로 연꽃 미로를 돌파하려고 했지만 한 걸음도 나아갈 수 없었다. 아르주나의 아들인 젊은 아비마뉴가 그들의 유일한 희망이었다.

유디스티라가 그에게 말했다.

"네 아버지가 없으니 이젠 네 책임이다. 네가 이 대형을 돌파하려고 애써야 한다."

아비마뉴는 자신이 없었지만 기꺼이 애써보려고 했다.

"아버지는 이 대형 안으로 뚫고 들어가는 법만 가르쳐주셨고, 여기서 나가는 법은 가르쳐주지 않았어요."

비마와 사트야키와 드리슈타듐나만이 아니라 다른 사람들도 모두 일단 미로가 돌파되면 그 출구를 통해 바로 뒤따라가겠다고 약속하면서 그를 재촉했다. 아비마뉴의 화살촉이 대형을 꿰뚫어 양군 병사들을 놀라게 했다. 그는 적을 격파하면서 길을 열었고, 모든 장애를 극복하면서 돌파구 속으로 깊숙이 전진했다. 하지만 뜻밖에도 신두의 군주이자 드리타라슈트라의 사위인 자야드라타가 자기 부대를 움직여 돌파구를 완전히 봉쇄했기 때문에, 비마를 비롯한 나머지 사람들은 아비마뉴를 따라 전진할 수가 없었다. 아비마뉴는 맹렬한 기세로 적진을 돌파했다. 이윽고 이 젊은 전사와 맞붙어 싸우기 위해 두르요다나가 직접 내려왔다. 드로나, 아스와타마, 크리파, 카르나, 사쿠니, 그밖에도 많은 전사들이 젊은이를 없애려고 힘을 합쳤다. 그는 최대한 그들의 공격에 대항했지만, 결국 살해되고 말았다.

아르주나는 결사대를 무찌르고 저녁에 아군 진영으로 돌아오자마자 아들이 죽은 것을 알았다. 그는 울면서 소리쳤다.

"나는 연꽃 대형으로 뚫고 들어가는 법만 가르쳐주고 거기서 어떻게 나오는지는 가르치지 않았어. 내일 해가 지기 전에 내 아들을 함정에 빠뜨린 자야드라타를 반드시 죽일 것이다."

아르주나의 맹세를 들은 자야드라타는 이튿날 전차와 코끼리, 병사들로 이루어진 요새 뒤에 저녁 늦게까지 머물러 있었다. 아르주나는 적진을 뚫고 들어가, 해가 지는 서녘 하늘을 불안하게 바라보고 있는 자야드라타에게 이르렀다. 하늘이 어두워지자 아르주나가 장담한 시한이 지났다고 확신한 자야드라타는 숨어 있던 곳에서 나왔다. 그 순간 아르주나가 화살 한 발로 그를 쓰러뜨렸다. 이제 하늘이 다시 밝아졌다. 아직 낮이었다. 크리슈나가 원반을 쳐들어 해를 가리는 방법으로 가짜 일몰을 만들어낸 것이다. 크리슈나가 이런 전략을 채택한 것은 그것이 자야드라타를 은신처에서 끌어내어 그 끔찍한 날의 사건들을 마무리지을 수 있는 유일한 방법으로 여겨졌기 때문이다.

그밖에도 많은 곳에서 전투가 벌어졌다. 비마와 카르나가 서로 맞섰다. 비마는 자신의 본령을 발휘했다. 두르요다나가 카르나를 도우려고 형제들을 보냈는데, 비마는 그날 그들 가운데 열두 명을 죽였기 때문이다. 비마는 공회당에서 드라우파디가 당하는 치욕을 구경하며 낄낄거린 두르요다나의 수많은 형제를 죽이고 그 수를 줄이기 위해 태어난 듯한 기분이 들었다.

카르나는 여러 번 격퇴를 당했고, 두르요다나의 형제들을 그렇게 많이 잃은 데 낙심했다. 하지만 그는 곧 정신을 차리고 비마의 활과 무기를 파괴하여 그를 사실상 무장해제시켰을 뿐만 아니라, 그의 전차와 몰이꾼과 말까지도 모두 파괴하거나 죽였다. 그래서 비마는 심지어 코끼리의 시체 뒤에 숨기까지 하면서 은신처를 찾아 이리저리 달아날 수밖에 없었고, 말의 다리나 부서진 바퀴, 나무토막 등 손에 넣을 수 있는 거라면 뭐든지 집어 들고 자신을 방어해야 했다.

카르나는 그를 비웃었다.

"식충아, 숲으로 돌아가서 풀이나 씹어라. 너는 크샤트리야가 아니라 야만인이다."

이날 병사들은 기분이 몹시 나빠졌기 때문에 전쟁의 관례를 존중할 수 없었다. 양군은 시간제한을 버리고, 수천 개의 횃불에 의지하여 밤에도 싸움을 계속했다. 비마의 아들 가토트카차는 밤에 유난히 힘이 강해지는 것을 느꼈다. 그것이 마귀의 본성이었기 때문이다. 그와 그의 부대는 수많은 방법으로 카우라바들을 괴롭혔다. 그들은 초자연적인 힘을 가졌고, 보통 계산으로는 그들의 전략을 예측할 수 없었다. 그들은 보이지 않는 곳에서 화살을 빗발치듯 쏘아댔고, 머리 위의 허공에서 공격을 가했고, 마음 내키는 대로 시야에서 사라졌고, 카우라바 군대에 막대한 피해를 주었다. 카우라바들은 가토트카차가 헤아릴 수 없는 방법으로 그들을 멸망시킬 거라고 느꼈기 때문에 필사적이 되어 카르나에게 가토트카차를 죽여 달라고 간청했다.

카르나도 가토트카차가 쏜 화살에 맞아서 고통에 시달리고 있었다. 그는 인드라의 선물인 마법의 창을 소유하고 있었다. 그 창은 요리조리 피하는 적을 추적할 수 있었다. 하지만 그 효능은 한

번밖에 사용할 수 없었다. 카르나는 아르주나에게 사용하기 위해 그 무기를 아끼고 있었지만, 이날은 고통과 절망 때문에 깜박 잊고 그 창을 던져서 가토트카차의 생애를 끝냈다. 아르주나는 이 위험에서 구조된 게 분명하지만, 그 대가로 치른 것은 가토트카차의 목숨이었다.

전투가 끊임없이 계속된 그날 밤은 모든 점에서 중대한 밤이었다. 드로나는 도처에 죽음과 파괴를 퍼뜨렸다. 크리슈나는 그의 활동을 지켜보다가 선언했다.

"우리는 저 무서운 자를 죽여야 한다. 그는 무적이고, 우리 군대의 마지막 병사가 없어질 때까지 밤낮으로 활동을 계속할 수 있다. 우리는 가능한 수단을 모두 동원하여 그의 싸움을 중단시켜야 한다. 그의 기를 꺾어야 한다. 그의 민감한 부분은 아들인 아스와타마에 대한 애정뿐인데, 아스와타마를 이길 수는 없지만, 그가 죽었다는 소식을 전할 수만 있다면 늙은 스승의 활동을 중지시킬 수 있을 것이다. 그러면 누가 지금 그에게 가서 아스와타마가 죽었다는 소식을 전하겠는가? 지금 이 순간 아스와타마는 평원의 다른 곳에 멀리 떨어져 있다. 그가 죽었다고 거짓말을 해도 무사히 넘어갈 수 있을 것이다."

아르주나는 이 속임수에 가담하기를 거부했다. 한 사람씩 차례로 붙잡고 물어봤지만, 설령 자기 자신을 구하기 위해서라 할지라도 거짓말을 할 수는 없다고 모두 거절했다. 그들은 곰곰 생각에 잠겼다. 시간이 흐르고 있었다. 드로나의 공격은 전혀 약해지지 않았기 때문에, 그것은 그들의 부하 병사들과 그들의 가족과 그들 자신의 생존 문제였다.

유디스티라는 그 제안을 깊이 생각하고 속임수를 정당화하는 상황을 충분히 생각하고 나서 말했다.

"내가 가서 드로나에게 말하겠습니다. 이 속임수가 나를 지옥에 떨어뜨린다 해도 나는 그 벌을 받아 마땅하지만, 우리의 대의명분은 강력합니다. 크리슈나여, 나는 당신을 믿습니다. 당신이 제안하면 받아들여야 합니다. 이 중대한 때, 우리에게는 다른 길이 없습니다."

이 계책이 그럴싸해 보일 수 있는 상황을 만들어내기 위해 비마는 철퇴를 들고 아스와타마라고 명명한 코끼리의 두개골을 박살냈다. 그런 다음 비마는 큰 소리로 외쳤다.

"내가 아스와타마를 죽였다!"

드로나는 그의 수중에 있는 무기 중에서 가장 치명적인 '브라마 아스트라'를 막 쏘려는 순간, 그 소리를 들었다. 그 무기를 쏘았다면 판다바들과 그들의 군대가 순식간에 떼죽음을 당했을 것이다. 그는 유디스티라가 절대로 거짓말을 하지 않을 사람이라고 믿었기 때문에 유디스티라에게 물었다.

"유디스티라, 말해다오. 아스와타마가 살해되었느냐?"

유디스티라가 대답했다.

"예, 사실입니다." 그리고 이렇게 덧붙였다. "하지만 그건 아스와타마라는 코끼리입니다."

그는 마지막 부분을 말할 때 속삭이는 소리로 목청을 낮추었기 때문에 드로나는 그 부분을 듣지 못하고 낙담했다. 그는 살아갈 이유가 없어졌다고 느꼈다.

비마는 이 순간을 노려서 그를 비난했다.

"스승님은 브라만인데, 의무를 버리고 크샤트리야처럼 전사가 되셨습니다. 스승님은 혈통의 의무를 저버렸습니다. 지식과 평화를 전파하는 대신, 파괴를 위한 무기 사용법을 사람들에게 가르쳤습니다. 스승님은 생명을 죽이는 것을 한껏 즐겼습니다. 그렇게 자신의 품위를 스스로 떨어뜨린 것이 스승님의 불운이었습니다."

드로나는 이 말에 몹시 기분이 상했지만, 아들이 죽었다는 소식은 그의 감각을 마비시켰다. 그는 무기를 내던지고 갑옷을 벗어던지고 전차 바닥에 주저앉아 명상에 잠겼다. 아니, 실제로는 망연자실한 상태에 빠졌다. 바로 그 순간, 드리슈타듐나가 그의 전차에 뛰어올라 누가 알아차리기 전에 칼을 빼들어 드로나의 목을 베었다. 그리하여 아버지가 오래전에 당한 굴욕을 앙갚음했다.

다음에는 카르나가 카우라바 군대의 총사령관이 되었다. 아르주나는 지금이 그에게 도전하기에 좋은 때라고 생각하여 전투를 재개했다. 비마가 그의 전차 뒤에서 그를 지원했다.

이제 두사사나가 화살을 빗발처럼 퍼부으며 비마를 공격하기 위해 접근했다. 비마는 이 기회에 흥분하여 외쳤다.

"지금이야말로 맹세를 이행할 순간이다."

그는 드라우파디가 공회당에 모인 사람들 앞을 질질 끌려다니던 광경을 회상하며 전차에서 뛰어내려 두사사나에게 덤벼들었다. 그는 두사사나를 넘어뜨리고 그의 손을 쥐어뜯으면서 외쳤다.

"이 손이 드라우파디의 머리채를 잡고 질질 끌고 다닌 그 손이렷다!"

그는 피를 흘리고 있는 손을 두르요다나의 얼굴로 던졌다. 그런 다음 맹세를 지키기 위해 두사사나의 시체에서 쏟아져 나오는 피를 마셔서 두르요다나를 비롯한 구경꾼들에게 충격을 주었다.

카르나는 그 광경에 기가 꺾여서, 분노를 표출하는 비마에게 눈을 고정시킨 채 잠시 꼼짝도 못하고 서 있었다.

살야는 카르나의 전차를 몰면서 말했다.

"보아하니 당신은 동요하고 있군요. 망설이는 게 당연한 상황이긴 하지만, 지금은 장군으로서 단호하게 행동해야 합니다. 낙담하지 마세요. 두사사나가 죽었으니 이제 모든 책임은 당신에게 지워져 있습니다."

카르나는 아르주나 쪽으로 전차를 몰게 하여 가장 뛰어난 무기를 발사했다. '뱀'이라고 불리는 눈부신 불화살이 불을 토하며 아르주나의 머리를 찾아 날아왔다. 크리슈나가 제때에 전차를 눌러 땅

속으로 손가락 다섯 개 깊이만큼 박아 넣었다. 덕분에 화살은 아르주나의 머리를 맞히지 못하고 투구를 떨어뜨렸다. 화가 나서 얼굴이 시뻘개진 아르주나는 적을 죽이려고 화살을 시위에 메겼다. 운명의 시간이 다가온 바로 그 순간, 카르나가 타고 있던 전차의 왼쪽 바퀴가 피에 젖어 진창이 된 땅에 빠져 꼼짝 못하게 되었다. 카르나는 바퀴를 들어 올리려고 전차에서 뛰어내렸다.

"잠깐만 기다려라." 그가 외쳤다. "내 전차가 진창에 빠졌다. 전차를 끌어낼 때까지만 기다려라. 명예를 아는 전사라면 곤경에 처한 상대를 공격하는 비겁한 짓은 못할 것이다."

아르주나는 망설였다. 그러자 크리슈나가 외쳤다.

"명예라고? 그 낱말을 너무 늦게야 기억해냈구나! 네가 아무 잘못도 없이 끌려간 여자를 조롱하던 그날, 너의 명예는 어디 있었느냐? 너는 충분히 피할 수 있었을 때에도 악의에 찬 놈들과 연합하는 쪽을 택했다. 네 형제들에 대한 증오심에 빠진 너는 눈이 멀었고 대의명분도 없었다. 그 어린 아비마뉴보다 나이가 세 배나 많은 놈들이 그 아이를 떼로 몰려가 죽였을 때, 네가 말하는 그 명예는 어디 있었느냐?"

크리슈나는 그렇게 비난하면서 그에게 결정타를 먹이라고 아르주나를 재촉했다.

카르나는 이제 전차로 돌아가 화살을 활에 메기고 쏘았다. 아르주나는 그 위력에 깜짝 놀랐다. 그가 머뭇거리자 카르나는 전차 바퀴를 들어 올리려고 다시 전차에서 내려갔다. 바퀴가 여전히 꿈쩍도 하지 않자 그는 브라마 아스트라를 쏘려고 했다. 하지만 바로 그 순간, 그의 스승인 파라수라마가 일찍이 그에게 내린 저주—결정적인 순간에 그가 무기를 잊게 될 것이라는 저주—가 효력을 발휘했다. 그는 만트라가 기억에서 빠져나가는 것을 깨닫고 절망에 빠졌다. 아르주나는 상대가 곤경에 처한 것을 이용하고 싶지 않아서 망설였다. 하지만 크리슈나가 독촉했다.

"더 이상 머뭇거리지 말고 어서 쏴라."

이 말을 듣고 아르주나는 마음을 독하게 먹고 화살을 날려 카르나의 머리를 잘라버렸다.

카르나마저 죽는 것을 보고 슬픔에 빠진 두르요다나에게 크리파가 말했다.

"야망과 탐욕 때문에 너무 많은 희생을 치렀네. 이제 그대에게 남은 길은 하나, 판다바들과 화평을 맺는 일이네. 파멸뿐인 이 싸움을 어서 끝내도록 하게."

"아닙니다. 서로 이렇게 많은 피를 흘려놓고 이제 와서 무슨 화평입니까? 나한테 가장 소중한 이들을 모두 죽여서 피를 흘리게 한 판다바들과 내가 어떻게 화평할 수 있겠습니까? 나는 죽을 때까지 그들과 싸울 것입니다."

그는 살야를 새로운 총사령관으로 임명한 뒤, 그야말로 죽을 때까지 싸웠다.

판바다 진영에서는 유디스티라가 직접 나서서 살야와 싸워 그를 죽였다. 선량한 인물로만 알려졌던 유디스티라의 뛰어난 무공에 모두 깜짝 놀랐다. 살야는 가장 용감한 전사 중 하나였지만, 그 전투에서 유디스티라는 놀랄 만한 집요함과 능력을 보여주었고, 살야의 주검이 흙먼지 속으로 굴러 떨어질 때까지 공격을 멈추지 않았다.

최후의 맹장 살야마저 쓰러지자 카우라바 진영의 군사들은 모두 희망을 잃어버렸다. 그러나 드리타라슈트라의 남은 아들들은 힘을 합쳐 비마를 공격했다. 그러나 비마는 그들을 모두 죽이고 나서 외쳤다.

"아직 우두머리가 살아 있다. 내가 그를 처리하겠다."

그는 두르요다나를 찾으러 갔다.

두르요다나는 사쿠니까지도 판다바 형제들 가운데 막내인 사하데바의 손에 죽은 것을 알았을 때, 모든 희망을 잃었다.

살아남은 군사들마저 달아나거나 뿔뿔이 흩어지는 바람에 두르요다나는 더 이상 군대를 편성할 수 없었다. 홀로 남게 된 두르요다나는 철퇴를 들고 호수를 향해 걸어갔다. 그는 물을 휘저어 자신의 마력으로 물을 가르고 밑바닥에 숨어 있었다. 유디스티라와 그의 동생들이 그를 추격한 끝에 이윽고 호수 바닥에서 그를 발견

했다,

유디스티라가 말했다.

"가문과 일족을 망쳐놓고서 혼자 살겠다고 물속에 숨어 있다니, 부끄럽지도 않은가?"

두르요다나는 오만하게 대답했다.

"나는 숨으려고 여기 온 것이 아니다. 아직도 내 안에서 날뛰고 있는 불길을 식히려고 왔을 뿐이다. 나는 죽음도 두렵지 않고 살고 싶지도 않다. 그런데 싸울 필요가 무엇인가? 내가 소중히 여기던 친구들은 모두 가버렸다. 왕국에 대한 욕망도 사라져버렸다. 모두 다 가져라. 너는 세상을 차지하기 위해 그렇게 많은 생명을 죽였으니, 세상을 가져라."

"바늘 끝 하나 꽂을 땅도 주기를 거절하더니, 정말 너그러워졌구나! 우리가 평화를 간청하고 왕국의 일부만 달라고 애원했을 때는 우리의 제안을 일축하더니, 이제 우리더러 다 가져가라고? 우리가 싸웠던 것은 땅이나 왕국 때문이 아니었다. 내가 너의 죄상을 모두 열거해야 한단 말이냐?"

두르요다나는 철퇴를 들고 물에서 나왔다.

"나는 혼자다. 한 사람씩 차례로 나서라. 너희 모두와 싸우겠다. 이렇게 갑옷도 없이 혼자 남은 나를 상대로 한꺼번에 덤비지는 않겠지?"

"한꺼번에 공격하는 것이 그렇게 나쁘다면 어떻게 그 어린 아비마뉴에게는 그따위 짓을 할 수 있었단 말이냐? 좋다. 갑옷을 입고, 우리들 중 누구와 싸울지 선택해라. 죽어서 천국에 가든지, 살아서 왕이 되든지 하여라."

크리슈나는 유디스티라가 두르요다나에게 그런 제의를 하는 것은 큰 실수라고 느꼈다. 두르요다나의 적수가 될 수 있는 것은 비마뿐이었기 때문에 크리슈나는 서둘러 말했다.

"비마, 준비하게."

그들은 두르요다나에게 호수에서 나올 시간을 주었다. 이윽고 싸움이 시작되었다. 비마와 두르요다나는 둘 다 철퇴를 능숙하게 사용해서, 싸움은 호각지세를 이루었다. 무기가 부딪칠 때마다 불꽃이 튀었다. 싸움은 오래 계속되었고, 영원히 끝나지 않을 것처럼 보였다.

결투를 지켜보다가 크리슈나가 아르주나에게 말했다.

"비마는 두르요다나의 무릎을 박살내겠다는 맹세를 잊지 않았을 것이다."

실은 비마에게 들으라고 한 말이었다. 비마도 그 말을 귓결에 듣고, 13년 전의 치욕이 생생하게 생각났다. 그는 사자처럼 두르요다나에게 덤벼들어 철퇴를 내리쳐서 그의 무릎을 박살내버렸다. 두르요다나가 땅바닥에 쓰러지자 비마는 그의 머리를 짓밟고, 쓰러진 몸뚱이 위에서 춤을 추었다.

그러자 유디스티라가 비마를 타일렀다.

"그만하면 됐다. 너는 너의 맹세를 지켰다. 그래도 두르요다나는 왕이었고 우리 사촌이다."

"여기서 꾸물거리면 안 된다." 크리슈나가 말했다. "이 사악한 자의 사악한 영혼은 이제 곧 떠날 것이다. 왜 꾸물거리는가?"

두르요다나는 무력하게 눈을 뜨고, 분노에 불타는 눈으로 그들을 좇으며 말했다.

"크리슈나, 당신의 비열한 속임수가 이 전사들에게 승리를 가져다주었다. 드로나, 비슈마, 카르나, 자야드라타는 당신의 교활한 속임수가 아니었다면 죽지 않았을 것이다. 부끄럽지도 않으냐?"

크리슈나가 대답했다.

"너의 탐욕과 증오가 너와 추종자들을 이런 상황에 빠뜨렸다. 너 자신을 위해 기억해라. 네가 주사위 노름에서 어떻게 이겼는지 말이다. 내 속임수에 대해선 말하지 마라. 그게 없었다면 너와 네 친구들은 아직도 세상에 부담을 주고 있을 것이다. 나는 거기에 종지부를 찍었을 뿐이다. 쓸데없는 전쟁을 끝낸 것은 전혀 잘못이라고 생각지 않는다. 어쨌든 너의 마지막 순간을 후회 속에서 보내거라."

하지만 두르요다나는 끝까지 대들었다.

"뻔뻔한 놈! 당신은 신이라고 자칭하지만, 나는 인정하지 않는다. 당신은 저 거지들과 연합하여 그들을 후원하려고 애썼다. 나를 생각해봐라. 나는 잘 살았다. 결코 왕에 못지않았고, 내 마음대로 살았다. 나는 인생에서 모든 것을 누렸고, 아무것도 후회할 게 없다. 나는 친구들에게 충실했으며, 마지막 순간까지 적들에게 공포의 존재였다. 비마는 내 몸뚱이 위에서 춤을 추고 내 머리를 짓밟았지만, 나는 개의치 않는다. 송장이나 다름없는 몸뚱이에 그렇게 원한을 품다니, 얼마나 미련한 짓인가. 내 몸은 이제 곧 죽을 것이다. 나는 전사들이 가는 천국에 갈 것이고, 그곳에는 내 친구들이 나를 기다리고 있을 것이다. 그러나 당신과 판다바들은 땅에 묶인 채 고통을 받을 것이다. 더구나 전사끼리는 상대의 하체를 공격하지 않는 것이 다르마임에도 비마는 비열하게 불법을 자행했다. 당신이 그를 선동했기 때문이다. 이런 사실이 알려지면 온 세상이 두고두고 당신을 경멸할 것이다."

16

승리와 슬픔

전쟁이 끝나자 하스티나푸라는 통곡의 도시로 변했다. 판다바들은 하스티나푸라로 돌아갔다. 그들이 아들 백 명을 모두 잃은 드리타라슈트라 왕과 간다리 왕비를 마주하기는 어려웠다.

드리타라슈트라가 물었다.

"비마는 어디 있느냐? 비마에게 인사를 하고 싶다."

노인의 마음을 알아차린 크리슈나는 쇠로 만든 비마의 인형을 그에게 안겨주었다. 눈이 먼 드리타라슈트라는 자식들에 대한 애정과 그 자식들을 모조리 죽인 비마에 대한 분노를 이길 수 없어 그 조각상을 힘껏 끌어안았다. 그러자 인형은 산산조각으로 부서져 그의 품에서 떨어졌다.

"오, 비마야! 내가 너를 너무 강하게 안았구나. 내가 너를 죽이고 말았구나."

크리슈나는 늙은 왕의 위선을 잘 알고 있었기 때문에 이렇게 말했다.

"대왕님은 비마를 죽이신 것이 아니라 쇠로 만든 인형을 부셔뜨렸을 뿐입니다. 이제 제발 분노를 죽이십시오. 비마는 살아 있습니다."

드리타라슈트라는 자신의 처지를 깨닫고 말했다.

"비마가 살아 있는 걸 알아서 기쁘오. 내 슬픔이 나를 무분별하게 만들었소. 크리슈나, 나의 무분별한 행동으로부터 비마의 목숨을 구해주어서 고맙소."

이 행동이 노인의 마음속에 있던 분노와 원한을 완전히 고갈시켰다. 이제 그는 상황을 현실적으로 볼 수 있었고, 나라에 평화를 회복하기 위해 미래를 논의할 수 있었다.

하지만 간다리의 슬픔은 줄어들지 않았다. 그녀는 크리슈나를 돌아보며 혀로 그를 채찍질했다.

"이제 우리가 이런 처지에 놓인 걸 보니 행복한가요? 당신의 속임수가 우리 가족한테 이렇게 큰 슬픔을 가져다주었어요. 당신은 내 아들들한테 극악무도한 죄를 지었어요."

"그건 모두 그렇게 정해진 운명이었습니다." 크리슈나가 대답했다. "이건 모두 당신 아들들의 카르마가 낳은 결과였습니다. 이제 그들은 죄를 씻었으니, 영웅적으로 죽은 전사들을 위해 마련된 천국에 가 있는 것을 기뻐하세요."

간다리는 계속 흐느껴 울었다.

"당신의 말은 나에게 별로 위안이 되지 않아요. 당신 자신의 행위가 낳은 결과로 당신도 똑같이 고통당하는 것을 볼 때까지는 내 마음이 편치 않을 거예요. 바라건대 오늘부터 36년 뒤에 모든 브리슈니(크리슈나의 종족)들이 서로 죽이고 당신 혼자만 남아서 갑자기 죽을지어다."

크리슈나는 웃으면서 말했다.

"그렇게 말해서 기분이 나아지면 좋겠군요. 나는 앞일을 알고 있습니다. 당신의 저주가 있든 없든, 정확히 36년 뒤에 우리 브리슈니들은 싸움을 벌여 서로 죽일 겁니다. 내가 이 세상을 어떻게 떠날 것인지도 나는 정확히 알고 있습니다."

판다바 형제들은 애도 기간인 한 달을 하스티나푸라 도성 밖에서 보내야 했다. 그들은 비두라와 산자야와 드리타라슈트라와 함께 신성한 강둑에서 천막을 치고 야영을 했다. 궁전의 여인들도 모두 함께 야영을 했다. 거기서 그들은 죽은 영혼들의 구원을 위해 다양한 의식을 거행했다. 그들이 야영하는 동안, 나라다와 브야사를 비롯한 모든 성자들이 그들을 찾아왔다.

나라다가 유디스티라에게 말했다.

"이제 당신은 세상을 정복하고 왕이 되었는데, 승리가 기쁘십니까?"

나라다는 성자였기 때문에 이 질문이 유디스티라에게 어떤 영향을 미칠지 알고 있었다.

"승리라고요!" 유디스티라가 대답했다. "나는 승리를 얻을 만한 일을 거의 하지 않았습니다. 크리슈나의 성원과 비마와 아르주나의 무예와 용맹이 우리에게 승리를 가져다주었지요. 하지만 저에게 이런 승리는 패배보다 못합니다. 드라우파디가 낳은 아들들이 모두 죽었습니다. 아비마뉴를 잃은 아르주나를 어떻게 마주볼 수 있겠습니까? 나 때문에 목숨을 잃은 자들의 어머니와 아버지와 친척들을 내가 어떻게 마주할 수 있겠습니까?

가장 괴롭고 충격적인 문제가 하나 있습니다. 얼마 전까지만 해도 나는 카르나가 우리 어머니 쿤티의 아들이라는 것을 몰랐습니다. 나는 카르나를 마부의 아들로만 알고 있었는데, 어머니가 카르나의 내력을 말해주었습니다. 카르나를 볼 때마다 그에게 애정을 느낀 것을 기억합니다. 전쟁터에서 그가 격렬하게 싸우던 순간에도, 노름판에서 그가 그토록 분별없는 말을 했을 때에도, 나는 물론 분노를 느꼈지만, 우연히 그의 발을 보았을 때 그 발이 어머니의 발과 너무 닮아서 계속 화를 낼 수가 없었던 일을 기억하고 있습니다. 우리는 아무도 그가 우리 형이라는 것을 몰랐습니다. 그가 어머니와 닮았다고 생각하면서도 그 이유를 깨닫지 못했습니다. 그는 왜 저주를 받았습니까? 마지막 순간에 그의 전차 바퀴가 진창에 빠진 이유는 무엇입니까? 당신은 과거와 미래를 알고 있습니다. 내가 운명의 작용을 이해할 수 있도록 그 이유를 말해주십시오. 카르나는 왜 브라마 아스트라를 쏘지 못했습니까?"

그러자 나라다는 카르나에 관한 이야기를 이것저것 들려주었다. 이미 알고 있는 이야기도 많았으나 처음 듣는 이야기도 있었다.

젊은 시절, 아르주나의 궁술이 자신보다 뛰어나다는 것을 알게 된 카르나는 파라수라마를 찾아가 '브라마 아스트라'를 가르쳐달라고 애원했다. 파라수라마는 모든 크샤트리야의 원수를 자처했기 때문에, 카르나는 자기가 브라만이라고 속여 파라수라마의 제자가 되었다.

어느 날 오후 숲속에서 파라수라마는 몹시 피곤하여, 나무 그늘에서 카르나의 무릎을 베고 깊이 잠들었다. 바로 그때 괴물 같은 벌레―실제로는 곤충 모양의 마귀였던 거대한 지네―가 카르나의 무릎에 이빨을 박고 피를 빨아먹었다. 카르나는 스승의 휴식을 방해하지 않으려고 근육 하나 움직이지 않고 고통을 참았다. 낮잠에서 깨어난 파라수라마는 카르나의 무릎이 피로 물든 것을 보고, 어찌 된 일인지 설명해보라고 말했다.

"너는 크샤트리야인 게 분명하다. 브라만은 이런 고통을 참아낼 수 없다. 너는 브라만이라고 자칭하여 나를 속였으니, 이 잘못에 대한 벌로 저주를 내리겠다. 내가 가르친 만트라는 네가 브라마 아스트라를 사용할 기회가 올 때까지만 네 기억에 남아 있을 것이고, 결정적인 순간에는 기억에서 사라질 것이다."

그래서 카르나는 아르주나에게 브라마 아스트라를 사용하려고
했을 때 만트라를 기억해내지 못하게 된 것이었다.

나라다는 또한 카르나의 전차 바퀴가 마지막 순간에 진창에 빠
져 꼼짝 못하게 된 이유도 설명했다.

"옛날에 카르나는 부주의로 어떤 은자의 암소를 죽였습니다. 은
자는 격분하여 카르나에게 저주를 내렸지요. '결정적인 순간에 대
지가 네 전차 바퀴를 삼킬 것이다.' 이 저주 때문에 카르나는 전쟁
터에서 아르주나 쪽으로 전진할 수 없었던 것입니다."

이런 설명은 유디스티라의 슬픔을 어느 정도 누그러뜨렸지만,
그래도 그의 마음은 여전히 회한으로 가득 차 있었다. 그는 아르
주나를 돌아보며 말했다.

"우리의 적은 공덕을 얻어 지금 천국에 있지만, 우리는 살육을
후회하는 이 참회의 지옥에서 살아야 한다. 슬픔만이 우리가 받은
보상이다! 생명을 죽이는 것이 크샤트리야의 의무라는 말은 두 번
다시 하지 마라. 살육만이 인생의 규칙이라면 나는 크샤트리야라
고 불리고 싶지 않다. 나는 사문(출가수행자)이 되겠다. 내가 동정과
용서를 베풀었다고 생각할 수 있다면, 이 모든 승리를 얻은 것보
다 훨씬 행복할 것이다. 고기 한 조각을 차지하기 위해 싸우는 개
들처럼 우리는 피를 나눈 친척들과 싸워서 그들을 죽였다. 우리는
두르요다나의 무분별한 증오심 때문에 그런 처지로 내몰렸지만,
이제 우리는 이런 식으로 그보다 오래 살면서도 아무런 기쁨도 누

리지 못하고 있다. 아르주나, 네가 이 나라의 왕이 되어라. 나는 숲으로 떠나야겠다. 고행과 무소유의 은둔 생활을 하면서, 숲속의 천진난만한 동물들과 나무들만 벗으로 삼아서 살겠다."

유디스티라가 사문으로서의 생활을 계속 노래했기 때문에, 아르주나는 화가 나서 그의 말을 가로막지 않을 수 없었다.

"그만하면 됐어. 그렇게 많은 것을, 그렇게 많은 생명을 희생하고 왕국을 얻었으니, 그 왕국이 형보다 못한 사람의 손에 들어가 고통받지 않도록 왕국을 다스리는 게 형의 의무야. 가난한 사람들을 부양하고 희생적인 행위를 후원하고 통치자로서 신의 정의를 유지하는 것이 형의 의무야. 형은 크샤트리야에게 허용된 정당한 수단으로 얻은 왕의 권력을 갖지 않고는 절대로 이것을 해낼 수 없을 거야. 형이 번영하고 부유하지 않으면 이 점에서 형의 의무를 절대로 수행할 수 없을 거야. 거지는 남을 도울 수 없고, 약골은 다른 사람들에게 쓸모있는 존재가 될 수 없어. 금욕적인 생활은 우리가 아니라 오로지 거지에게만 어울리는 생활이야. 재산을 소유한 사람은 박식하고 존경할 만한 사람으로 여겨지지. 재산은 더 많은 재산을 가져다줘. 종교 활동, 쾌락, 즐거움, 인생의 모든 성취는 재산에서 생겨나는 거야. 재산이 없는 사람은 이 세상만이 아니라 내세에서도 경멸당해. 다툼과 의견 차이는 천상의 신들 사이에도 존재해. 천계에서도 그런데, 우리 인간 사회에도 의견 차이와 싸움이 존재하는 게 뭐가 잘못이야? 영광은 싸워서 얻고, 인생의 좋은 것들은 모두 그 영광에서 생겨나는 거야. 그건 모두 락슈미 여신의 선물로 알려져 있고, 그런 선물을 퇴짜놓는 사람은 여신의 기분을 상하게 하지. 남에게 손해를 주거나 남을 해치지 않고 얻은 재산은 어디에서도 찾아볼 수 없다는 걸 잊지 마."

그래도 유디스티라는 고행에 대한 자신의 철학을 되풀이했다. 그의 금욕적 사고방식에 화가 난 비마가 퉁명스럽게 말했다.

"형, 그런 말은 제발 그만둬. 형의 정신은 균형을 잃었고, 형은 현실을 보지 못하고 있어. 형은 경전을 앵무새처럼 암송만 해대는 자들과 마찬가지야. 그들은 아무 관련성도 없는 말을 계속 지껄이지. 왕의 의무를 그처럼 나쁘게 생각한다면, 형이 우리에게 드리타라슈트라의 가족을 몰살하게 한 것은 불필요한 짓이었어. 이게 형의 철학이라는 걸 알았다면 우리는 싸울 상대가 누구든 무기를 드는 데 동의하지 않았을 거야. 적을 죽였으니 이 왕국의 고삐를 잡고 진정한 크샤트리야답게 다스리는 것이 형의 의무야. 형이 아무리 싫어해도 이제 와서 형의 신분을 바꿀 수는 없어. 형의 행동은 우물을 파느라 젖은 진흙으로 온몸을 더럽힌 뒤 물이 막 솟아나고 있을 때 물러나는 사람과 비슷해. 형은 적들을 모조리 죽인 뒤 결국 자살하는 사람과 비슷해. 우리는 형을 추종했지만, 이제 형의 지성이 의심스럽다는 것을 깨달았어. 제발 우리 입장도 생각해줘. 자신의 감정만 중시하는 건 이기적인 짓이야. 은둔 생활은 불치병에 걸렸거나 실패로 괴로워하고 있는 왕들만 선택해야 돼. 극기와 수동성이 최고의 미덕이라면 산과 나무가 가장 고결한 피조물이어야 해. 산과 나무는 항상 초연한 생활을 하고 아무도 방해하지 않으니까."

가장 나이가 어린 쌍둥이도 몹시 당황하여 목소리를 보탰다. 줄곧 이야기를 듣고 있던 드라우파디도 의견을 덧붙였다.

"동생들은 목이 바싹 마를 때까지 설교하고 소리를 질렀어요. 당신은 완고한 고집으로 동생들을 불행하게 만들고 있어요. 동생들은 오랫동안 계속 고통을 받아왔는데, 그게 다 당신에 대한 헌신적인 애정 때문이었죠. 당신이 드와이타바나에서 추위와 더위와 비바람을 견디고 있을 때 저한테 한 말이 기억나지 않으요? '우리는 우리 권리를 위해 싸우고, 두르요다나를 죽이고, 통치자로서 다시 한 번 이 세상을 누릴 것이다.' 당신은 우리가 우리 왕국을 다시 얻으면 그동안 겪은 고생도 잊게 될 거라고 약속했어요. 당신은 그렇게 맹세했는데, 왜 이제 와서 그 약속을 깨는 건가요? 시어머니가 어느 날 저를 불러서 말씀하셨어요. '유디스티라는 항상 너를 행복하게 해주고 잘 보살펴줄 것이다.' 그런데 수천 명의 사람을 죽인 뒤 당신은 그 약속을 헛되이 만들려 하고 있군요. 맏이가 미치면, 그를 따르는 사람들도 모두 미칠 수밖에 없어요. 동생들한테 독자적인 판단력이 남아 있다면, 당신을 움직이지 못하게 하고, 당신을 사로잡아 가두어놓고, 자기들이 세상의 주권을 차지했어야 합니다. 광기에 시달리는 사람은 의사의 치료를 받아야 하고, 아무도 그에게 복종하면 안 됩니다. 나는 세상의 누구보다도 비참하지만, 자식들을 모두 잃었는데도 여전히 살고 싶습니다. 내 말이나 동생들의 말을 무시하면 안 됩니다."

아르주나는 응징자로서 왕의 의무를 설명했다.

"왕이 손에 쥐고 있는 철퇴를 '단다(권표)'라고 부르는데, 그것이 사악한 자들을 억누르고 벌을 주기 때문이야. 처벌에 대한 두려움만이 사람들을 진실과 복종과 규율의 길에 붙잡아둘 수 있지. 바늘로 꿰찌르지 않으면 어떤 어부도 물고기를 잡을 수 없어. 신들 중에서도 사나운 신들이 가장 존경을 받지. 루드라, 스칸다, 아그니, 바루나는 모두 학살자들이야. 모든 사람들이 그 신들 앞에서는 기가 죽지. 이 세상에서 남을 해치지 않고 생명을 유지하는 생물은 찾아볼 수 없어. 동물은 동물을 먹고 살고, 더 강한 동물이 약한 동물을 잡아먹지. 고양이는 생쥐를 잡아먹고, 개는 고양이를 잡아먹고, 개는 표범한테 잡아먹히고, 모든 생물은 다시 죽음의 신에게 먹히지. 고행자들조차 생물을 죽이지 않고는 제 생명을 유지할 수 없어. 물과 흙과 식물에는 눈에 보이지 않는 작은 생명체가 많지만, 고행자가 영양분을 섭취할 때 그들은 생명을 잃게 되지. 이 왕국은 이제 우리 거야. 우리의 의무는 필요할 때 단다를 사용하면서 행복을 촉진하고 세상을 다스리는 거야."

그러나 유디스티라는 동생들과 아내의 견해와 철학을 거부하고 숲속으로 들어가 고행으로 속죄하겠다는 계획을 끈질기게 되풀이했다. 바로 그 순간 브야사가 끼어들었다.

"너는 왕으로서 너에게 요구되는 의무를 수행해야 한다. 다른 길은 없다. 은퇴는 네 형편에 맞지 않아. 너는 왕의 생활, 가장의 생활, 크샤트리야의 생활을 선택해야 한다. 부정적인 생각은 그만두어라. 너는 네 손에 들어온 왕국을 다스려야 한다. 네가 선택할 수 있는 다른 길은 없다. 기분 좋게 그것을 받아들여라."

유디스티라는 적들의 죽음을 한 사람씩 차례로 애도하면서 계속 물었다.

"내가 어떻게 이것을 속죄할 수 있을까? 내가 어떻게 이것을 속죄할 수 있을까?"

어릴 적에 비슈마의 무릎 위에서 놀았던 그는 특히 비슈마를 많이 생각했다.

"비슈마 할아버지가 시칸디에게 공격당하는 것을 보았을 때, 공격당하는 동안 줄곧 할아버지가 부들부들 떨고 있는 것을 보았을 때, 수많은 화살이 박힌 할아버지의 몸뚱이가 넘어지는 탑처럼 전차 바닥에 쓰러지는 것을 보았을 때, 내 머리는 빙빙 돌았고 내 가슴은 쥐어짜듯 괴로웠다. 비슈마 할아버지는 우리를 키웠는데, 나는 탐욕 때문에 그분의 죽음을 준비해야 했다. 내 손을 잡고 활 쏘는 법을 가르쳐준 드로나 스승님… 내가 어떻게 그분들의 죽음을 잊어버리고 왕으로서 나 자신을 과시할 수 있겠는가?"

그는 그런 기억으로 거듭 자신을 괴롭혔다. 다른 어떤 기억보다도 희생자 소식을 들은 여인들이 울부짖는 통곡 소리의 메아리가 유디스티라에게는 가장 견디기 어려웠다.

크리슈나가 마침내 참을성을 잃었다.

"자네의 슬픔을 소중히 여기는 것은 꼴불견일세. 영원히 이런 식으로 계속할 수는 없네. 자신과 감정을 잊어버리고, 자네의 명령에 복종하여 그렇게 많은 고생을 겪은 사람들을 위해 행동하도록 하게. 자네는 왕국을 받아들여야 하네."

유디스티라는 그들의 주장이 이치에 맞다는 것을 갑자기 깨닫고 말했다.

"크리슈나여, 제 마음은 이제 명쾌해졌습니다. 저는 브야사 할아버지만이 아니라 당신의 명령에도 따르겠습니다. 이제 당신들이 원하는 대로 일을 진행합시다."

유디스티라는 신들에게 기도를 드린 뒤, 황소 열여섯 마리가 끄는 전차에 올라탔다. 상서롭고 특별한 표식을 지닌 그 황소들은 공단과 비단에 덮이고 만트라로 축성되었다. 비마가 고삐를 잡았고, 아르주나는 왕의 머리 위에 일산을 받쳤다. 나쿨라와 사하데바는 왕의 양옆에 서서 야크 꼬리로 왕에게 부채질을 해주었다. 쿤티와 드라우파디는 비두라가 모는 전차를 타고 그 뒤를 따랐다. 크리슈나와 사트야키를 비롯한 많은 사람들이 행진에 참여했다. 거리는 푸른 나뭇가지와 꽃으로 장식되었고, 향기로운 물이 길바닥에 뿌려졌다. 유디스티라가 성문으로 들어갔을 때, 성문이 그처럼 아름답게 장식된 적은 일찍이 없었다. 시내는 음악 소리와 군중의 환호 소리로 활기를 띠었다.

대로에 북적이는 군중 사이를 지나 유디스티라는 마침내 드리타라슈트라의 궁전으로 들어갔다. 왕으로서 유디스티라는 왕실의 수호신들에게 가서 참배했다. 이어서 그는 동쪽을 향해 놓여 있는 황금 옥좌에 자리를 잡았다. 그와 마주보고 있는 또 다른 황금 의자에는 크리슈나와 사트야키가 앉았다. 옥좌 양옆에는 비마와 아르주나가 자리를 잡았다. 상아 의자에는 쿤티가 앉았고, 나쿨라와 사하데바는 쿤티 옆에 앉았다. 드리타라슈트라에게는 특별석이 주어졌다. 드리타라슈트라의 아들들 가운데 전투 초기에 판다바 진영으로 넘어와서 유일하게 살아남은 유유추가 산자야와 간다리와 함께 드리타라슈트라 옆에 자리를 잡았다. 백성들 대표가 선물을 가지고 왕에게 다가왔다. 성수가 담긴 단지, 금과 은으로 만들어 보석을 박은 그릇들이 제단 주위에 늘어놓였다.

유디스티라는 드라우파디를 옆에 거느리고 성스러운 불을 피운 다음, 거기에 술을 붓고 사제들이 암송하는 만트라를 따라 외었다. 크리슈나는 자신의 소라 껍데기에 든 성수를 부어 유디스티라를 성별했다. 사람들이 북을 치며 유디스티라 왕에게 몇 번이고 갈채를 보냈다.

유디스티라는 이 모든 환호에 답례하고 따뜻하게 선언했다.

"드리타라슈트라 왕은 아직 우리나라의 수장입니다. 나를 기쁘게 해주고 싶거든 드리타라슈트라 왕에게 여느 때와 마찬가지로 흔들리지 않는 존경과 복종을 보여주십시오. 여러분은 내 요구를 명심해야 합니다. 우리 자신을 포함한 온 세상이 드리타라슈트라 왕에게 속해 있다는 것을 잊지 마십시오."

유디스티라는 비마가 자기 다음의 권력을 갖는 '부왕(副王)'이라고 발표했다. 그는 또한 비두라를 전쟁과 평화, 국방과 행정에 관한 문제를 조언하는 고문으로 임명했다. 산자야는 국가 재정을 관리하게 되었다. 나쿨라는 군대의 등록을 맡았다. 아르주나는 국가를 방위하고 '악인을 처벌'하게 되었다. 이것은 그의 철학에 어울리는 일이었다. 다움야는 왕의 수석 사제가 되어 궁전과 국가의 종교 문제를 관장하게 되었다. 아직 형의 보살핌이 필요한 막내동생 사하데바는 왕을 항상 옆에서 보필하는 조수 겸 말벗으로 삼았다. 드리타라슈트라에게는 유일한 아들인 유유추를 측근에 두어서 특별히 보살피게 하고 조금도 불편함이 없도록 조처했다.

에필로그

유디스티라의 즉위식이 끝나고 그후 세상에 평온해졌기 때문에 더 이상 할 이야기가 없을 거라고 생각했겠지만, 사실은 그렇지 않다. 이 서사시의 저자는 이야기를 끝맺기를 싫어한다. 모든 활동이 끝나가는 것처럼 보이는 바로 그때, 우리는 마지막 문장이 새로운 이야기의 시작이고 새로운 생각과 경험의 시작일 뿐이라는 것을 깨닫게 된다. 저자는 주제를 완결하기를 싫어한다. 이것은 언뜻 끝이 없어 보이는 삶 자체와 비슷한 것을 만들어내는 하나의 방법일 수도 있다. 정말로 결정적인 것은 아무것도 없다.

유디스티라는 왕위에 오른 뒤, 크리슈나가 우울한 얼굴로 깊은 생각에 잠겨 있는 것을 보고 왜 그러느냐고 물었다. 크리슈나가 대답했다.

"우타라야나[26]가 오면 비슈마가 목숨을 포기할 걸세. 그는 세상과 왕권과 인간의 행동에 대한 지식의 보고인데, 그가 죽으면 그의 지식도 함께 사라질 터. 그러면 세상은 더욱 빈곤해지겠지. 비슈마를 만나보게. 남은 시간이 별로 많지 않아."

유디스티라는 비슈마가 자기를 어떻게 맞이할지 몰라서 망설였지만, 크리슈나가 미리 가서 늙은 스승에게 유디스티라를 만날 마음의 준비를 시켰다.

비슈마는 화살촉으로 이루어진 침대에 누워 유디스티라를 다정하게 맞이하고, 왕의 책무에 대해 이야기해주었다.[27] 강론은 여러 날 동안 계속되었다. 강론이 끝나자 비슈마는 모든 사람에게 작별 인사를 하고 숨을 거두었다. 유디스티라는 그의 시신을 화살에서 떼어내고, 집안 최고의 어른에게 걸맞은 장례식을 치러주었다. 그는 갠지스 강가에서 시신을 화장했고, 강의 여신이자 비슈마의 어머니인 강가가 그의 영혼을 맞아들여 천상에 있는 그의 본가로 데려갔다.

유디스티라가 나라를 다스린 지 15년이 지났을 때, 드리타라슈트라가 유디스티라를 불러서 말했다.[28]

---

26) 1월 중순에 태양이 남쪽에서 북쪽으로 방향을 바꾸는 때.
27) 이 부분은 〈샨티 파르바〉로 알려져 있고, 비슈마가 죽음을 앞두고 해설하는 인간의 행동과 사고방식의 본질적인 요소들이 담겨 있다.
28) 이하의 내용이 나라얀의 책에서는 너무 간략하게 처리되어 있어서, 차크라바르티 라자고팔라차리(1878~1971)가 편저한 책을 참고하여 내용을 보충했다. (옮긴이)

"나는 이제까지 너의 지붕 밑에서 행복하게 지내왔다. 이제 나와 간다리는 우리를 기다리고 있는 다음 차례의 길을 떠나련다. 우리는 숲으로 들어가 수행하면서 여생을 보내고 싶구나. 내 뜻을 막지 말기 바란다."

유디스티라가 하는 수 없이 큰아버지의 은퇴에 동의하자, 이번에는 어머니 쿤티가 자기도 숲으로 가겠다고 고집을 부렸다.

"어디에 계신지는 몰라도, 나도 이제는 나의 신이요 남편이었던 분을 찾아갈 때가 되었구나. 나는 간다리와 함께 숲속에서 수행을 하다가 곧 너의 아버지를 찾아가겠다."

유디스티라는 큰아버지와 어머니를 위해 준비를 해주었고, 그들의 은둔처를 자주 방문하여 그들이 편안하게 지낼 수 있도록 돌봐주었다. 그러던 어느 날 숲에서 산불이 났고, 그 불길 속에서 드리타라슈트라와 간다리와 쿤티가 목숨을 잃고 말았다.

크리슈나는 쿠루크셰트라 전투가 끝난 뒤 36년 동안 드와라카를 다스렸는데, 그의 종족인 브리슈니들은 내전을 일으켜 서로 죽였고, 자신들의 흔적조차 남기지 않았기 때문에 유물보다 못한 존재가 되었다. 크리슈나 자신은 그가 예언한 대로 세상을 떠났다. 그가 어느 강가에서 모래밭에 누워 깊은 생각에 잠겨 있을 때 어떤 사냥꾼이 멀리서 그의 발바닥을 새로 잘못 알고는 화살을 쏘았다. 그 화살은 크리슈나의 발바닥을 뚫고 전신을 관통하여 비슈누신의 여덟 번째 화신의 수명을 끝장냈다.

크리슈나와 브리슈니들이 죽고 드와라카가 바다에 잠겼다는 소식에 판다바 형제들은 이 세상에 대한 마지막 애착까지 잃었다. 그들은 세상을 등지기로 결심하고, 아비마뉴의 유복자 파리크쉬트[29]를 왕위에 앉힌 뒤 드라우파디와 함께 도성을 떠났다. 그들은 성지 순례를 끝낸 뒤 마지막으로 히말라야에 이르렀다. 그들은 마지막 순례로 그 끝 모를 산을 오르고 또 올랐다. 그러는 사이에 한 사람씩 차례로 기력이 다하여 쓰러져 죽었다.

나이가 적은 쪽이 먼저 죽어갔다. 드라우파다, 사하데바, 나쿨라가 차례로 육체의 짐을 벗었다. 다음은 아르주나, 그리고 비마가 그 뒤를 따랐다. 유디스티라는 이들 소중했던 사람들이 차례로 쓰러져 죽는 것을 보았지만, 그는 결코 슬픔에 빠지거나 하지 않았다. 그는 침착하게 길을 계속 갔다. 비두라는 유디스티라에게 헌신적인 애정을 품고 있었기 때문에, 요기의 능력을 발휘하여 유디스티라의 영혼 속으로 들어가 그 영혼과 융합되었다.

오직 유디스티라만이 육신을 가지고 하늘에 도달할 수 있는 능력을 부여받고 있었다. 그가 어느 높은 산봉우리에 이르렀을 때 인드라가 전차를 타고 나타났다.

"네 아우들과 드라우파디는 이미 도착했다. 너는 육신을 끌고 오느라 이렇게 뒤에 처졌구나. 내 전차를 타고 어서 함께 가자. 나는

---

29) 어머니의 자궁 속에 있을 때부터 크리슈나의 보호를 받았다. 그는 자라서 하스티나 푸라의 왕이 되었고, 그리하여 판다바 가문의 혈통을 잇게 되었다.

너를 데리러 왔느니라."

유디스티라는 마침내 천국에 이르렀다. 그런데 그곳에는 동생들이나 친구들은 보이지 않고, 두르요다가가 옥좌에 앉아서 태양처럼 광채를 빛내며 여신들과 천신들에게 둘러싸여 있었다. 유디스티라는 놀라서 물었다.

"내 형제들, 당연히 천국에 있어야 할 나의 형제들은 어디에 있습니까? 저 사람은 보고 싶지도 않습니다. 내 형제들이 있는 곳을 말씀해주십시오. 그들이 있는 곳으로 가고 싶습니다."

그러자 천신들은 "그게 소원이라면 그렇게 하라"고 말하고는 사자(使者)에게 유디스티라를 데려가도록 명령했다. 사자가 앞장을 서자 유디스티라는 그 뒤를 다랐다. 조금 걸어가자 사방이 캄캄해지면서 음산한 불빛 속에 무시무시하고 징그러운 것들이 희미하게 떠올랐다. 사방에는 시체와 뼈다귀와 머리카락 따위가 흩어져 있고, 벌레들이 우글거리는 가운데 악취가 진동했다.

"얼마나 더 가야 합니까? 내 아우들은 어디 있습니까?"

그가 괴로운 목소리로 묻자 사자는 조용히 말했다.

"싫으시면 지금이라도 되돌아가세요."

유디스티라는 되돌아가고 싶은 생각이 들었다. 그러나 바로 그때 그의 생각을 알아차리기나 했다는 듯이 희미하지만 귀에 익은 목소리들이 사방에서 애처롭게 들려왔다.

"돌아가지 마세요. 쿤티의 아들이여, 잠깐이라도 좋으니 여기 머물러 계세요. 당신이 있는 동안 우리는 잠시나마 고통을 잊을 수 있답니다."

유디스티라는 참기 어려운 고통 속에서 신음과 아우성을 들으며 외쳤다.

"이렇게 울부짖는 너희들은 누구냐? 너희들은 왜 이런 곳에 빠져 있느냐?"

그러자 목소리가 차례로 대답했다.

"형님, 저는 비마입니다."

"저는 아르주나입니다."

"저는 드라우파디예요."

"저는 나쿨라입니다."

"저는 사하데라입니다."

"저희는 드라우파디의 자식들입니다."

사방에서 들려오는 소리에 유디스티라는 괴로움을 견디지 못하고 외쳤다.

"이 사람들이 무슨 죄를 지었기에 지옥에 빠졌단 말인가? 아, 이게 꿈인가 생시인가? 내가 미친 것인가?"

유디스티라는 신들을 비난하고 다르마를 저주했다. 그리고 함께 온 사자를 향해 외쳤다.

"당신은 주인에게 돌아가시오. 나는 여기 지옥의 고통에 빠져 있는 내 사랑하는 사람들과 함께 있겠소."

사자는 돌아가서 인드라에게 유디스티라의 말과 행동을 전했다. 얼마 후 인드라와 야마가 유디스티라 앞에 나타났다. 그러자 혼령들도, 그들의 고통스러운 아우성도 사라졌다. 야마가 그의 아들 유디스티라에게 미소를 보내자 향기로운 미풍이 불어왔다.

"인간 중에서 가장 현명한 인간이여, 너는 형제들 때문에 지옥에 남기를 택했다. 가상한 일이로다. 그런데 왕이나 군주는 잠깐이라도 지옥을 거쳐야 한다. 그래서 너 또한 지옥의 고통을 겪어야 했던 것이다. 물론 네 형제들과 친구들은 정말로 지옥에 있는 것이 아니다. 그것은 모두 너를 시험하기 위한 환상이었다. 이곳은 지옥이 아니라 천국이다."

야마가 말을 마치자 유디스티라의 형상이 바뀌었다. 그는 죽음을 면할 수 없는 인간의 육신을 벗고 신이 되었다. 사람의 몸이 사라지면서 분노와 증오의 찌꺼기도 모두 사라져버렸다. 그리고 유디스티라는 제 형제들은 물론 드리타라슈트라의 아들들도 만났다. 그들도 모두 분노와 증오에서 해방되어 있었다. 유디스티라는 그제야 마침내 진정한 평화와 행복을 찾을 수 있었다.

옮긴이의 말

서양의 고대 그리스와 마찬가지로 동양의 고대 인도는 두 편의 위대한 서사시를 남겼다. 〈마하바라타〉와 〈라마야나〉가 그것이다. 〈마하바라타〉는 북인도의 호전적인 부족들이 두 진영으로 나뉘어 벌이는 전쟁과 관련이 있고, 따라서 트로이 전쟁을 묘사한 〈일리아스〉와 비교될 수 있다. 그리고 〈라마야나〉는 고국에서 추방되어 오랫동안 남인도의 황야를 헤매는 주인공의 모험과 관련되어 있고, 따라서 오디세우스의 귀향과 모험을 다룬 〈오디세이아〉와 비교될 수 있다.

〈마하바라타〉의 중심 이야기인 전쟁은 기원전 14세기나 13세기에 벌어진 것으로 여겨진다. 이 전쟁은 실제로 강가(갠지스) 강과 야무나 강의 합류점인 델리 근처에 있는 비옥한 땅을 차지하기 위한 왕조들 간의 투쟁을 의미하고, 이 투쟁은 인도의 특별한 지배 가문을 이루는 두 부족—쿠루족과 판다바족(또는 판두족)—사이에서 벌어졌다.

그 당시 아리아족은 이란 고원에서 인도에 침입하여 정착하기 시작했는데, 이들은 파키스탄에서 동쪽의 비하르와 남쪽의 데칸

고원에 이르는 땅을 차지했다. 이 부족들의 이름은 〈마하바라타〉보다 훨씬 오래된 기록에 자주 언급되어 있다. 부족 공동체는 규모가 다양했고, 각각 '현저한 가문'의 지배를 받았다. 이 지배 가문에서 한 사람의 귀족이 왕으로 추대되었는데, 왕들은 당연히 부족 간 전투에 참여하여 싸웠고, 그들의 갈등은 오래 계속될 때도 있었지만 기껏해야 소떼를 습격하는 정도로 끝나기도 했다.

〈마하바라타〉의 전쟁은 이런 상황에서 일어났다. 쿠루족은 야무나 강의 상류지역을 오랫동안 다스린 부족이었고, 판다바족은 쿠루족의 도읍인 하스티나푸라에서 남서쪽으로 약 100킬로미터 떨어진 인드라프라스타에 거주하는 신흥 부족이었다. 〈마하바라타〉에 따르면 판다바 귀족들은 쿠루 귀족의 궁정에서 열리는 주사위 대회에 초대를 받았는데, 여기서 그들은 속임수에 걸려들어 왕국을 잃고, 결국은 12년 동안 추방 생활을 하게 되었다. 13년째 되는 해에 그들은 마츠야족 궁정에서 보호를 받으며 판찰라족과 동맹을 맺은 뒤, 대규모 부대를 이끌고 하스티나푸라로 행진하여 쿠루크셰트라 평원에서 싸우게 되었다. 여기서 쿠루족 연합세력이 패배했다.

이 전쟁이 끝난 뒤 수세기 동안 북인도의 궁정에서는 많은 방랑 시인과 음유시인들이 이 전쟁의 주요 사건들을 노래했을 것이다. 그리하여 이 전쟁은 트로이 전쟁이 고대 그리스에서 전설이 되었듯이, 또한 샤를마뉴와 아서 왕이 중세 유럽에서 전설이 되었듯이, 고대 인도에서 전설과 노래와 시의 핵심이 되었다. 그러다가 아마 어느 계몽된 왕의 지시에 따라 수세기 동안 축적된 방대한 양의 전설과 민담(또는 민요)이 하나의 서술 형식으로 만들어져 '위대한 바라타 이야기'라는 서사시를 이루었고, 그래서 〈마하바라타〉라고 불리게 되었을 것이다. 전쟁의 실제 사실들은 세월이 흐르면서 잊혀졌고, 전설적 영웅들은 주요 배우들이 되었으며, 인도에서는 으레 그렇듯이 선이 승리하고 악이 패한다는 도덕적이고 교훈적인 목적의 실타래가 위대한 서사시라는 천으로 짜이게 되었다.

〈마하바라타〉에 묘사된 사건들이 일어난 시대와 이 작품이 성립된 시대 사이에 사회적 상황은 상당히 달라졌다. 인도는 더 이상 부족 공동체의 집합체가 아니라 왕들이 다스리는 더 큰 지역으로 분할되었고, 왕은 절대 군주가 되어 있었다. 마우리아 왕조의 찬드라굽타 왕과 아소카 왕의 정복은 인도의 드넓은 지역을 한 통치자의 치하에 통일시켰으며, 국가 의식이 출현할 길을 열어주었다. "바라타의 땅은 옛날부터 인드라 신과 아버지 마누와 힘센 전사들에게 소중했듯이, 모든 인간에게 소중하다"고 시인은 말한다. 인도 세계는 이제 주위 세계와 상호작용을 하고 있었지만, 세계의 가장 중요한 부분은 여전히 아리아족의 땅인 바라타였다. 아리아족은 이제 히말라야 산맥 남쪽과 빈디아 산맥 북쪽 사이, 서부의 타르 사막과 동부의 벵골 늪지대 사이에 집중되어 있었다.

〈마하바라타〉는 원래 산스크리트어로 쓰였는데, 기원전 몇 세기에 그렇게 서사시로 종합된 상태로 지금까지 보존되었다면 우리는 이 작품에 더욱 감사와 경의를 표할 수 있었을 것이다. 그러나 안타깝게도 그렇지 못했다. 이 서사시는 너무 인기를 얻은 탓에 수세기 동안 자가증식하듯 성장을 계속했다. 작품이 성립된 지 불과 몇 세기 만에 다른 인도 언어—남쪽의 드라비다어와 북부에서 산스크리트어를 계승한 인도아리아어—로 번역되었는데, 그 필사 과정에 개작되는 경우가 많았다. 모든 세대의 시인들은 거기에 무언가를 덧붙였고, 북인도의 모든 부족과 나라들은 옛날 일어난 전쟁에서 자기네 조상들이 한 일에 대한 이야기를 끼워넣고 싶어 했다. 또한 새로운 교의를 설파하는 설교자들은 저마다 자기가 가르치는 새로운 진리의 근거를 이 오래된 서사시에서 찾으려고 했다. 법전과 도덕률은 무미건조한 규약보다 훨씬 효과적으로 백성들에게 호소하는 이 작품 속에 편입되었다. 여러 카스트에 대한 규칙과 인간 생활의 여러 단계에 대한 규칙도 같은 목적으로 여기에 포함되었다. 고대 인도는 전설과 신화와 민담 같은 이야기가 많이 퍼져 있기로 유명했는데, 이 모든 것이 이 놀라운 서사시의 활짝 편 날개 아래에서 피난처를 찾거나 둥지를 얻었다. 이 작품은 서사시의 형태로 처음 편찬된 뒤 천 년 동안 그렇게 계속 성장했고, 결국에는 종교적이거나 교훈적인 설화와 전승들이 마구 뒤섞인 늪 속에서 서사시 본연의 맑은 시냇물은 거의 사라져버렸다.

서기 2, 3세기쯤 서사시가 현재의 규모를 갖추었을 때, 작품이 더 이상 팽창하는 것을 막으려는 시도가 이루어졌다. 서사시의 내용이 서문에 운문으로 기술되었고, 각 권에 포함된 '슐로카'(2행 대구對句로 된 송頌)의 수도 명시되었는데, 서문에 따르면 슐로카의 수는 통틀어 8만 5천 개쯤 된다. 하지만 그렇게 정해진 한계는 점점 초과되어 덧붙이기와 끼워넣기가 이루어졌다. 지난 세기에 콜카타에서 출간된 〈마하바라타〉는 '하리의 경주'에 관한 부록을 빼고도 9만여 슐로카를 포함하고 있다.

〈마하바라타〉는 고대 인도의 생활과 지식이 모두 담겨 있는 백과사전이다. 그것은 잊힌 고대 세계, 지나가버린 위대하고 고귀한 문명을 우리에게 보여준다. 오늘날 인도인들은 그들의 고대 서사시에 묘사된 이야기를 가슴에 소중하게 간직하고 있다. 남자든 여자든, 지위가 높든 낮든, 교육을 받았든 무지하든, 그들의 가장 이른 기억은 대부분 〈마하바라타〉에 묘사된 이야기와 인물들과 관련되어 있다. 거의 까막눈이인 벵골의 신기료장수도 한가한 시간에는 〈마하바라타〉의 현대어 번역을 떠듬떠듬 읽는다. 펀자브의 건장한 농부도 판다바 형제들과 그들의 친구인 크리슈나에 대해 알고 있다. 뭄바이와 마드라스 사람들이 정의의 전쟁 이야기를 소중히 여기는 열정은 전혀 차이가 없다. 이런 이야기가 가르치는 도덕은 천성적으로 종교적인 인도인들의 가슴 속에 스며들어 그들의 도덕 교육의 토대를 이룬다. 인도의 어머니들은 딸들에게 지혜와 가르침을 주는 데 이보다 더 좋은 주제를 알지 못하고, 노인들은 아이들에게 옛날이야기를 해줄 때 이보다 더 풍부한 이야기 보따리를 알지 못한다. 인도인들에게 〈마하바라타〉는 문화적 유산을 넘어, 과거와 현재를 잇는 역사적·실존적 자부심의 거울인 것이다. 그래서 그들은 말한다. "〈마하바라타〉에 있는 것은 이 세상에도 있고, 〈마하바라타〉에 없는 것은 이 세상에도 없다."

나는 재작년에 〈라마야나〉를 번역한 적이 있는데, 그 인연이 〈마하바라타〉 번역으로 이어진 셈이다. 그것도 같은 편저자의 책을 같은 출판사의 의뢰로 작업했으니, 당연하고도 다행한 일이 아닐 수 없다. 또한 〈라마야나〉만 번역하고 말았다면 아쉬울 뻔했는데, 〈마하바라타〉까지 번역을 마치게 되어 기분이 참 홀가분하다.

〈라마야나〉와 마찬가지로 〈마하바라타〉 역시 방대한 분량의 작품이기 때문에, 원작 서사시를 완역한다는 것은 그리 쉬운 일도 아니고, 또한 그 필요성이 우리에게 절실한 것도 아니다. 인도에서도 숱한 필사본들을 비교 검토하여 '비평판'(전19권)을 완간한 것이 1966년이고(제1권이 나온 것은 1919년), 이 텍스트를 가지고 영역 작업이 진행되고 있는데(1977년부터 시카고대학에서) 아직도 완간되지 않은 상태다. 대신에 영어 축약본이 다양하게 나와 있는데, 나는 이번에도 R. K. 나라얀이 영어로 집필한 책(시카고대학교 출판부)을 텍스트로 삼아 번역했다. 나라얀에 대해서는 〈라마야나〉의 해설에 자세히 나와 있으니 그것을 참고하기 바란다(〈마하바라타〉를 찾아 읽는 독자라면 〈라마야나〉를 이미 읽지 않았을까?). 해서, 이 책에 덧붙이는 역자 후기도 〈라마야나〉의 역자 후기와 같은 말로 끝맺으려 한다. "(축약본이기 때문에) 원작의 감흥을 느끼기에는 미흡한 점이 없지 않지만, 〈마하바라타〉를 처음 만나는 독자에게는 유용한 점도 적지 않을 것입니다. 이 책을 안내서 삼아, 〈마하바라타〉의 무궁한 세계로 떠나는 여행에 동참하시기 바랍니다."

2014년 봄, 제주 애월에서

김석희

등장인물 소개

가토트카차 비마의 마귀 아들.

간다리 드리타라슈트라의 아내.

강가 산타누의 첫 아내.

나라다 삼계를 끊임없이 이동하는 현자.

나쿨라 마드리가 낳은 쌍둥이 가운데 하나.

다난자야 아르주나의 다른 이름.

다르마라자 유디스티라.

다움야 유디스티라의 수석 사제.

데바브라타 산타누의 아들.

두르바사 급한 성미로 유명한 현자.

두르요다나 드리타라슈트라의 맏아들.

두사사나 드리타라슈트라의 둘째 아들.

드라우파디 판다바 형제들의 아내. 판찰리라고도 부른다.

드로나 드리타라슈트라의 아들들과 조카들에게 무술과 예술을 가르친 스
 승.

드루파다 판찰라의 왕. 드라우파디의 아버지.

드리슈타듐나 드루파다의 아들. 드라우파디의 오빠.

드리타라슈트라 암비카와 암발리카가 브야사를 통해 얻은 아들.

라다 카르나의 양모.

마드리 판두의 아내.

바라드와즈 현자. 드로나의 아버지.

바루나 비의 신.

바시슈타 현자.

바유 바람의 신.

바카수라 마귀.

브리한날라 아르주나가 비라타에서 사용한 가명.

브야사 파라사르의 아들. 〈마하바라타〉를 지은 사람.

비두라 암비카와 암발리카가 브야사를 통해 얻은 아들.

비라타 마츠야의 왕.

비마 쿤티의 둘째 아들.

비슈누 최고신.

비슈마 데바브라타의 나중 이름.

비치트라비르야 산타누가 사트야바티한테서 낳은 아들.

비카르나 드리타라슈트라의 아들. 판다바 진영으로 넘어간다.

사쿠니 두르요다나의 숙부.

사트야바티 어부의 딸. 산타누 왕의 둘째 아내.

사트야키 크리슈나의 친구이자 전차 몰이꾼.

사하데바 마드리가 낳은 쌍둥이 가운데 하나.

산자야 해설자. 드리타라슈트라의 측근.

산타누 하스티나푸라의 왕.

살야 왕. 판두의 둘째 아내인 마드리의 아버지.

수르야 태양신.

수발라 사쿠니의 별명.

수수르만 트리가르타의 왕.

시칸디 암바.

아그니 불의 신.

아디라타 카르나의 양부.

아르주나 쿤티의 셋째 아들.

아비마뉴 아르주나의 아들.

아스와타마 드로나의 아들.

아스윈 쌍둥이 신.

암바 암비카와 암발리카의 언니. 남자 전사인 시칸디로 변신했다.

암발리카 비치트라비르야의 아내.

암비카 비치트라비르야의 아내.

야마 죽음과 심판의 신.

우트타라 비라타의 아들.

우트타리 비라타의 딸. 아르주나의 아들인 아비마뉴의 아내.

유디스티라 쿤티의 맏아들.

인드라 신들의 우두머리.

자나메자야 파리크쉬트 왕의 아들.

자야드라타 신두의 통치자. 드리타라슈트라의 사위.

치트랑가다 산타누가 사트야바티한테서 낳은 아들.

카르나 쿤티가 판두와 결혼하기 전에 낳은 아들.

쿤티 판두의 아내.

크리슈나 비슈누의 여덟 번째 화신.

크리파 드리타라슈트라의 궁정에서 젊은이들을 지도하는 또 다른 스승.

키차카 비라타의 군대를 지휘하는 장군이자 왕비의 오빠.

파라사르 사트야바티가 산타누와 결혼하기 전에 사트야바티를 통해 브야사
를 낳은 현자.

파르타 아르주나의 별명.

파리슈타 왕. 드루파다의 아버지.

파리크쉬트 아비마뉴의 유복자로, 유디스티라의 후계자가 된다.

판다바 판두의 아들들인 다섯 형제를 가리키는 포괄적인 칭호.

판두 암비카와 암발리카가 브야사를 통해 얻은 아들.

판찰리 드라우파디의 별명. 판다바 형제들의 아내.

푸로차나 두르요다나를 섬기는 건축가.

〈아시아 클래식〉을 펴내며

하루 종일 우리는 인터넷과 신문, 방송 등을 통해서 무수한 정보를 주고받는다. 그럼에도 우리는 늘 진정한 이야기에 목말라 한다. 그 까닭은, 백 년 전 발터 벤야민이 이미 말했듯이, 우리가 알게 되는 일들이 하나의 예외 없이 설명이 붙어서 전달되기 때문이 아닐까. 거기, 상상력이 설 자리는 없다.

"옛날 한 옛날에"로 시작되는 이야기는 한 순간이 아니라 모호해서 오히려 영원한 시간과 관련을 맺고 있다. "어느 마을에"로 시작되는 이야기의 공간 역시 아홉 시 뉴스의 특정 발화(發話) 지점하고는 상관이 없다. 그곳은 어디에도 없고 동시에 어디에나 있다.

그래서 우리는 이렇게 말할 수 있을 것이다.

"이야기는 미래의 모든 곳을 향해 열려 있다."

몽골의 한 소년이 초원을 초토화시킨 참혹한 조드(재앙)의 희생자가 된다. 아직 때가 아니라고 염라대왕이 돌려보내며 한 가지 선물을 준다. 소년은 뜻밖에도 '이야기'를 선택한다. 세상에 이야기가 생겨난 사연이다. 그리하여 바리공주부터 이난나까지, 손가락만한 일촌법사부터 산보다 큰 쿰바카르나까지, 엄마를 무시해서 돌이 된 말린 쿤당에서 두 어깨에서 매일 뱀이 자라는 폭군 자하크까지 크고 작은 이야기들이 나뉘고 또 섞이면서 아시아를 아시아답게 만들어왔다.

우리 현실은 충분히 추하지만, 그래도 아시아의 광대한 설화의 초원에서 새삼 희망을 읽는다. 오늘 밤 우리가 꾸는 꿈이 부디 그 증거이기를!

편저자 R. K. 나라얀

1906년 10월 10일 인도 동남부의 첸나이(옛 이름은 마드라스)에서 태어났다. 어린 시절 할머니와 함께 살면서 산스크리트어를 배웠고, 마이소르의 마하라자대학교에서 공부했다. 나라얀은 '말구디'라는 가상 지역을 배경으로 하여 장편소설 『스와미와 친구들』(1935) 『문학사(文學士)』(1937) 『영어 교사』(1945) 『재정 전문가』(1952) 『여행·가이드』(1958) 등을 썼다. 이 중 『여행 가이드』로 1960년 인도국립문학원 이 수여하는 '사히티아 아카데미상'을 받았다. 영어로 작품을 쓴 최초의 인도 문학가인 나라얀의 소설은 안톤 체호프, 윌리엄 포크너, 오 헨리, 플래너리 오코너 같은 작가들의 작품과 비견된다. 그는 인도에서 가장 위대한 영어권 소설가로 간주되며, 노벨 문학상에 여러 번 지명되기도 하였다. 동시대 작가인 존 업다이크는 "찰스 디킨스 이후 나라얀의 가상 도시 말구디가 전달하는 다채롭고 풍부한 효과에 필적할 수 있는 작가는 거의 없다. 그 도시의 주민은 사원 벽을 장식한 띠 모양의 조각처럼 뚜렷하게 새겨져 있고 무한 해서, 길모퉁이를 돌 때마다 항상 더 많은 등장인물이 나타나는 듯이 느껴질 정도다"라고 말한 바 있다. 대표적인 단편집으로 『말 한 마리와 염소 두 마리』 『말구디 시절』 『벵골 보리수 아래에서』 등이 있다. 이 밖에도 여행기, 수필집, 회고록, 인도의 전설과 신화를 개작한 『신들, 악마들, 기타』 등과 인도의 2대 서사 시를 편저한 『라마야나』와 『마하바라타』도 출간했다. 1980년에 그는 영국 왕립문학회가 수여하는 'A.C. 벤슨 메달'을 받았으며, 1981년에는 미국 예술원 명예회원이 되었다. 1989년에는 선거를 거치지 않고 구성되는 인도의 상원인 라지아 사바의 의원이 되었다. 2001년 5월 13일 첸나이에서 세상을 떠났다.

옮긴이 김석희

서울대학교 불문학과를 졸업하고 대학원 국문학과를 중퇴했으며, 1988년 한국일보 신춘문예에 소설이 당선되어 작가로 데뷔했다. 영어·프랑스어·일어를 넘나들면서 고대 인도의 서사시인 『라마야나』와 『마하바라타』(아시아 출판사), '수의사 헤리엇의 이야기' 시리즈, 허먼 멜빌의 『모비딕』, 스콧 피츠제럴드의 『위대한 개츠비』, 헨리 소로의 『월든』, 알렉상드르 뒤마의 『삼총사』, 쥘 베른 걸작선집(20권), 시오노 나나미의 『로마인 이야기』, 다니자키 준이치로의 『미친 사랑』 등 많은 책을 번역했다. 역자후기 모음집 『번역가의 서재』 등을 펴냈으며, 제1회 한국번역대상을 수상했다.

마하바라타

2014년 5월 2일 초판 1쇄 펴냄
2022년 1월 10일 초판 3쇄 펴냄

편저자 R. K. 나라얀 | **옮긴이** 김석희 | **펴낸이** 김재범

인쇄·제책 굿에그커뮤니케이션 | **종이** 한솔PNS
펴낸곳 (주)아시아 | **등록** 2006년 1월 27일 | **등록번호** 제406-2006-000004호
전화 02-821-5055 | **팩스** 02-821-5057
주소 경기도 파주시 회동길 445(서울 사무소: 서울시 동작구 서달로 161-1 3층)
이메일 bookasia@hanmail.net | **홈페이지** www.bookasia.org

ISBN 979-11-5662-022-8 04800
      978-89-94006-53-6 (세트)

*값은 뒤표지에 표시되어 있습니다.

이 도서의 국립중앙도서관 출판시도서목록(CIP)은 서지정보유통지원시스템 홈페이지 (http://seoji.nl.go.kr)와 국가자료공동목록시스템(http://www.nl.go.kr/kolisnet)에서 이용하실 수 있습니다.(cip제어번호:cip2014 010668)